"신전에 볼일이라도 있어?"

바로 옆에서 들려온 목소리에
리오가 고개를 돌렸다.
그곳에는 소라와 나이가 비슷해 보이는
작은 아이가 서 있었다.

정령환상기

"응? 나랑 놀자."
여자아이는 가슴골을 강조하듯
타카히사의 팔에 밀어붙였다.
향수의 달콤한 향과
부드러운 살집의 감촉이 전해졌고——

키타야마 유리
Yuri Kitayama
Illustrator✦Riv

24

어둠의 성화

정령 환상기

커버 및 본문 일러스트_ Riv

CONTENTS

플로라
벨트람

벨트람 왕국 제2 왕녀
언니 크리스티나와
함께 행동 중

크리스티나
벨트람

벨트람 왕국 제1 왕녀
조국을 탈출하여 아르보
공작과 대립하고 있다

센도
타카히사

이세계 전이자이며
아키와 마사토의 손위형제
센트스텔라 왕국의
용사로 움직인다

사카타
히로아키

이세계 전이자이며
용사 중 한 명
유그노 공작을
뒷배로 움직인다

시게쿠라
루이

이세계 전이자인
고등학생
벨트람 왕국의
용사로 움직인다

키쿠치
렌지

이세계 전이자이며
용사 중 한 명
국가에 소속되지 않고
모험가로 지냈는데……

리제롯테
크레티아

가르아크 왕국의 공작
영애이자 리카 상회 회장
전생은 고등학생인
미나모토 리카

소라

리오의 전전생인 용왕의
권속 소녀
용왕으로서 각성한
리오와 함께한다

스메라기
사츠키

이세계 전이자이며
미하루 일행의 친구
가르아크 왕국의
용사로 움직인다

샤를로트
가르아크

가르아크 왕국의 제2 왕녀
하루토에게 적극적으로
호감 표시 중

레이스

거듭 암약하는
정체불명의 인물
계획을 어그러뜨리는
리오를 경계한다

사쿠라바
에리카

성녀의 이름으로 변경
소국에 혁명을 일으킨 여성
리오와의 전투 후
자신의 소망을 이루고 사망

리오(하루토 아마카와)

벨트람 왕국의 고아로 태어난 이 작품의 주인공
용사와의 사투 끝에 초월자 중 한 명인 용왕으로 각성
그 대가로 사람들의 기억 속에서 사라졌다
전생은 일본인 대학생 아마카와 하루토

아이시아

리오를 하루토라고 부르는
계약정령
그 정체는 칠현신 리나가
만들어낸 인공정령.

세리아 크렐

벨트람 왕국의 귀족 영애
리오의 학원시절 은사인
천재 마도사

라티파

정령의 마을에 사는
여우 수인 소녀
전생은 초등학생인
엔도 스즈네

사라

정령의 마을에 사는
은늑대 수인 소녀
현재는 가르아크 왕국에서
미하루 일행과 함께 행동 중

아르마

정령의 마을에 사는
엘더드워프 소녀
현재는 가르아크 왕국에서
미하루 일행과 함께 행동 중

오피아

정령의 마을에 사는
하이엘프 소녀
현재는 가르아크 왕국에서
미하루 일행과 함께 행동 중

아야세 미하루

이세계 전이자인 고등학생
하루토의 소꿉친구이며
첫사랑인 소녀

센도 아키

이세계 전이자인 중학생
오빠인 타카히사와 함께
근신 중이었는데……

센도 마사토

이세계 전이자인 초등학생
성녀 에리카의 사망 후
용사로 각성한다

등장인물소개

【 프롤로그 】

아르마다 성왕국의 성도 토넬리코에 존재하는 미궁 안. 리오와 소라가 미궁 11계층에 도달해 막다른 곳에 이르렀을 무렵이다.

미궁의 깊은 어느 곳. 광활한 공간 중앙에는 거대한 술식의 마술진이 그려져 있다. 그곳에 흰 의복을 입은 어린아이가 있다. 나이는 열 살도 채 안 됐을까? 눈앞이 가려질 정도로 앞머리가 긴 탓에 남자아이로도 여자아이로도 보였다.

아이는 실로 유쾌한 미소를 지어 보이며 천장을 올려다보고 있었다.

"안녕하세요."

그곳에 순백의 로브를 입은, 프로키시아 제국의 외교관을 맡고 있는 레이스 볼프와 닮은 남성이 나타났다.

"아, 너구나. 오랜만이야."

"골렘이 필요해서 회수하러 왔는데…… 뭘 보고 있는 거죠?"

"좀, 아니 아주 재미있는 존재가 있어서. 요즘 바깥세상은 어때?"

"……별일이군요. 당신이 바깥세상에 흥미를 가지다니."

"아아, 갑자기 흥미가 생겼어. 어쩌면 네가 골렘을 회수하러 온 이유와도 이어져 있지 않을까 싶은데…….”

그제서야 천장에서 시선을 뗀 아이가 장난스럽게 웃으며 레이스를 닮은 남자를 바라보았다.

“안 그래, 펜리스 형?”

“…….”

펜리스라고 불린 남자는 무슨 생각을 하는 것인지 잠시 입을 다물었다.

“지금 미궁에 재미있는 두 사람이 들어왔어. 11계층을 탐색하고 있지.”

아이는 다시 천장으로 시선을 돌리며 펜리스에게 말했다.

“아아, 그런 거였군요…….”

펜리스는 무언가 납득했다는 얼굴을 했다.

“오? 지금 들은 정보만으로 뭔가 짚이는 게 있는 거야?”

“11계층에 도달하기 위해서는 영웅급의 숙련자 팀이거나 대영웅급 인물이 아닌 이상 불가능하니까요. 심지어 그 둘은 11계층을 탐색하고 있는 거죠? 싸우고 있는 것도, 도망치고 있는 것도 아니고요.”

추측을 이어가는 펜리스.

“그래, 배치해 둔 마물은 다 섬멸당했어. 지금은 12계층으로 가는 길이 없는지 천천히 알아보고 있는 것 같아.”

그렇게 말하며 아이는 살짝 어깨를 으쓱했다.

“그렇다면 제가 아는 한 떠오르는 후보는 극소수입니다. 제가 파악하고 있는 최고 경계 대상 3명……. 아니, 지금은 4명이군요. 아마 그중 두 명이겠죠."

도대체 누구를 떠올렸는지는 몰라도 펜리스가 경계하고 있는 네 명의 인물이 있는 듯했다.

"호오, 지금 11계층에 있는 저런 괴물이 아직도 두 명이나 더 있구나."

"세상은 넓으니까요. 제가 모르는 강자가 아직 또 있을 가능성도 있긴 하지만요."

"뭐, 그건 그렇고. 그럼 지금 11계층에 있는 두 사람이 누군지 알려줘. 한 사람이 용왕의 권속이라는 건 알겠는데, 또 다른 남자는 누군지 모르겠어. 외관상으로는 십 대 중반의 인간족 같은데."

"……용왕의 권속과 십 대 중반의 소년이요? 역시……."

펜리스는 오른손 검지와 엄지손가락으로 턱을 쓰다듬으며 정말 귀찮게 됐다는 듯 한숨을 내쉬었다. 그러고는 말을 덧붙였다.

"거기까지 알았다면 대충 예상은 할 수 있지 않나요? 권속이 주인 이외의 누군가를 자발적으로 따라다닐 이유가 없으니 말입니다."

"……용왕이라고? 설마. 내가 그를 잘못 봤을 리 없어. 권속은 몰라도 용왕이 살아 있을 리가 없잖아."

아이는 상당히 놀랐는지 흥분한 어조로 말했다.

"물론 용왕이 살아 있을 거라는 생각은 저도 하지 않습니다. 하지만 지금 제가 떠올린 상대와 11계층에 있는 소년이 동일 인물이라면 그는 틀림없이 초월자로서 세계에 인정받은 상태입니다.”

“…….”

“아마 권능을 행사했을 겁니다. 그래서 신이 정한 세계의 규칙이 발동되었고, 그는 초월자에 이르렀겠죠. 인간의 몸이면서도, 말이죠.”

“……믿을 수 없어. 인간의 몸으로는 초월자의 권능 행사를 감당할 수 없을 텐데. 고위 정령과 동화되어 있는 용사라도 죽음에 이를걸.”

“네, 하지만 그가 초월자로 존재한다는 것은 변함없는 사실입니다. 아주 최근까지 인간 사회에 섞여 살았던 적도 있고요.”

“흐음, 꽤나 그 상대에 대해 잘 알고 있나 보네.”

아이는 펜리스가 말하는 남성의 정보에 흥미를 보였다.

“연이 있는 상대니까요. 그가 초월자가 되기 전부터 여러모로…….”

“내가 미궁에 틀어박혀 있는 동안 형 혼자 즐겼다는 거네.”

“방금 이야기를 듣고 어디서 그렇게 느꼈는지 이해할 수 없군요.”

펜리스는 맙소사, 하고 탄성을 내뱉었다.

“상대가 생긴 거잖아. 판 위에서 일방적으로 말을 움직이는 애들 장난 같은 계획에 지루해지려던 참이었는데.”

일이 재미있어졌다며 아이는 즐겁게 말했다.

“우리의 계획은 유희가 아닙니다만.”

“사명과 향락은 양립하는 법이지. 즐거움이 있으니까 사명에도 의욕이 나는 거야.”

“그 유희의 상대는 현신인 리나일지도 모릅니다.”

“……용왕이 있다면 그 여자가 있어도 이상하지 않겠지. 용왕과 함께 죽은 줄 알았는데…….”

펜리스가 현신 리나의 이름을 입에 올리자 아이가 노골적으로 얼굴을 찌푸렸다.

“생존 여부는 아직 확인되지 않았습니다. 다만 아무래도 그 여신의 존재가 주변을 맴돌고 있다는 것만은 확실합니다. 어쩌면 천 년 전의 시점에서 우리의 계획을 꿰뚫어 보고 뭔가를 꾸미고 있었을지도 모르죠.”

“미래를 내다보는 그 여자가 있으면 단번에 난도가 올라가는데. 그렇지 않아도 까다로운데 말야.”

뱉는 말에 비해 아이의 표정에는 기쁨의 빛이 돌아왔다. 역시 즐겁게 여기는 마음이 한구석에 있을지도 모른다.

“이야기를 되돌리죠. 죽었어야 할 용왕. 그 권능을 지닌 소년이 권속을 거느리고 이 미궁을 찾았다. 이는 자칫하면 크게 난감해질 수 있는 사태입니다.”

“원래대로라면 내가 허락하지 않는 한 12계층에는 올 수 없지만, 용왕의 권능을 사용하면 이야기가 달라질 가능성도 있지. 갑자기 대장전은 내 취향이 아닌데, 배제할까?”

“……아니요. 11계층에 머물러 있는 한 이쪽에서 굳이 손쓸 필요는 없습니다."

펜리스는 교전 판단을 미루었다.

"신중하네. 여기 보관하고 있는 골렘들도 여럿 있고, 미궁의 관리자인 나도 동행하면 신이 정한 규칙의 효력을 중화할 수 있어. 형이 가진 본래의 힘도 어느 정도는 되찾아서 싸울 수 있을 텐데."

"그가 용왕의 힘을 완전히 구사할 수 있다면 이쪽에도 간과 불가능한 피해가 생길 가능성이 있습니다. 당황하긴 했지만 조급해할 상황은 아니에요. 우리의 계획을 어디까지 간파하고 그들이 이 땅을 방문했는지, 그 정보를 수집하는 것이 우선입니다. 적어도 12계층보다 아래로 내려오지 않는 한 말이죠."

"그런가. 그럼 내게 맡겨."

펜리스가 방침을 밝히자, 아이가 호기심을 드러내며 자청했다.

"……무엇을 맡기라는 거죠?"

펜리스가 가볍게 한숨을 내쉬며 물었다.

"당연히 정보 수집을 말하는 거지. 우리의 속셈을 얼마나 파악하고 있는지 알아야 한다고 했잖아?"

그렇게 말하며 아이는 의미심장하게 입매를 일그러뜨렸다.

【제 1 장】 ❈ 성도 토넬리코에서

미궁 심부에서 어린아이가 펜리스와 대화를 나누고 있을 무렵. 리오와 소라는 직경 수 킬로미터에 이르는 11계층의 탐색을 끝내고 계층 입구 부근에서 합류했다.

"역시 12계층으로 이어지는 길은 없는 것 같네."

"죄송합니다. 소라도 아래로 이어질 만한 길은 찾지 못했어요."

"사과할 일이 아니야. 눈에 보이는 통로가 없다면 어딘가에 숨겨져 있거나, 이 11계층이 정말 미궁의 최하층일지도 몰라."

리오가 소라에게 부드럽게 미소 지었다.

"그렇다면 아예 벽을 파내면서 가볼까요?"

소라가 오른팔을 움직여 알통을 만드는 몸짓을 했다.

"파내는 건 벽 건너편에 공간이 있다는 걸 확실히 알았을 때만 할 수 있을 것 같아. 계획 없이 파냈다가는 붕괴의 위험도 있으니까."

리오가 광활한 11계층을 둘러보며 말했다.

'그건 그렇고 샅샅이 뒤지려면 꽤 고생하겠는걸.'

벽 너머에 공동이 있는지 없는지는 마력을 흘려보면 알 수 있겠지만, 11계층의 넓이는 지름만 해도 수 킬로미터나 되고 천장의 높이는 백 미터가 넘는다. 탐색의 의욕이 팍

꺾이는 광경에 리오는 가볍게 한숨을 내쉬었다.

하지만 미궁의 11계층은 인류 미답의 영역이다. 모처럼 여기까지 와서 일대를 빙빙 돌아보았다고 그대로 되돌아갈 수도 없었다. 현신 리나가 용왕을 환생시킨 단서가, 어쩌면 신마전쟁이 발발한 이 땅에 있을지도 모르니까…….

"좋아, 그럼 벽이나 지면 너머에 뚫린 공간이 없는지 정령술을 이용해서 알아볼까? 이 정도로 넓으니까 시간은 좀 걸리겠지만……."

다행히 바위집을 설치하면 숙식은 할 수 있으니 며칠에 걸친 조사도 가능했다.

"그런 잡일을 용왕님께 시킬 수는 없습니다. 이 소라에게 맡겨주세요!"

"소라에게만 그런 걸 시킬 순 없어. 그렇지 않아도 공간이 넓으니까 둘이서 나눠서 하자."

"그렇긴 하지만……."

"괜찮대도. 내가 소라랑 같이 하고 싶어."

"그, 그렇습니까? 알겠습니다! 그럼……!"

리오의 함께 하고 싶다는 말이 기뻤는지 소라가 크게 소리치며 수긍했다. 그리하여 두 사람은 보다 세밀하게 11계층의 조사를 실시하게 되었다.

한편, 미궁의 가장 깊은 곳.

"역시 12계층으로 내려가는 방법은 모르는 것 같아. 아직 조사는 더 해 보려는 것 같지만."

흰 의복을 입은 아이가 천장을 올려다보며 펜리스에게 설명했다. 리오 일행이 무엇을 하는지 마치 실제로 보고 있는 것 같은 모습이었다. 긴 앞머리에 가려진 그 눈동자로 대체 무엇을 보고 있는 것일까.

"문제는 12계층이 있다는 걸 확신하고 하는 조사인지, 있을지도 모른다고 가정하고 하는 조사인지 여부겠죠."

"과연 어느 쪽일까. 리나의 지시로 미궁에 발을 들인 거라면 12계층으로 가는 방법도 당연히 알고 있을 법한데. 포기하고 나간다면 12계층이 있는지 없는지는 모를 가능성이 더 크겠지."

"확실히……. 어쨌든 당분간은 지켜볼 수밖에 없을 것 같군요."

펜리스는 "흐음" 하고 신음하며 가볍게 탄식했다.

"두 사람 일은 나한테 맡기고 형은 본인 일로 돌아가도 돼. 여기 틀어박혀 있는 나와 달리 형은 바쁜 몸이잖아?"

"그게 가능했다면 고생할 일도 없었겠지요……."

"뭐야, 귀여운 여동생을 좀 더 믿어달라고."

"당신은 아직 그에 대해 잘 알지도 못하잖아요? 초월자가 되기 전부터 정말이지 방심할 수 없는 상대였습니다."

"그래서 내가 실수로라도 계획을 망칠까 걱정하는 건가.

하여간…….”

“당신의 성격상 눈을 떼면 그를 바로 만나러 갈 테니까요.”

“아하하, 안심해. 물론 때와 장소는 가릴 거야.”

흰 의복을 입은 아이는 부인하지 않고 한바탕 유쾌하게 웃더니 그렇게 말했다.

“……설마 밖에서 만날 생각입니까?”

펜리스가 의외라는 듯이 눈을 크게 뜨며 물었다. 혹은 여동생이 미궁 밖으로 나간다는 것 자체가 그만큼 드문 일인지도 모른다.

“그래, 역시 미궁 속에서 만나러 가면 수상하게 여길 테니까.”

“흐음…….”

그렇다면 재고해 볼 여지가 있다고 생각했는지 고심하는 펜리스.

“실제로 미궁 밖에서라면 내가 그들 앞에 모습을 드러내는 건 그렇게 나쁜 수는 아니잖아?”

“바깥 세계에서는 당신도 크게 약해진다는 리스크를 짊어지게 됩니다만…….”

“내가 실수할까 걱정하는 줄 알았더니 이번에는 과보호? 하여간에 형은 날 너무 좋아한다니까.”

“우리의 계획을 달성하기 위해서는 당신의 존재가 필수적이니까요.”

“하하, 그렇다고 해둘까? 그래서, 어쩔 거야?”

자신에게 그의 조사를 맡겨 보지 않겠느냐고, 흰 의복을 입은 아이가 펜리스를 똑바로 바라보며 물었다.

"……좋습니다. 어쩌면 저보다 당신이 더 적임일지도 모르지요."

펜리스는 무겁게 고개를 끄덕였다.

"결정이네. 용왕의 권능을 손에 쥔 그가 천 년 전의 용왕과 동일 인물인지, 우선 그것 먼저 밝혀내 볼까."

◇ ◇ ◇

약 1시간 후. 장소는 마찬가지로 성도 토넬리코. 교황 펜리스 토넬리코가 주로 기거하는 궁전 집무실 안.

"휴우……."

순백색의 로브를 몸에 두른 펜리스가 귀찮다는 듯 한숨을 내쉬며 의자에 앉아 있었다.

"예하, 잠시 괜찮을까요?"

그러자 열려 있는 문으로 고급스러운 흰색 의상을 입은 젊은 여성이 방문했다. 그녀의 이름은 안나 멘도자. 교황의 비서관을 맡고 있는 고위 신관이다. 안나의 팔에는 대량의 서류가 들려 있었다.

"들어오세요."

"몇 달에 걸친 봉인 의식, 정말로 고생 많으셨습니다."

"예, 너무 피곤하군요. 이제 곧 다시 봉인 의식으로 돌아

가야 하니 잠시 쉬고 싶습니다만."

"안 됩니다. 예하께서 부재중이신 동안 봐주셨으면 했던 안건이 쌓여있어요. 다 확인해주셔야 합니다."

"이래서 돌아오고 싶지 않았는데 말이죠……."

두 사람의 대화로 미루어 보아 펜리스는 몇 달 만에 궁전으로 돌아온 듯했다. 봉인 의식이라는 것이 정확히 무엇인지는 알 수 없지만…….

"알기 쉽게 설명해 주시겠어요? 사제 안나."

펜리스는 상냥하게 안나에게 미소를 지어 보였다.

"기꺼이, 예하. 우선 최우선으로 설명드릴 안건입니다. 요즘 신관들 사이에서 횡령이 횡행하고 있어……."

안나는 한눈에 봐도 무척 기쁜 얼굴로 끌어안고 있던 서류에 대한 설명을 시작했다. 그 눈에는 펜리스에 대한 경외심이 엿보일 정도로 넘쳐났다.

한편 펜리스는 안나의 설명을 들으면서 "흐음"이라든가 "그렇군요"라든가 "아, 그렇습니까?"라는 정형적인 맞장구를 담담하게 읊었다. 그녀에게서 받은 서류를 빠르게 훑어보면서.

'옛집으로 돌아오자마자 정말 타이밍이 나쁘군요. 아니, 오히려 제가 돌아올 타이밍에 그가 와줘서 다행이라고 생각해야 할까요?'

그런 생각과 함께 문득 창밖으로 시선을 돌렸다.

'그와 권속이 이 땅에 있는 이상 전력이 분산된 가르아크

의 수비력은 약해졌을 터. 회수한 골렘을 투입한다면 지금 이때가 바로 적기인데…….'

현신 리나가 빙긋 웃고 있는 모습이 펜리스의 뇌리에 떠올랐다. 만약 리나가 정말 리오의 등 뒤에서 그를 조종하고 있는 거라면?

미래를 내다보는 힘을 가진 그녀가 지금의 이 상황을 예견하지 못했을 거라고는 생각하기 어려웠다. 리오가 전력을 분산시켰다는 사실을 알게 된 펜리스가 어떤 행동을 할지도 당연히 내다봤을 것이다. 그 모든 것을 알고 덫을 놨을 우려가 있다.

'……정말 성가신 상대로군요. 그 여신의 얼굴이 맴돌지만 않았다면 망설임 없이 가르아크 왕국을 강습했을 텐데……. 그러면 세리아 크렐과, 잘만 하면 그의 계약정령인 그녀도 배제할 수 있었는데요.'

교황 펜리스는 그런 생각을 하며 탄식하듯 한숨을 내쉬었다.

"……저기, 예하."

안나가 설명을 중단하고 펜리스의 얼굴을 들여다보았다.

"왜 그러지요?"

펜리스는 창밖에서 시선을 떼고 안나에게 시선을 돌렸다.

"저, 계속 창밖을 내다보시는 것 같아서요. 실례지만 뭔가 다른 생각을 하고 계시는 건가요?"

"당신의 설명을 들으면서 동시에 다른 생각도 하고 있었을 뿐입니다. 기부금의 고액 횡령을 저질렀을 법한 부서도 어느 정도 짐작은 가고요."

펜리스는 그렇게 말하면서 안나에게 받아든 서류를 책상에 내려두었다. 서류에는 신관들이 소속된 각 부서의 수지가 적혀 있었다. 펜리스는 횡령이 존재할 법한 부서 서류에 체크를 하고 안나에게 돌려주었다.

"여, 역시 대단하십니다……!"

"계산이 허술하거나 숫자의 끝자리가 부자연스러운 부서 등을 구분해낸 것뿐입니다. 시주받은 것을 조금씩 빼돌리는 것은 눈감아주는 것이 관례이니, 일단은 제가 그자들 부서에 얼굴을 내밀어 단단히 일러두도록 하죠. 그 후에는 잠시 상황이 개선되는지 경과를 관찰하도록 하세요."

"네! 그럼 다음 안건에 대해……!"

"예, 빨리 끝내도록 합시다."

'정보 수집이 끝날 때까지 좀 더 상황을 지켜볼까요. 거리에서 마주쳐도 귀찮고, 렌지 씨도 한 번은 프로키시아 제국으로 돌아와 줘야 하니.'

펜리스는 한숨 섞인 목소리로 고개를 끄덕인 뒤, 다시 창밖으로 시선을 돌려 성도의 거리를 바라보았다.

이틀 뒤 이른 오후.

11계층 안에서 벽이나 땅에 마력을 흘려보내며 정령술로 신중하게 12계층으로 이어질 법한 길이나 공간을 찾아본 리오와 소라. 하지만 결국 두 사람이 12계층을 발견하는 일은 없었다. 그렇게 미궁의 11계층을 떠나 지상으로 돌아온 리오는 내리쬐는 태양에 손을 가리고 눈을 가늘게 떴다.

"역시 햇빛이 눈 부시네……."

미궁 내부도 벽이나 천장이 희미하게 빛나고 있었으니 밝다면 밝다고 할 수 있었지만, 역시 태양빛의 양에는 한참이나 못 미친다. 오랜만에 햇빛을 받아서 한층 더 눈이 부신 걸지도 모른다.

"아아, 어쩌죠. 용왕님의 눈동자가…… 눈에 해로우니 너무 직시하지 마세요."

"아하하, 괜찮아. 곧 익숙해질 테니까."

"그건 그렇고 리나 녀석. 이런 어둡고 칙칙한 공간에서 용왕님을 이틀 넘게 계시게 하다니……."

"딱히 리나의 잘못은 아니야."

"아뇨, 모든 것은 다 리나 때문입니다! 용왕님에게 뭔가 시키려고 천 년 후에 멋대로 환생까지 시켜 놓고 제대로 된 단서를 남기지 않는다니 당치도 않은 일이에요! 덕분에 용왕님께서 이런 헛걸음까지 하셨잖아요."

소라가 볼을 부풀리며 현신 리나에게 분노했다.

그 말대로 용왕의 권능을 손에 쥔 리오에게 무언가를 시킬 생각이었다면, 단서를 더 남기는 편이 좋지 않았을까

하는 생각에 이르는 것은 지극히 당연했다.

하지만 미래를 아는 인물이 굳이 단서를 남기지 않았다는 사실이 중요하다. 단서를 남기지 않은 것 자체에 뭔가 의미가 있을 수도 있었다.

"진정해. 단서다운 단서를 찾을 수 없다는 건 알았으니까 그것도 훌륭한 수확이야. 일단 기분전환 삼아 도시로 돌아가서 맛있는 거라도 먹으러 갈까?"

리오가 부드럽게 소라를 타일렀다.

"마, 맛있는 거……! 그렇죠, 갈까요! 정말이지, 리나는 용왕님의 자비에 감사해야 한다고요."

맛있는 것에 마음이 동한 것인지 소라는 머리 위에 있는 태양처럼 화사한 미소를 내보였다. 그리하여 리오와 소라는 미궁에서 성도 토넬리코로 돌아가게 되었다. 경쾌한 발걸음으로 걷기 시작하는 소라.

'역시 이 미궁이 수상하긴 하지만…….'

다만 리오는 떠나면서도 마음에 걸리는지, 한 번 더 미궁 입구를 돌아보았다.

지금으로부터 천 년도 더 옛날, 육현신들은 이 땅에서 세계에 구멍을 뚫는 실험을 했다. 그 결과 이계로부터 마물들이 몰려들어 신마전쟁이 발발했다고 한다. 그 미궁에서 지금까지도 마물들이 계속 출현하고 있으니, 오히려 미궁이 이상하지 않다고 생각하는 편이 부자연스러웠다.

하지만 이틀에 걸쳐 완전히 막힌 11계층을 샅샅이 뒤졌다.

그 후로 11계층에 마물이 나타나는 일도 없었고, 벽이나 땅 건너편에 숨겨진 공간도 없어 정말 막다른 곳이라고 판단했기 때문에 이렇게 지상으로 나온 것이다. 막연하게 수상하다는 이유만으로 조사를 계속했다고 해도 뭔가 성과를 얻었을 거라 보기는 어려웠다.

"용왕님, 무슨 일이신가요?"

"아니, 아무것도 아니야. 갈까?"

리오가 걸음을 멈춘 탓인지 소라가 이내 알아차리고 말을 걸어왔다. 리오는 기우를 떨쳐내듯 고개를 저은 뒤 이번에야말로 미궁의 입구에서 멀어졌다. 그러자 그 뒤를 따르듯 거대한 미궁 입구에서 한 아이가 나왔다.

"오랜만에 온 지상이네. 자, 그럼……."

흰 의복을 입은 아이는 고개를 들어 햇빛을 들이마시듯 태양을 직시한 다음, 시선을 낮춰 한참 앞을 나아가는 리오와 소라의 모습을 시야에 담았다. 그리고 곧바로 두 사람의 뒤를 따르듯 천천히 걷기 시작했다.

그리고 리오 일행은 성도 토넬리코 거리로 이동했다. 어딘가 맛있어 보이는 식당이라도 찾아 들어가려고 큰길가를 걷는 와중이었다.

"리나가 신마전쟁 시대에 우려했던 일 말인데. 분명 신마전쟁 시대와 관련된 무언가일 거라고 생각했는데, 실은 전혀 다른 문제일 가능성도 있을 것 같아."

그때, 리오가 문득 떠오른 가정을 전했다.

"그런 경우라면 더 이상 조사할 방법이 없어요. 바보 같은 리나 잘못이니 용왕님이 고생하실 필요는 없습니다."

"하지만 우리가 뭔가를 간과하고 있을 수도 있으니까. 어쩌면 역시 미궁과 관련되어 있을 지도 몰라."

"그럼 다시 한번 미궁으로 들어가 보시겠어요?"

"……그럴까. 한 번쯤은 미궁에 더 들어가 봐도 좋을 것 같아. 하지만 그 전에 이 땅에 대한 정보를 좀 더 자세히 알아두자."

아쉽게도 가지고 있는 정보가 턱없이 적었다. 처음 들어갈 당시에도 도시 거주자나 모험자 길드 직원에게 탐문 조사 정도는 했지만 어디까지나 겉으로 드러난 정보뿐이었다.

"어디 그러기에 적합한 장소가 있을까요?"

"음. 딱 한 군데, 이것저것 조사할 수 있을 만한 장소로 짐작 가는 곳은 있는데……."

"오! 역시 용왕님이십니다! 어디인가요?"

"이 도시에 있는 신전이야. 이 땅을 관리하는 사람들이 사는 곳이니까 이 땅에 얽힌 오래된 문헌이 보관된 서고도 있지 않을까?"

"그렇군요! 그럼 신전 서고에 가야겠네요!"

"그렇지. 신전의 서고를 조사할 수 있다면 참 좋겠는

데…….”

리오가 난처한 표정으로 맞장구를 쳤다. 솔직히 서고를 조사하게 해달라고 신전을 찾아간다 한들 허락받을 수 없을 거라 생각했기 때문이었다.

손으로 직접 책을 만드는 이 세상에서 책은 더할 나위 없는 귀중품이다. 생면부지 사람의 출입을 그렇게 간단히 허락할 리가 없다. 그렇게 되면 결국──.

'몰래 들어갈 수밖에 없나……. 하지만 몰래 들어간다 한들 서고에 여유롭게 머무를 수는 없을 텐데…….'

아무리 초월자가 타인의 의식에 오래 머물기 어렵고 기억에 남지 않는 존재라고 해도, 당당하게 서고에 침입해 책을 열람하는 모습이 목격되면 큰 소동이 벌어질 것이다.

그리고 소동을 일으키면 소동이 일어났다는 사실만큼은 사람들의 기억에 남는다. 그렇게 되면 경계가 강화되어 이후 더더욱 잠입하기 어려워질 우려가 있었기에 가능하면 소란은 일으키지 않는 편이 나았다.

대체 어떻게 해야 하나. 리오가 고민하고 있는데, 그런 리오와 소라에게 말을 거는 자가 있었다.

"저기."

"……어?"

바로 옆에서 들려온 목소리에 리오가 고개를 돌렸다. 그곳에는 소라와 나이가 비슷해 보이는 작은 아이가 서 있었다.

"신전에 볼일이라도 있어?"

아이가 리오에게 물었다.

중성적인 얼굴에 새하얀 머리색을 하고 있다. 앞머리가 길고 눈가가 가려진 탓에 소년인지 소녀인지는 분간하기 어려웠다.

아마도 신전에 근무하는 견습 신관이 아닐까? 입고 있는 흰 의복이 그 사실을 보여주고 있었다. 화려한 장식이 달려 있는 것은 아니었지만 질 좋은 원단을 사용했다. 어쩌면 고위 자제일지도 모른다.

"……."

딱히 눈에 띄는 짓을 하지도 않았는데 초월자와 그 권속에게 말을 걸어왔다. 그 사실에 놀랐는지 리오가 눈을 크게 떴다.

"뭐예요? 지금 용…… 리오 님과 소라는 바쁘니까 꼬맹이랑 놀아줄 시간은 없어요. 저리 가요. 훠이훠이."

소라는 대놓고 성가시다는 태도를 보이며 아이를 쫓아내려고 했다.

"아하하, 너 재미있네. 본인도 어린애면서."

"뭐랏?! 소라는 성숙한 레이디예요! 예의 없는 꼬맹이네요!"

발끈한 소라가 송곳니를 내비치며 소녀를 위협했다.

"진정해, 소라……. 미안해. 너는 누구니?"

리오가 소라를 붙잡으며 아이에게 물었다.

"보다시피 신전 관계자야. 너희들이 신전에 대해 말하는 게 들려서 살짝 관심이 생겼거든."

아이는 두 팔을 들어 새하얀 옷감을 팔랑팔랑 흔들어 보이며 자신이 신전 관계자임을 밝혔다.

"그렇구나. 우리는 신전에 볼일이 있다기보단 이 땅에 관련된 역사 같은 것에 관심이 있어서 그에 관한 이야기를 하고 있었어. 신전이라면 그런 정보도 관리되고 있지 않을까 해서."

"그렇구나. 그건 그렇고……."

아이가 느닷없이 리오의 눈앞까지 다가와 불쑥 고개를 들었다. 그대로 끌어안을 수 있을 만큼 가까워지자 리오가 당황하며 얼굴을 굳혔다.

"으음…… 왜 그래?"

"우리 처음 만난 거 맞지?"

그렇게 물은 아이는 조용히 리오의 얼굴을 들여다보았다.

"그런 것 같은데……?"

"흐음, 그런가. 아니, 머리색이 똑같아서 그런가? 뭔가 묘하게 그리운 느낌이 들어서 말야. 그래, 그렇구나. 우리는 초면이구나."

아이가 키득키득 웃으며 입가에 미소를 띠었다.

"너! 리오 님한테서 떨어져요! 갑자기 나타나서 그런 걸 강조하다니, 작업이라도 걸 셈인가요?! 꼬맹이 주제에 감히!"

소라가 흥 하고 콧바람을 거칠게 몰아쉬며 아이에게 으

름장을 놓았다.
"아하하. 너랑은 정말 초면이네, 응."
아이는 순순히 한 걸음 물러서며 리오로부터 거리를 벌렸다.
"너처럼 무례한 놈이 있었다면 절대 잊을 리가 없어요."
"나도 너희는 잊지 못할 것 같아. 그렇지, 참. 자기소개가 늦었지? 나는 엘(エル)이야. 잘 부탁해."
아이는 자신을 엘이라고 소개하고는 리오에게 손을 내밀었다. 리오는 그 손을 다시 잡았다.
"만나서 반가워. 나는 리오. 이 애는 소라라고 해."
"흥."
소라는 못마땅한 얼굴로 엘을 외면했다.
"리오랑 소라구나. 신기하게도 이름이 두 글자인 세 명이 모였네. 이것도 인연이겠지. 이 땅에 대해 알고 싶다면 내가 알려줄까?"
엘은 스스로 정보 제공을 자청했다.
"그건……."
상대는 아직 만난 지 얼마 안 된, 심지어 어린아이다. 가볍게 부탁할 상대는 아니라는 생각에 리오는 망설였다.
"나는 이래 봬도 신전에 근무하는 학자 중 한 명이거든. 성도의 역사는 잘 알고 있어. 그야말로 이 땅에 지금의 성도가 생기기 전, 신마전쟁 시대에 대해서도."
"그렇다면 정말 고맙긴 하지만……."

신전 서고에서 정보를 수집할 수 없을까 고민하고 있었는데 신전의 학자가 나타났다. 최적의 타이밍에 나타난 도움의 손길인 셈이었다. 아니, 반대로 생각하면 너무 잘 맞아떨어지는 상황이 아닐까? 그래서 더 당황한 것일지도 모른다.

"그럼, 결정이네. 어려 보이지만 생각보다는 나이가 많아. 안심해도 돼."

그런 와중 엘이 빠르게 이야기를 정리했다. 그러고는 실제 나이조차 밝히지 않았으면서 외관상의 나이가 아니라는 뜻을 내비쳤다.

"……그렇다면 가르침을 청하는 대신 뭔가 보답을 하게 해 주세요."

그래서 리오는 엘을 어린아이가 아닌 한 명의 학자로서 대하기로 했다. 가슴께에 손을 얹고 인사하듯 공손히 고개를 숙여 보인다.

"흐음, 사고 전환이 유연하네. 마음에 들어. 쉽게 할 수 있는 일이 아니니까. 글쎄, 답례는 뭐 맛있는 거라도 사주면 돼. 그리고 너에 대해서도 알고 싶어. 보아하니 여행자지? 나는 바깥세상에 대해서는 잘 모르니까. 관심이 많거든."

그렇게 말한 엘은 기분이 좋은지 생글생글 미소 지었다.

"갈까? 이 근방에 온 건 꽤 오래 전 일이지만 근처에 괜찮은 식사를 할 수 있는 가게가 있었을 거야."

리오와 소라를 등진 엘이 성큼성큼 걸어가기 시작했다.

"잠깐, 멋대로 행선지를 정하다니……."

완전히 엘의 페이스가 되어버린 것이 마음에 들지 않는지, 소라가 못마땅하다는 얼굴로 투덜거렸다.

"맛있는 식당으로 안내해 준다면야 고맙지. 갈까?"

그리하여 리오 일행은 엘이라고 자칭하는 인물로부터 성도에 얽힌 이야기를 듣게 되었다.

"맞아, 여기야."

엘이 리오와 소라를 데리고 방문한 곳은 성도에 자리한 창업 수백 년의 역사를 가진 레스토랑이었다.

"그립네. 이게 얼마 만이지?"

고급스러운 건물 앞에서 멈춰선 엘은 약간 감상에 젖은 눈빛이 되었다.

"흥, 누가 어른 흉내 내는 걸 모를 줄 알고요?"

소라가 작게 중얼거렸다.

'……확실히 겉모습만 봐선 어린애로밖에 안 보여. 하지만 겉모습 그대로의 나이를 가진 것 같지는 않아.'

아이치고는 상당히 이지적인 말투를 쓰고 있고 분위기도 무척 차분했다. 세리아처럼 아무리 시간이 지나도 소녀처럼 보이는 경우도 있으니, 엘 역시 그런 뛰어난 유전자를 물려받아 태어났을 가능성이 컸다. 아무리 그래도 스무 살은 넘지 않았겠지만 십대 초중반 정도라고 해도 놀랍지는 않을 것이다.

게다가 세리아도 열 살 무렵에는 왕립학원을 월반으로 졸업하고 학자가 되었으니 비슷한 나이에 학자가 되는 인물이 있어도 이상하지는 않겠지.

'오히려 어른 흉내를 내도 보이는 그대로 어린애로만 보이는 건 소라 쪽…….'

겉모습뿐만 아니라 평소의 언행 역시 소라는 천진난만한 어린 소녀 자체였다. 리오는 옆을 걷는 소라를 곁눈질로 힐끔 내려다보았다.

"음? 왜 그러시나요, 용…… 리오 님?"

"아니, 아무것도 아니야."

아하하, 리오는 어색하게 미소 지었다.

"자, 들어갈까?"

엘이 앞장서서 가게 현관에 들어서자 안내원으로 보이는 노년의 신사가 공손히 고개를 숙여 보였다.

"어서 오십시오."

"셋이야. 안내를 부탁할 수 있을까?"

엘이 일행을 대표하여 물었다.

"네, 예약 여부를 알 수 있을까요?"

안내 담당인 노년의 신사가 접수 대장을 확인하며 물었다.

"예약은 안 했어. 그냥 온 거야."

"알겠습니다. 마침 개인실이 하나 비어 있으니 그쪽으로 안내해 드리겠습니다."

노년의 신사는 즉시 대장을 닫고 안쪽 통로로 리오 일행을 이끌었다. 이 성도 토넬리코에서는 신전이 큰 영향력을 가진다. 예약도 안 했는데 선뜻 개인실로 안내해 주었다는 것은 엘이 확실한 신전 관계자임을 드러낸 복장을 하고 있기 때문인지도 모른다.

어쨌든 그렇게 개인실로 안내받아 착석을 마치고, 엘이 안내를 맡은 노신사에게 주문을 전했다.

"이 가게의 교황풍 파에자였나? 그게 꽤 맛있었거든. 우선 그걸 3인분 주문할게."

"……."

그러자 노신사가 눈을 크게 뜨며 숨을 삼켰다.

"응? 왜 그래?"

"……실례했습니다. 꽤 그리운 메뉴 이름을 들으니 놀랍고 기쁜 마음에 그만."

"그리워? 그렇다는 건 그 메뉴는 이미……."

"아니요, 지금은 다른 명칭이 붙었거든요. 문제없이 드릴 수 있습니다. 교황풍 파에자 3인분 말이죠. 조리에 시간이 좀 걸리니 양해를 부탁드립니다."

노신사는 굳이 당시의 명칭으로 주문을 확인했다.

"아아, 상관없어. 참고로 왜 명칭을 바꾼 거지?"

"십여 년도 더 전의 일입니다. 메뉴에 교황님이라는 칭호를 붙이는 건 불경한 것이 아닌지, 당시 내방해 주신 신관님들 사이에서 그런 문제가 대두되어서…….”

엘이 신전 관계자로 보이기 때문일까? 노신사는 조금 말하기 어려운 듯 메뉴 명칭이 바뀐 사연을 설명했다.

“뭐야, 그런 건가. 하여간 시시하네. **형은 그런 거 신경도 안 쓸 텐데**. 오히려 일개 신관 운운하는 것들이 교황 칭호가 붙은 물건에 토를 다는 게 더 우습다는 생각은 안 드나?”

엘은 한탄스럽다는 듯 어깨를 으쓱해 보였다.

“……음?”

리오가 생각지도 못한 말을 들은 얼굴로 물음표를 띄웠다. 노신사도 허를 찔린 듯 눈을 동그랗게 떴다.

“응, 왜 그래?”

엘이 곧바로 리오에게 말을 걸었다.

“……아니요, 조금 신경 쓰이는 말을 들어서. 저, 형이라는 건 즉……?”

리오가 조심스럽게 묻는다.

“응? 아아, 여기 성도 토넬리코에 있는 교황 말이야. 교황 펜리스 토넬리코. 여행자인 너라도 이름 정도는 알고 있겠지?”

“아, 네에…….”

충격적인 사실을 털어놓자 리오가 얼굴을 굳히며 대답했다.

“교, 교황님의 친족분이셨군요. 이거 정말 실례가 많았습니다!"

안내를 맡은 노신사가 금세 창백해져서 황급히 그 자리에서 엎드려 인사했다.

그럴 만도 하다. 아르마다 성왕국에서는 국왕과 교황(법왕), 왕의 칭호를 가진 존재가 두 명 있었다. 정치적 통치자로서 국가 전체에 군림하는 것이 국왕이라면 종교적 통치자로 군림하는 것이 교황이었다. 이곳 성도 토넬리코에서는 교황이 자치권을 가지고 있었으니 성도 주민인 노신사가 교황의 혈족에게 경외심을 품는 것은 당연했다.

'평범한 사람이 아니라는 생각은 했지만…….'

설마 교황의 친족이었다니 예상을 벗어나도 한참을 벗어났다.

"고개를 들어. 나는 표면상 교황의 여동생으로 취급받지 못하는 존재야. 아니, 정확히는 취급할 수 없는 존재라고 해야 하나?"

그러자 엘이 실로 당당한 태도로 노신사에게 말했다.

'여동생. 역시 여자아이였구나.'

아직 어린아이인 데다 중성적인 말투와 생김새를 갖고 있었기에 성별을 알 수 없었지만, 이제야 그것이 밝혀졌다. 다만 지금은 그런 것보다 '여동생으로 취급할 수 없는 존재'라는 엘의 말이 더 신경 쓰였다. 도대체 무슨 뜻일까?

"저, 으음……."

혹시나 상당히 위험한 말을 들어버린 것은 아닐까, 노신사의 표정이 두려움으로 굳어졌다.

"착각하지는 말아줘. 성도에서는 신전이 여러 개의 고아원을 운영하고 있거든. 나는 그중 한 곳 출신이야. 그러니까, 그런 거지. 무슨 말인지 알겠지?"

의도적 것인지 엘은 일부러 말끝을 흐리며 물었다.

"아, 아뇨……."

노신사는 뭐라고 대답해야 할지 몰라 크게 당황한 듯 보였다.

"……당신과 교황 예하 사이에 피는 이어지지 않았다는 거군요."

리오가 노신사 대신 도움의 손길을 내밀며 추측했다.

"그래, 그런 거지."

엘은 크게 만족스러운 얼굴로 고개를 끄덕였다. 이어서 "피가 이어진 것도 아니니까 그렇게 호들갑스럽게 대할 필요는 없어"라고 말하지 않을까 하는 생각도 들었지만, 엘은 뒤이어 실로 의미심장한 말을 덧붙였다.

"그런 상황이야. 표면상으론 말이지."

"……."

괜히 들어선 안 될 말을 들은 것은 아닐까, 하는 미묘한 긴장감이 감돌았다.

"큭, 아하하, 미안, 미안. 농담이야. 평소에는 방에 틀어박혀 지내거든. 오랜만에 사람들이랑 얘기하는 게 재밌어서 나도 모르게 그만 장난을 쳐버렸네."

"……어디까지 농담이었는지는 묻지 않도록 하죠."
리오는 가볍게 한숨을 내쉬며 엘의 장난에 응했다.
"그래, 그렇게 해줘. 어쨌든 내가 원래대로라면 겉으로 드러나지 않는 존재라는 것만은 확실하니까. 교황 펜리스 토넬리코에게 여동생은 없다. 그러니 너도 이 자리에서 들은 건 침묵해 주겠어? 목숨이 아깝다면 말야."
"네, 네! 물론입니다! 저는 이 자리에서 주문하신 것 외에는 아무것도 듣지 못했습니다!"
노신사는 고급 식당의 점원답지 않게 평정심을 잃은 모습으로 허둥대며 몇 번이고 고개를 끄덕였다. 이 상황에서는 무리도 아니었다.
"아아, 맞아, 주문 도중이었지. 너희들은 뭐 먹고 싶은 거 있어? 파에자는 탈곡한 벼를 이용한 요리야. 먹음직스러운 재료도 듬뿍 들어가 있고 웬만한 양은 될 거니까 그 부분은 감안하고 주문하도록 해."
엘은 다시금 대화를 주도하며 리오 일행에게 선택을 권유했다.
"탈곡한 벼, 말인가요……. 그렇군요."
즉 쌀 요리다. 리오는 거기서 왠지 모르게 앞으로 나올 요리가 상상이 되었다.
"리오 님, 소라는 고기 시켜도 되나요?!"
빨려 들어갈 기세로 메뉴판을 바라보던 소라가 엉덩이를 들썩이며 리오에게 물었다.

"물론, 원하는 만큼 먹어도 괜찮아."

"감사합니다! 고기, 고기! 소라는 서로인 스테이크가 좋아요. 500그램, 미디엄으로 구워서 가져오세요!"

기분이 좋아진 소라가 안내를 맡은 노신사에게 주문을 했다. 방금까지 꽤 신변의 위험이 느껴지는 이야기를 하고 있었는데, 그런 것은 조금도 개의치 않는 마이페이스적인 모습이었다.

"……네, 네. 알겠습니다."

노신사는 어이가 없는 것인지 어색하게 고개를 끄덕였다.

"아하하. 넌 고기에 정말 푹 빠졌구나, 소라."

"당연하죠. 식사하러 와서 달리 어디에 빠지라는 건가요?"

"소라는 내가 누군지 알고 싶지 않아?"

"네에? 네가 누군지는 천 년 전 오늘 날씨가 어땠는지만큼 소라에게는 아무래도 상관없는 하찮은 일이에요. 그건 그렇고 너한테 소라의 이름을 부르는 걸 허락한 기억은 없는데요."

소라가 새침한 어조로 엘의 말을 내쳤다. 교황 관계자를 자극하면 안 된다고 생각했는지 노신사는 조마조마한 얼굴을 하고 있다.

"아하하하. 천 년 전 오늘 날씨가 어땠는지, 라고? 마치 천 년 전에도 살아 있었다는 듯한 말투네. 역시 재미있어, 소라는."

그렇지만 엘은 조금도 불쾌해하는 기색 없이, 오히려 기분 좋은 웃음을 터뜨리며 소라를 바라보았다.

"그러니까! 너한테 소라의 이름을 입에 담아도 된다고 허락한 기억은 없어요. 뻔뻔한 녀석이네요."

"그런 말 말고 나랑 친구가 되어 줘."

"응? 너 소라랑 친구가 되고 싶어요?"

친구가 되고 싶다는 엘의 말을 듣고 소라는 고개를 갸우뚱했다.

"그래, 오랜만에 친구가 생길 것 같아서 기쁘거든. 성숙한 레이디들끼리 어때? 친구가 되지 않을래?"

엘은 조금의 부끄러운 기색도 보이지 않고 소라와 친구가 되고자 했다.

"……."

어차피 누군가와 관계를 돈독히 해도 존재는 곧 잊힌다. 그래서 사람과 거리를 뒀다. 소라는 용왕을 잃은 뒤 천 년 동안 그렇게 살아왔다. 인간관계에 서투른 아이라서인지, 소라는 당황한 것처럼 보였다. 뭐라고 대답해야 할지 몰라 결국 입을 다물어 버린다.

"……어때, 소라? 난 소라에게 친구가 더 많아지면 좋겠는데."

그때 리오가 소라의 옆얼굴을 들여다보며 그녀의 등을 밀어주었다.

정말 싫은 내색을 보였다면 모를까, 만약 소라가 내심 친구를 사귀고 싶다고 생각한다면……. 리오는 도움을 주고 싶었다. 설사 상대로부터 존재가 잊힌다고 해도, 그것이 리오의 거짓 없는 진심이었다.

"아, 알겠습니다. 용…… 리오 님이 그렇게 말씀하신다면. 이번에 한해 특별히 소라를 이름으로 부르는 걸 허락하죠. 크흠. 성숙한 레이디끼리, 라는 울림도 뭐, 나쁘진 않네요."

일부러 헛기침을 하는 소라. 그렇게 말하는 그녀의 뺨이 약간 붉어진 것은 기분 탓이 아닐 것이다.

"그렇구나, 기뻐. 잘 부탁해, 소라."

"잘 부탁, 해요."

소라는 수줍은 듯 시선을 돌리며 엘에게 대답했다.

"리오만 그런 게 아니야. 소라와도 좀 더 빨리 만나고 싶었는데…… 그렇다면 지금 이렇게 친구가 될 수는 없었으려나? 세상 일이 마음 같지가 않네."

엘은 어딘가 아득한 눈빛으로 후후, 하고 그리움을 내비치듯 미소 지었다.

"네에? 무슨 뜻이죠?"

"깊은 의미는 없어. 그보다 주문 먼저 끝낼까?"

소라가 고개를 갸우뚱했지만 엘은 가볍게 흘려넘겼다. 그리고 그 밖에도 음식과 음료 등을 요청하고 대강의 주문을 마쳤다.

안내를 맡았던 노신사가 허둥지둥 퇴실하고 실내에는 3명만이 남았다.

"그래, 이 땅의 역사에 관심이 있다고 했지? 구체적으로 어떤 점이 궁금해?"

"그렇죠……."

어떤 식으로 질문할까, 하고 리오가 고민하는 내색을 보였다.

"아, 그 전에 리오. 너도 말투는 처음 만났을 때 그대로도 괜찮아."

"……아니요, 그럴 수는……."

"나랑 너 사이, 잖아?"

엘은 속마음을 꿰뚫어 보려는 듯 똑바로 리오를 응시하며 미소 지었다.

"그렇게 말씀하셔도……."

아직 만난 지 얼마 되지도 않았는데──라는 말을 삼킨 리오가 난처해하며 애써 미소를 지어 보였다.

"……그렇지. 듣고 보니 우리는 아직 만난 지 얼마 안 됐었구나. 아무래도 너랑은 초면인 것 같은 기분이 안 들어서 말야. 이거 실례……. 다만 난 딱딱한 건 별로 좋아하지 않아. 소라와도 이제 막 친구가 된 참이니까 너도 편하게 말해주면 좋겠어. 너에게 난 어린애로밖에 안 보일 테고."

"알겠습……. 아니, 알았, 어. 이러면 될까?"

리오는 체념하고 가볍게 탄식한 뒤 말투를 좀 더 편안하게 고쳤다.

"좋네. 그럼 네가 궁금한 걸 뭐든 다 물어봐. 넌 뭘 알고 싶어?"
"혹시 현재부터 지난 천 년 정도의 기간 동안 이 땅에서 뭔가 이상이나 문제가 발생한 기록이 남아 있을까?"
"무슨 이상이나 문제? 꽤나 모호한 질문이네. 이야기를 하기 전에 애초에 넌 이 나라나 이 땅에 대해 얼마나 많은 예비지식을 갖고 있어?"
엘이 턱에 손을 얹고 흐음, 하는 신음을 내며 리오에게 물었다.
"이 나라에는 아직 온 지 얼마 안 돼서 겉으로 드러난 정보뿐이야. 예를 들어 국왕과는 별도로 교황이라고 불리는 분이 있고, 그분이 이 성도를 다스리고 있다는 것. 이 성도와 미궁이 신마전쟁 시작의 땅이라는 것. 이 성도에 있는 모험자 길드가 슈트랄 지방의 총본부라는 것."
"그렇군. 그럼 이 땅의 역사를 이야기하는 데 빼놓을 수 없는 요소가 하나 있어. 그게 뭔지는 알아?"
"미궁 아닐까?"
성도와 미궁은 떼려야 뗄 수 없는 관계다. 리오는 망설이지 않고 대답했다.
"정답. 우수하네. 그럼 미궁이 이 땅의 역사와 어떻게 얽혀있는지 역사를 한번 돌아볼까? 우선 성왕국의 기원은 현재로부터 950년 이상 거슬러 올라가."
건국 초기 토넬리코는 아직 성도가 되지 않았고 교황도 존재하지 않았다. 그렇다면 도대체 누가 이 땅을 관리했느냐, 하면 바로 이 나라의 왕가라고 한다.

"미궁의 마물을 쓰러뜨려 얻게 되는 마석은 매력적인 자원이니까. 국왕으로서는 놓치고 싶지 않았겠지. 그래서 건국 이후 한동안 왕가가 미궁을 관리해 왔어. 하지만 그 미궁이 알다시피 워낙 변덕이 심해서 말이야. 들어봤을지도 모르겠지만 미궁에서는 대량의 마물이 쏟아져 나오는 경우가 있어."

이어서 엘은 미궁에 대해 이야기하기 시작했다.

"미궁 재앙. 그중에서도 신마전쟁이 종결된 직후 처음 발생한 그건 특히 더 규모가 컸어. 일설에 의하면 적어도 수십만 마리의 마물이 미궁 밖으로 풀려났다고 해. 그 결과 지금의 성도가 완성되기 전에 이 땅에서 부흥하던 도시는 괴멸. 피해는 이 땅뿐만 아니라 아르마다 성왕국 전체에 미쳤고, 이윽고 나라 밖까지 퍼져나가 슈트랄 지방에 큰 혼란을 초래했지."

최초의 미궁 재앙이 일어난 것은 신마전쟁이 종결된 지 약 백 년 후, 아르마다 성왕국이 건국된 지 아직 반세기 정도밖에 지나지 않았을 때의 일이었다고 한다.

"신마전쟁이 아직 끝나지 않은 거냐면서 각국에서도 난리가 났었대. 뭐, 최종적으로는 '마물들이 통제력을 잃고 일종의 돌발적인 집단 패닉을 일으킨 것 아니냐'라는 결론이 도출되긴 했지만."

그런 결론이 나온 것도, 마물들에게는 특정 침략 목표도 없었거니와 특정 장소를 점령하여 대규모 거점을 만들지도 않았기 때문이었다. 슈트랄 지방 곳곳으로 흩어졌고 결국 각지에서 뿔뿔이 떼를 지어 이곳저곳에 살기 시작했다고.

"그래서 미궁을 관리하던 당시 아르마다 국왕에게 국내외에서 비난과 불만의 목소리가 쏟아졌지."

물론 마물의 행동을 인류가 예상할 수 있을 리가 없다. 마물들이 제멋대로 폭주해 미궁에서 뛰쳐나와 제멋대로 각지로 이동해 정착했을 뿐이다.

아르마다 성왕국이 의도적으로 일으킨 사건이 아닌 이상 최종적으로는 아르마다 성왕국의 잘못은 아니었다는 논리적인 판단이 각국에서 내려졌다.

다만 그래도 전조가 있었던 것은 아닌지, 예견할 수는 있었던 것이 아닌지, 하며 아르마다 성왕국의 과실을 비난하는 목소리는 적지 않게 나왔다고 한다.

"뭐, 피해 규모가 그 정도로 컸으니까. 현대에도 마물이 대량으로 만연한 게 이때의 미궁 재앙이 원인이었다는 말까지 있을 정도야."

미궁 재앙의 피해를 입은 각국의 거침없는 불만이 미궁을 국토에 포함시킨 아르마다 성왕국에 향한 것은 자연스러운 감정의 흐름이라 볼 수 있었다.

"당시 국왕은 필시 골머리를 앓았겠지. 다음에 또 미궁 재앙이 일어나 슈트랄 지방 안에 피해가 생기면 이번에야말로 왕가가 책임을 지게 될지도 몰랐으니까. 미궁 관리 책임에서 벗어나고 싶어서 안달이 나 있었을 거야."

엘은 무척 우습다는 얼굴로 말했다.

"하지만 미궁 관리를 포기할 수는 없어. 미궁 재앙이 일어나서 가장 먼저 피해를 보는 곳은 국토에 미궁을 포함시킨 아르마다 성왕국이니까. 게다가 미궁의 마물에서 구할 수 있는 마석은 여전히 매력적인 자원이었지."

그래서 아르마다 성왕국에게 미궁 관리는 필수적이었다.

그래서 왕가는 고민했다. 미궁 관리의 직접적인 책임은 지고 싶지 않다. 하지만 미궁에서 얻을 수 있는 마석은 손에 넣고 싶다.

실로 자기중심적이고 속편한 생각이긴 하지만…….

"거기서 태어난 존재가 교황과 모험자 길드야. 성도를 자치구로 만들어 국가로부터 분리시킨 뒤 미궁의 관리 책임을 전부 교황에게 떠넘긴다. 모험자 길드 쪽에서는 모험자를 통해 미궁을 탐색하게 하고 쓰러뜨린 마물들의 마석을 회수하게 한다."

모험자 길드는 국가 감사가 들어가긴 하지만 국가로부터 독립적으로 운영되는 기관이다. 설립에 있어서 투자는 해도 이후에는 국가가 운영을 위한 재원을 확보할 필요는 없다. 국가가 정규군을 편제해 미궁을 공략하는 것보다 비용을 훨씬 절감할 수 있는 것이다.

문제는 어떻게 모험자 길드가 손에 넣은 마석을 국가가 회수하느냐인데, 성도의 모험자 길드가 왕국 내에 존재하는 이상 하려고만 하면 방법은 얼마든지 있었다.

그렇지 않아도 성도 주변은 산성이 강한 토양이라 농업에 적합하지 않았고, 식량 입수는 아르마다 성왕국에 의존하는 상태였다. 성왕국 없이는 성도가 존속할 수 없는 이상 모험자 길드 또한 성왕국 없이는 존속할 수 없었다.

"정말 기가 막히게 완벽한 구조지?"

엘은 마치 자신이 그 구조를 생각해내기라도 한 듯 가슴을 폈다.

"현재부터 지난 천 년 정도 사이에 이 땅에서 무슨 이상이나 문제가 발생한 기록이 남아 있지 않느냐는 질문이었지? 그 질문을 듣고 제일 먼저 떠오른 게 이 땅에서 처음 발생한 미궁 재앙이었어. 답이 됐을까?"

그리고 이렇게 이야기를 정리했다.

"응, 아주 흥미로운 이야기였어. 그만큼 신경 쓰이는 부분도 여러 가지 있었지만……."

"좋아, 뭐든지 물어봐."

"고마워. 그럼 우선, 미궁에서 마물이 나온다는 말은 들은 적이 있는데 미궁 재앙은 비교적 자주 일어나는 편이야?"

"흐음, 미궁에서 마물들이 쏟아져 나오는 건 그리 드문 일은 아니야. 하지만 미궁 재앙이라고 불릴 정도의 규모가 되면 백 년에 한 번 일어날까 말까 해. 가장 최근이라면 38년하고도 75일 전, 이었을까?"

"그렇게나 됐구나…… 그건 그렇고 세세한 일수까지 잘

기억하고 있네."

"이래 봬도 학자 나부랭이니까. 기억력에는 자신 있어. 그 현신들 수준에는 미치지 못하더라도 말이야."

엘이 후후, 하고 의미심장하게 미소 지었다.

"그랬, 었지. 역시 대단하네. 그럼 질문을 좀 바꿔서 어느 정도 규모여야 미궁 재앙이라고 부를 수 있는 거야?"

"명확하게 정해져 있는 건 아냐. 이천 몇백 마리 정도로 미궁 재앙으로 인정된 예도 있어. 실제로 바로 지난번 일어난 미궁 재앙이 딱 그 정도 규모였지."

"처음 일어난 일에 비하면 상당히 규모가 작네."

"그보다는 처음에 일어난 미궁 재앙의 규모가 너무 엄청났던 거야. 그다음으로 컸던 미궁 재앙이라고 해도 기껏해야 수만 정도니까. 횟수를 거듭할수록 규모도 작아지고 있고, 최근 수백 년 사이에 5천을 넘은 적은 한 번도 없어."

"그렇구나. 그럼 미궁 재앙 이외에 마물들이 미궁 밖으로 나오는 건 일상적으로 흔한 일이야?"

"그렇지, 그래도 일상적으로 나오는 건 기껏해야 열 마리 정도의 무리일 거야. 수십 마리 이상 모인 무리가 되면 몇 달에 한 번이면 많은 편이고."

"그래……."

"뭔가 더 궁금한 거라도 있어?"

엘이 리오의 얼굴을 보며 물었다.

"마물들의 움직임에 계획성이 있는 건가 해서. 마물들이 미궁 재앙을 일으키는 이유는 일종의 집단 패닉으로 분석되는 것 같은데, 미궁 안쪽에 마물들을 지휘하는 존재가 도사리고 있을 가능성은 없을까?"

"호오……. 신마전쟁을 일으킨 존재가, 종결된 지 천 년이 넘은 지금도 미궁 속에 있다. 그렇게 생각하는 거야?"

엘은 입매를 쭉 늘리며 즐거움을 띤 얼굴로 물었다.

"응. 신마전쟁이 끝난 후에도 대량의 마물들이 미궁에 남아 있었다면, 그 마물들을 지휘하는 고위 존재 역시 미궁에 잠복해 있어도 이상하지 않을까 싶어서. 마물들의 행동에서 계획성을 엿볼 수 있다면 그 증거가 되지 않을까 생각했어."

"재미있네. 마물들의 행동은 굉장히 원시적이니까. 무리 지어 싸우기도 하지만, 사람을 보면 화를 내며 덤벼들 뿐이야. 전술은커녕 지성 한톨 찾아볼 수 없는 한심한 존재들이지. 그것들에게서 전략적 의도나 계획성을 엿볼 수 있다면 확실히 네 의문을 뒷받침할 만한 유력한 간접사실이 될 거야."

"학자 엘로서 보면 어때? 지난 천 년 동안 일어난 미궁 재앙을 돌이켜보면 마물들의 행동에 계획성이 있었다고 생각해?"

리오는 핵심을 찌르는 물음을 엘에게 던졌다.

"그렇게 물어도 고찰 대상이 되는 케이스가 너무 적어. 계획성 여부를 판단하고 싶다면 미궁 재앙이 일어난 후의 동향까지 포함해 관찰해야 하는데, 마물들이 승리를 거둔 건 처음 한 번뿐이야. 그 후 마물들이 어떻게 움직였는지는 아까도 알려줬잖아?"

"……이 땅에 있던 도시를 멸망시킨 후에는 습격할 대상을 잃고 뿔뿔이 흩어졌다."

"맞아. 마물들에게 지상으로 나오려는 의도가 있었다면 우선 미궁 바로 옆에 거점을 마련했을 거야. 하지만 당시의 마물들은 그러지 않았지. 다음에 덮칠 대상을 마구잡이로 찾아내 여러 방향으로 흩어져 갔어. 거기에 통솔 따위는 없었지. 무질서하게, 저마다가 가고 싶은 방향으로 나아갔어. 여기에 고도의 계획이 있었던 것처럼 느껴져?"

"……그렇진 않네, 도저히."

제대로 된 군사가 있었다고는 생각되지 않는 어리석은 짓이었다. 리오가 한숨을 내쉬며 즉답했다.

"각지에 분산된 마물들의 움직임을 봐도 각자 제멋대로 날뛰었을 뿐이야. 어떠한 계획을 뒷받침해 줄 만한 피해가 난 것도 아니었고, 다음 미궁 재앙이 일어나기까지 한 세기는 시간이 비었어. 그러니까 당시의 위정자나 후세의 역사가들도 미궁 재앙은 마물들에 의한 돌발적인 집단 패닉이라는 결론밖에 이끌어 내지 못한 거야."

"그렇구나……."

'역시 리나가 예지한 것과 미궁은 무관한 걸까?'

수긍을 하면서도 리오의 골치를 썩이는 것은 역시나 미

궁에 관한 것이었다. 여전히 수상하다고 할까, 뭔가 마음에 걸리는 것이 있었다.

'미궁은 11계층에서 완전히 막혀 있었어. 11계층은 대충 둘러보기만 해도 수천 마리의 마물이 있었는데 우리가 다 쓰러뜨려 버렸고. 그렇다면 한동안 다음 미궁 재앙이 일어날 위험도 사라진 걸까?'

생각하면 할수록 미궁은 무관한 것이 아닌가 하는 결론에 가까워졌다. 게다가 리오가 다음에 또다시 미궁으로 들어간다 해도 너무 많은 마물을 도살하는 것은 좋지 않을지도 모른다. 미궁 재앙을 지연시킴으로써 '특정 인류에게 지나치게 개입해선 안 된다'는 신의 규칙에 저촉되고 있다고 판단될 수 있었다.

"……."

리오는 알 수 없는 체증이 쌓인 얼굴로 꾹 입을 다물었다.

"납득이 되지 않는다는 얼굴이네."

엘이 곧바로 리오의 심경을 알아맞혔다.

"아니, 아무것도 없는 것보다 더 좋은 일은 없지. 다만 뭔가 빠뜨린 건 아닌지 신경 쓰여서. 그렇지 않아도 미궁은 수수께끼가 많으니까……."

"이렇게 만났으니, 내가 아는 미궁의 수수께끼에 대해서는 뭐든 다 대답해 줄게. 이런 기회는 앞으로 다시 없을걸?"

엘은 요염하게, 그리고 수상하게 미소 지었다.

"고마워. 그럼 일단 미궁 내부 생태계에 대해서. 그렇게

나 마물이 모여 있는데도 미궁 속에서 문명이 구축된 흔적은 전무했어. 마물들이 뭘 먹는지는 모르지만 밭을 일구는 것도, 목축을 하는 것도 아니야. 그래서 어딘가 인간이 모르는 장소에 거주 공간이나 거점을 마련하고 있는지가 궁금했는데……."

거기서 이야기는 잠시 마물들의 생태로 옮겨갔다.

마물들은 잡식으로 초목이든 썩은 시체의 고기든 무엇이든 먹어 치운다는 것. 미궁 속에서는 흙과 돌을 먹는 모습이 여러 차례 목격되었다는 것. 마물들은 배설을 하지 않고 아마도 섭취한 물질의 전부를 남김없이 에너지로 바꾸고 있다는 것.

"……."

리오는 마물들의 삶의 방식을 듣고 얼굴을 찌푸렸다. 소라도 "우웩" 하며 불쾌한 듯 얼굴을 찡그렸다.

"그리고 마물들의 번식력은 높지만, 암컷에게 유방의 차이가 보이지 않는 탓에 수컷과의 구별이 쉽지도 않아. 암컷의 유방이 발달하지 않은 건 새끼에게 수유를 통한 영양공급을 할 필요가 없기 때문이라고 알려져 있지. 마물은 갓 태어난 시점에서 성체와 마찬가지로 식사를 한다는 것도 확인되었으니까."

"……그렇구나. 뭐랄까……."

"뭐야?"

"같은 이족보행 생명체인데 인간족과는 근본적으로 다

른 진화 방법을 취하고 있구나 싶어서. 어떤 가혹한 환경에 몸을 두면 그렇게 진화하는 걸까?"

리오는 문득 떠오른 의문을 토로했다.

"호오……. 어떤 가혹한 환경에 몸담아야 하느냐, 라니. 정말 흥미롭네. 아니, 날카로운 착안점이야. 역시 너구나, 리오."

"그렇습니다. 리오 님은 이 세상 누구보다 총명한 분이에요. 너 꽤 안목이 있네요, 엘."

소라가 의기양양한 얼굴로 열심히 엘에게 동의했다.

"아하하…… 고마워."

리오가 수줍게 인사했다. 실내에 세 사람 이외의 모습은 없지만, 얼핏 보면 자신보다 열 살은 넘게 차이 나는 아이 둘에게 칭찬받는 남자의 모양새였다.

"녀석들의 생물적 특징을 봤을 때 네 고찰은 꽤나 정곡을 찌른다고 생각해. 애초에 마물들은 타계에서 들이닥친 존재라고 하니까. 어쩌면 그들에게는 그 외계가 가혹한 환경이었는지도 모르지."

엘은 후후 미소를 지으며 말을 덧붙였다.

"그렇구나……."

본래 마물들은 죽으면 마석을 남기고 티끌이 되어 소멸해 버리는 존재다. 이 세계에서 진화해 온 생명체와는 전혀 다른 환경에서 진화했을 것이라는 사실은 당연하다고 하면 당연했다. 오히려 인간을 비롯한 이 세계의 생태계가 지구와 크게 닮아 있는 것이 기적일지도 몰랐다.

"오래 기다리셨습니다."

그때, 때마침 주문했던 음식이 들어왔다.

"우오오, 왔다! 왔어요!"

고기의 고소한 향내에 소라가 잔뜩 흥분했다.

"다음 이야기는 식사 후에 하기로 할까? 우선은 요리를 즐기면서 이번에는 너희들의 이야기도 들려줘."

그리하여 리오 일행은 일단 식사를 즐기기로 했다.

그 후 운반된 요리가 테이블에 하나하나 올라왔다.

"자, 이게 바로 교황풍 파에자야. 맛있겠지?"

엘이 들뜬 모습으로 교황풍 파에자를 소개했다. 그것은 얕고 둥근 팬에 쌀과 고기와 생선과 채소가 듬뿍 들어간 요리였다.

'역시 틀림없어. 이건 파에야다.'

리오는 교황풍 파에자를 보며 반가운 얼굴로 미소 지었다. 그랬다, 교황풍 파에자는 지구의 스페인 요리와 매우 흡사했던 것이다. 엘에게 어떤 요리인지 들었을 때도 예상하기 했지만, 그야말로 예상 그대로의 요리가 나왔다.

"……응. 이건 무조건 맛있겠네. 확실히."

리오는 강한 확신을 담아 고개를 끄덕였다.

"음? 뭔가 리오는 전에도 파에자를 먹어본 적이 있는 듯한 반응인데?"

엘이 리오의 반응을 보며 지적했다.

"응, 먹어보기 전엔 단언할 수 없겠지만, 비슷한 음식을 먹어봤어. 눌어붙은 부분이 특히 맛있지."

"오, 잘 아네. 그럼 얼른 먹자."

"응. 소라도 마음에 들 거야."

"네, 기대됩니다!"

소라도 파에자를 보며 반짝반짝 눈을 빛내고 있었다.

"그럼, 나누어 드리겠습니다."

서빙 담당 남성이 큰 숟가락을 사용하여 파에자를 나누려고 할 때였다.

"소라 몫은 야채는 빼고 넣어줘요."

소라가 즉각 그렇게 지시했다.

"알겠습니다."

서빙하던 남자가 흐뭇하다는 얼굴로 고개를 끄덕였다.

"이런, 성숙한 레이디가 편식을 하다니 어울리지 않는걸? 요리는 인생과 같아. 신맛, 단맛, 다 잘 씹어먹어야 성숙한 레이디지, 소라."

"시, 시끄러워요. 맛있는 부분을 잘 가져가는 게 성숙한 레이디라고요."

"그렇군. 그 말도 일리가 있네."

성숙한 레이디란 무엇인가에 대해 토론을 벌이던 엘이

키득키득 웃었다.

"다 되었습니다."

모두의 앞에 파에자를 비롯해 그 밖에 주문한 음식이 골고루 놓였다.

"고생했어. 나중에 나눠 먹는 건 우리끼리 할 테니까, 넌 이제 가봐도 돼."

"알겠습니다."

엘의 지시를 받은 서빙 담당 남성이 그대로 퇴실했다.

"그럼, 따뜻할 때 먹을까?"

"응."

"잘 먹겠습니다!"

처음엔 다들 자연스럽게 교황풍 파에자로 손이 갔다. 먼저 스프가 듬뿍 스며든 쌀을 숟가락으로 떠서 입으로 가져간다.

"음~." "음……." "크으~!"

엘, 리오, 소라가 저마다 미소를 지어 보였다.

"그래, 이거야, 이거. 이 맛을 너희에게도 알려주고 싶었어. 어때, 리오? 네가 아는 파에자와 비교하면."

"응, 정말 맛있다. 고기도 어패류도 야채도 골고루 들어가 있어서 맛이 조화롭지 않을 거라 생각했는데, 생각 이상으로 굉장히 잘 어울리네. 잡내도 없고 굉장히 먹기 편해."

"잘 아네. 고기 파에자, 해산물 파에자, 야채 파에자. 파에자에도 여러 종류가 있는데 모든 재료가 다 들어간 게 바로 이 교황풍이거든.”

그런 식으로 엘과 리오가 파에자에 대해 이야기했다.

“마, 맛있어! 맛있어요! 쌀이랑 고기랑 생선이라 끝도 없이 먹을 수 있을 것 같아요!”

그리고 그 옆에서는 소라가 와구와구 파에자를 입에 넣고 있었다.

“후후, 소라도 기뻐하는 것 같아 다행이다.”

엘이 만족스럽게 미소 지었다.

“이 맛을 재현할 수 있을지는 모르겠지만, 다음에 파에자를 만들어 줄게, 소라. 고기만 들어있는 파에자 같은 것도 좋겠다.”

“저, 정말로요?! 감사합니다!”

고기만 들어있는 파에자라는 말을 듣고 소라가 크게 기뻐하며 활짝 웃었다.

“와, 리오는 요리도 할 줄 알아?”

엘이 흥미롭다는 듯 눈을 크게 떴다.

“응. 좋아하는 정도지만.”

“그렇다면 꼭 네가 만든 파에자도 먹어보고 싶네.”

“……응, 그러게. 기회가 된다면.”

자신이 초월자인 이상 그 소원은 이루어지지 않겠지만. 그런 생각을 하고 있는 것인지 리오의 눈동자가 약간 불안정하게 흔들렸다.

“그럼 약속이다. 언젠가 네가 만든 파에자를 대접해줘.

그때는 또 이렇게 즐겁게 얘기를 나누자. 물론 제대로 보답도 할게.”

엘은 한 걸음 더 리오에게 발을 들이며 그런 약속을 제의했다.

“응, 알았어. 약속할게.”

이루어질 수 없는 약속임을 알면서도 리오는 고개를 끄덕였다.

“분명 말했다? 아까 말했듯이 나는 기억력에는 자신이 있거든. 나중에 ‘기억나지 않는다’는 소리 하기 없기야?”

“물론이지.”

리오는 어딘가 쓸쓸하게 미소 지었다.

“그렇지. 굳이 그런 약속을 하지 않아도 네 아내가 되면 네가 직접 만든 요리를 매일 먹을 수 있지 않을까? 아니, 네가 만든 파에자의 보답이 나, 라는 건 어때?”

갑자기 엘이 그런 터무니없는 소리를 뱉었다.

“읍?!”

리오는 충격으로 목이 메었다. 소라도 얼이 나간 것인지 숟가락을 입에 넣은 채 벼락이라도 맞은 사람처럼 굳어버렸다.

“물론 지루하지는 않을 거야. 게다가 나는 이래 봬도 남들보다 얼굴이 썩 봐줄 만한 편이거든.”

엘은 그렇게 말하고는 눈가를 가린 앞머리를 스스로 쓸어올렸다. 그리고 그렇게 드러난 얼굴로, 어린 외모와 어울리지 않는 고혹적인 미소를 지어 보였다. 드러난 엘의 용모는 확실히 무척 아름다웠다. 앳된 얼굴이지만 거리에서 스쳐 지나가면 성인 남자도 무심코 멈춰 서서 몇 번이고 돌아볼 것 같은 어른스러움도 공존했다.

"아, 으음……."

"용, 리, 리오 님의 아내?! 대체 무슨 소릴 지껄이는 거예요, 엘?! 무슨 생각이에요?!"

리오가 어떤 말로 거절해야 하나 망설이고 있자, 소라가 뒤늦게 정신을 차리고 득달같이 소리쳤다.

"아니, 리오는 멋있잖아?"

엘이 아무렇지도 않다는 듯 말했다.

"그, 그건……! 그렇죠, 맞아요. 잘 알고 있네요."

완전히 엘을 몰아세우던 흐름이었는데, 부인할 수 없는 사실을 들이밀자 소라가 강하게 고개를 끄덕이며 수긍했다.

"이런 멋진 남자를 보고 사랑의 말 한마디 건네지 않다니, 그건 리오한테 실례라는 생각 안 들어?"

"그, 그건 그런…… 가요? 확실히……?"

소라에게 리오는 공경받아 마땅한 존재. 그걸 부정하는 발언을 할 수 있을 리 없다. 그것을 꿰뚫어 보고 나온 엘의 감언이설에 완전히 설득당한 소라의 기세는 깨끗이 죽고 말았다.

"자, 자. 스테이크엔 아직 손도 안 댔잖아. 뜨거울 때 먹어야 맛있는데?"

"아, 알고 있어요! 네가 이상한 말을 하니까 그렇죠! 정말이지……."

소라는 나이프와 포크로 스테이크를 자르고 작은 입으로 덥석 고기를 먹었다.

"흐아아, 행복해. 행복해요……."

그러고는 잔뜩 풀어진 얼굴로 고기를 우물거린다.

"와, 정말 맛있게 먹네, 소라."

엘은 쓸어올렸던 앞머리를 내리고 생글생글 웃으며 소라를 바라보았다.

"……."

리오가 피로감을 토해내듯 작게 한숨을 내쉬었다.

"아내 건에 대한 대답은 다음에 파에자를 대접할 때 들려줘도 괜찮아, 리오."

어디까지 농담인 것인지, 엘이 장난스러운 말투로 리오에게 그렇게 말했다.

"아하하……."

리오가 어색한 웃음을 지어 보였다. 식은땀을 흘린 탓일까, 어색함을 얼버무리고자 입에 넣은 파에자 맛이 아주 조금 옅어진 느낌이었다.

약 한 시간 정도가 지났다.

식사 중 당황스러운 일도 있었지만 리오는 식사 후에도 미궁에 관해 느끼고 있던 여러 의문을 엘에게 던졌다. 그리고 미궁에 관해서 대충 궁금했던 이야기를 얼추 다 듣고 계산을 마친 뒤 가게를 나섰다.

"오늘은 정말 고마웠어. 여러 가지를 알게 돼서 큰 도움이 됐어."

리오가 엘에게 깊이 고개 숙여 인사했다.

"아니, 나야말로 오랜만에 즐거운 시간을 보냈어. 오늘 너희들과 만나게 돼서 정말로 다행이야. 다음에 만났을 때도 또 이렇게 천천히 대화를 나눌 수 있다면 좋겠다."

엘이 후후, 하고 미소 지으며 고개를 저었다.

"그렇, 지. 다음에도 또……."

리오와 소라가 초월자와 그 권속인 이상 상대의 기억에는 남지 않는다. 그 사실을 누구보다 잘 알고 있기 때문인지, 리오는 씁쓸한 듯 미소를 지으며 대답했다. 소라 역시 쓸쓸하게 리오의 옆모습을 살폈다.

"괜찮아."

불현듯 엘이 입을 열었다.

"어?"

"걱정하지 않아도 다음에도 또 만날 수 있어. 너랑 나 사이잖아. 아니, 너랑 우리구나. 소라도 있으니까."

엘은 그렇게 말하며 리오와 소라를 쳐다보았다.

"그렇, 지. 응."

리오가 이번에는 긍정의 뜻을 담아 웃으며 고개를 끄덕였다.

"거리에서 너희들을 보면 다시 내가 말을 걸게. 아까도 말했지만 기억력에는 자신이 있거든. 너희들 얼굴은 더는 안 잊을 거야."

"그래. 그때를 기대하고 있을게."

"나도 마찬가지야. 그럼, 또 만나자. 소라도."

"……뭐, 생각은 해 볼게요."

소라가 약간 쑥스러운 얼굴로 어깨를 으쓱했다.

"분위기가 어두워지는 건 별로 좋아하지 않거든. 평범하게 작별하자."

"응. 그럼……."

그리고 리오와 소라는 엘의 앞을 떠났다.

"저기, 리오."

서로 몇 미터쯤 걸어갔을 때, 엘이 떠나는 리오의 등에 말을 걸어 불러 세웠다. 리오가 돌아보자 엘이 이런 말을 던졌다.

"오늘 내가 너에게 해 준 미궁 이야기는 과거 인류가 도달한 층까지의 이야기일 뿐이야. 심부가 어떻게 되어 있는지는 알 수 없어."

"……응."

"네가 미궁에 대해 품고 있던 여러 수수께끼. 그걸 풀기 위해 성도로 모이는 모험자들도 밤낮으로 미궁 공략에 도

전하고 있어. 흥미가 있다면 너도 미궁에 들어가서 자세히 알아보는 게 좋을 거야."

만족할 때까지 말야——엘은 무언가 함축된 듯한 눈빛으로 리오에게 말했다.

"……그러게. 들어가 볼게."

"불러세워서 미안. 이번에야말로 작별이네. 또 보자."

"응."

그리고 이번에야말로 리오와 소라는 떠났다.

"……."

리오가 마지막으로 문득 뒤돌아보자, 그곳에 더 이상 엘의 모습은 없었다. 아무래도 거리의 사람들 사이로 완전히 묻혀버린 듯했다.

"확정이네, 완전히……."

다만 엘은 리오와 소라를 일방적으로 인식하고 있었다. 막다른 골목의 입구에 숨어든 채 은밀하게 두 사람을 바라보고 있다.

"그는 용왕의 권능을 지녔을 뿐인 전혀 다른 사람이야."

엘이 확신을 담아 중얼거렸다.

"다만……."

대체 무슨 생각을 하는 것인지, 엘은 어딘가 그리운 눈빛으로 말없이 리오를 계속 쳐다보았다. 그러자 머지않아 리오 일행은 이동을 재개하여 인파 속으로 사라져 갔다.

"그래……. 모처럼 지상에 나왔는데. 형한테 보고하러

가기 전에 산책이라도 좀 하다가 갈까?”

엘은 후후, 하고 미소 지으며 리오 일행과는 반대 방향 쪽 거리로 사라져 갔다.

【 제 2 장 】 ❈ 귀환

리오와 소라가 성도 토넬리코에서 엘과 만나고 있을 무렵. 세리아는 어머니 모니카와 절친 아리아를 데리고 가르아크 왕국성으로 귀환하고 있었다. 세 사람을 태운 마도선이 왕성 항구에 도착하면서 크리스티나와의 면담이 긴급히 결정되었다.

이번에 세리아는 아르보 공작에게 크리스티나의 서한을 전달한 뒤, 어머니를 구하기 위해 독단적으로 크렐 백작령의 본가로 향했다. 전반의 행동은 크리스티나의 지시를 받았지만, 후반 쪽은 완전히 사적인 행동이었다.

국왕 프랑수아의 집무실에서 세리아와 크리스티나가 마주했다. 프랑수아, 플로라, 리제롯테도 동석한 자리에서 세리아는 깊이 고개를 숙이며 가장 먼저 사과의 말을 건넸다.

"멋대로 행동한 점, 정말로 죄송합니다."

"……사과의 말은 필요 없습니다. 사정은 레이디 리제롯테에게 들었습니다. 선생님께서 무사히 귀환해 주셔서 정말 다행입니다. 모니카 님도 만나 뵙게 되어 무척 반갑습니다. 처음 뵙는 것이지요."

크리스티나는 안도의 숨을 내쉬며 세리아와 어머니 모니카에게 말을 걸었다.

"처음 뵙겠습니다. 딸아이에게, 그리고 저희 가문에 평소에도 각별히 마음을 써주시니 뭐라 감사를 드려야 할지 모르겠습니다."

모니카는 공손히 크리스티나의 인사에 응했다.

"선천적으로 몸이 약하다는 말을 들은 적이 있습니다만, 상태는 어떠신가요?"

"염려를 끼쳐드려 송구합니다. 딸과도 오랜만에 얼굴을 본 덕분인지 무척 건강합니다."

"그렇다면 다행입니다……. 오는 길에 무슨 일이 있었는지, 선생님 입으로 다시 한번 자세히 보고해 주실 수 있을까요?"

크리스티나가 세리아를 보며 질문을 던졌다.

"물론입니다."

그리하여 세리아는 크리스티나의 사자로서 가르아크 왕국성을 출발하여 돌아오기까지의 일을 정식으로 보고하게 되었다.

아니나 다를까 아르보 공작이 술수를 부려 약속 장소인 성채에서 세리아를 포박하려 했다는 것. 하지만 세리아는 실력 행사로 적을 물리쳤다는 것.

성채를 탈출한 뒤에는 아망드로 가 리제롯테에게 사정을 털어놓고 도움을 청했다는 것. 설명 후에 아리아와 함께 크렐 백작령의 영도 클레이어로 향했다는 것. 겨우 도착한 본가에서는 용병들에게 한발 앞선 습격을 받았다는 것. 세리아와 아리아가 협력하여 싸웠고 용병들을 물리쳤다는 것 등등…….

“그 후에는 아버지가 영지에 남으셨고, 저는 어머니와 함께 마도선을 타고 가르아크로 귀환했습니다. 본가에서 습격을 물리칠 수 있었던 것은 아리아가 있어 준 덕분입니다. 리제롯테 씨, 아리아를 동행시켜 주셔서 정말 감사합니다.”

세리아는 마지막으로 리제롯테에게 감사의 말을 전하고 보고를 마무리했다. 크리스티나와 모니카도 곧바로 감사의 말을 입에 담았다. 플로라도 꾸벅 고개를 숙여 보였다.

“아니요, 무사히 돌아와 주셔서 정말 다행입니다. 잘해 줬어, 아리아.”

리제롯테는 조금 쑥스러운 듯 웃으며 주인으로서 아리아를 치하했다.

“황송합니다.”

아리아가 꾸벅 숙여 인사했다.

“……그건 그렇고, 선생님은 대체 어떻게 성채에서 탈출하신 거죠?”

크리스티나가 세리아의 표정을 살피며 조심스럽게 의문을 제기했다. 결코 세리아를 믿지 않아서 그런 것은 아니다. 마도사로서 세리아의 능력은 누구보다 높이 평가하고 있다. 다만 아무리 세리아가 뛰어난 마도사라 할지라도, 그 능력은 마도사로서의 역할에 특화되어 있었다.

그렇기에 성채라는 폐쇄된 공간에서 기사들에게 둘러싸

여 있으면서도 세리아가 포박당하지 않고 실력 행사로 탈출했다는 말은 곧바로는 믿기 어려웠다. 상식에 반하는 일이 일어났다고 말하는 편이 맞을까. 리제롯테의 보고에서는 세리아가 마법으로 하늘을 날았다는 말도 들었는데, 그 부분에 대해서도 상세하게 물어보고 싶을 것이었다.

"……사실, 새로운 마법을 습득하였는데……."

세리아는 마침내 입을 열고, 사정을 모두 털어놓기로 했다.

수십 분 뒤. 세리아는 미하루 일행이 사는 저택으로 귀환했다.

"세리아 씨!" "세리아 언니!"

현관 밖에서 모두가 나와 함께 기다리고 있다가, 세리아의 모습을 발견하자마자 일제히 달려온다.

"다들, 다녀왔어."

세리아는 조금 당황한 채 귀환 인사를 전했다. 모두들 뭔가 말하고 싶은 듯한 얼굴로 세리아를 바라보았다.

"어, 다들 왜 그래?"

"돌아오셨다기에 제가 사정을 전부 알려드렸답니다."

샤를로트가 생글거리는 얼굴로 이렇게 된 연유를 일러주었다. 그 말을 듣고 납득한 것인지 세리아는 난처한 듯

한 얼굴로 인상을 찌푸렸다.

세리아가 함정이라는 사실을 알고 크리스티나의 서한을 아르보 공작에게 전하러 가기로 결정한 직후의 일이었다. 세리아는 샤를로트에게, 저택에 사는 사람들에게는 모든 것을 함구해 달라고 부탁했었다.

"함구 기한은 세리아 님이 돌아올 때까지. 그런 약속이었으니까요. 여기 계신 분들께 모두 숨김 없이 설명했습니다."

모두에게 침묵하고 혼자 위험한 다리를 건넜으니 단단히 혼은 나셔야죠? 라고 말하기라도 하듯, 샤를로트가 세리아를 향해 미소 지었다.

"아, 아하하…… 저기, 그……."

"세리아 언니!"

라티파가 강하게 세리아를 껴안았다.

"스즈네……."

세리아가 라티파를 꼭 끌어안았다.

"왜 우리한테 아무 말도 안 했어?"

"그게, 모두에게 걱정을 끼치고 싶지 않았거든……. 이건 내, 벨트람 왕국 귀족으로서의 책무였으니까……."

레스토라시온과 벨트람 왕국 본국 간의 전령역은 크렐 백작가 사람이 맡는다. 양측의 협정에 따라 정식으로 결정된 사항이다. 성채에는 세리아 혼자 오라는 강요마저 받은 상태였다.

그럼에도 성채까지 누군가와 동행하여 도움을 받았다면

다른 누구도 아닌 세리아가 그 결정을 어기게 되고 마는 것이다. 그렇게 되면 아르보 공작에게 레스토라시온을 향한 공격의 여지를 주는 것은 물론 도와준 자들에게까지 책임의 화살이 쏟아질 수도 있었다.

그러니 모두를 끌어들일 수는 없었다. 세리아가 자신의 힘만으로 혼자 넘어설 필요가 있었던 것이다. 그리고 무엇보다도.

'언제까지나 리오나 아이시아에게 보호받기만 하는 상태로 있어서는 안 되니까…….'

그래서 후회는 하지 않았다. 만약 시간을 되돌릴 수 있다면 자신은 또 같은 결정을 했을 것이다. 세리아는 그렇게 확신하는지 조금의 후회도 없는 얼굴이었다.

"그, 결과적으로 걱정을 끼쳐버린 점에 대해서는 정말 미안해. 하지만 나라의 복잡한 문제가 얽혀있다 보니 평소처럼 모두를 의지할 수는 없었어. 다들 정말 소중하니까, 의지해선 안 되는 부분도 있다고 생각해서……."

세리아는 걱정을 끼친 것에 대해 사과하고 자신의 생각을 의연하게 전했다. 거기서 세리아의 강한 의지를 느낀 것인지, 전원이 숨을 삼켰다. 다만 그렇다고 해서 납득을 하고 말고는 별개의 이야기였다.

"아무리 그래도, 섭섭해요……."

"맞아요. 무사히 돌아와서 정말 다행이지만……."

자신들이 함께 따라나섰다면 좋았을 거라고 생각한 것

인지, 사라나 아르마가 못내 안타까운 얼굴로 표정을 흐렸다.

"괜찮아. 이래 봬도 나, 모두가 모르는 사이에 엄청 강해졌거든."

무거워진 분위기를 불식시키려는 것인지, 세리아가 밝은 목소리로 그렇게 말하면서 오른팔을 들어 알통을 만드는 시늉을 해 보였다.

"……."

모두가 어이없다는 눈빛으로 각자의 감정을 세리아에게 향했다.

"아하하……."

세리아가 어색한 미소를 지어 보였다.

"여러분, 입막음 당해 혼자 침묵하고 있어야 했던 저 대신 좀 더 세리아 님께 뭐라고 한마디 더 해 주세요."

그러자 샤를로트가 깊게 탄식하며 모두에게 말했다.

"정말 죄송했습니다, 샤를로트 씨."

"사과할 일이 아니에요. 손님도 계신 것 같으니 지금은 이 정도로만 해 둘까요. 나중에 있는 말 없는 말 다 동원해서 곤란하게 만들어 드릴 테니 각오해 주세요."

샤를로트는 그렇게 말하고는 홱 고개를 돌렸다.

"……네."

세리아는 부드러운 미소를 지으며 고개를 끄덕였다.

「어서 와, 세리아.」

「아이시아……. 응, 다녀왔어.」

타이밍을 기다리고 있었다는 듯 영체화된 아이시아의 목소리도 들려왔다.

"그나저나, 그쪽에 계신 근사한 부인께서는? 세리아 님을 많이 닮으신 것처럼 보이는데요."

샤를로트가 세리아의 등 뒤에 선 모니카에게로 시선을 돌렸다. 참고로 모니카 이외에도 리제롯테와 아리아가 프랑수아 집무실에서 함께 와 있었다.

"처음 뵙겠습니다. 세리아의 엄마인 모니카 크렐이라고 합니다."

모니카는 한 발짝 앞으로 나서더니 드레스 자락을 집어 들고 우아하게 인사를 건넸다.

"네?! 어, 어머니요?! 세리아 씨의?!"

사츠키가 화들짝 놀라 소리쳤다.

"네, 세리아의 엄마랍니다."

모니카는 생글생글 웃으며 고개를 끄덕인다.

"스, 스무 살 정도로밖에 안 보이는데……."

사츠키가 열일곱 살이었으니 자신보다 조금 더 연상인 여인이 왔다고 생각한 듯했다.

"어머나, 기뻐라. 그렇지만 족히 그 배 이상은 살아왔답니다."

"네에에엑?!"

'거짓말! 말도 안 돼! 너무 어리잖아! 자매로밖에 안 보이

는데요?!'

사츠키는 입을 떡 벌린 채 모니카와 세리아를 번갈아 바라보았다.

"하, 하지만 세리아 씨의 어머니라면 확실히 납득이 가는 것 같기도……. 세리아 씨의 동안 외모는 어머니에게서 물려받은 거였구나."

사츠키는 중얼중얼 혼잣말을 시작했다.

"예쁘다……."

라티파는 세리아를 껴안은 채 멍한 얼굴로 중얼거렸다. 사츠키나 라티파뿐만이 아니었다. 다른 사람들도 모니카의 젊은 외모에 당황했는지 눈을 휘둥그레 뜨고 있었다.

"참 아름답군."

고우키가 불쑥 본심을 드러냈다.

"……당신?"

그러자 옆에 선 아내 카요코에게서 싸늘한 시선이 날아왔다. 고우키는 "크흠" 하고 어색하게 헛기침을 했다.

"아하하……."

모두에게 어머니를 소개해서 그런 것일까, 세리아는 조금 수줍은 듯 얼굴을 붉혔다.

"자, 다들 진정하시고. 세리아 님의 어머님이셨군요. 가르아크 왕국 제2 왕녀 샤를로트입니다. 모쪼록 잘 부탁드립니다."

가장 빨리 경직에서 풀려난 것은 샤를로트였다. 정말이

지 즐겁고 유쾌한 모습으로 모니카에게 인사를 건넸다.

"세상에, 샤를로트 전하. 딸이 평소에도 정말 많은 신세를 지고 있습니다. 감사드립니다."

"아니에요. 저야말로 세리아 님께서 늘 무척 잘 대해주셔서 대등한 친구로서 친하게 지내고 있답니다."

"어머나, 전하께서 대등한 친구라고 말씀해 주시다니……."

신분 사회인 이상 고위 왕족과 백작 가문의 영애라면 확연한 신분 차이가 존재했다. 신분차가 있는 사람들 사이에서 굳이 '대등하다'라는 표현을 사용해 자신들이 친구라고 말하는 것은 결코 그 뜻이 가볍지 않았다.

"저뿐만이 아닙니다. 이 자리에 있는 모두가 세리아 님을 소중한 친구라고 생각하고 있답니다."

샤를로트는 주위를 둘러보며 말했다.

"……네. 여기 계신 분들이 딸아이를 소중히 여기고 계시다는 건 조금 전 대화를 듣고 아주 강하게 느꼈답니다. 엄마로서 무척 기쁠 따름입니다. 여러분, 정말 감사합니다."

모니카는 저택에 사는 모두를 향해 깊이 고개를 숙여 보였다. 그러자 다들 낯간지럽다는 얼굴로 수줍어했다.

"에헤헤."

라티파도 멋쩍은 웃음을 짓더니 꼬옥, 하고 기쁘게 세리아를 껴안았다. 세리아가 볼을 붉혔다.

"……그러고 보니 아직 그 말씀을 안 드렸네요."

사츠키는 민망한 얼굴로 뺨을 긁적이며 맑은 하늘을 올려다보았다. 그리고 다시 시선을 낮추더니 세리아에게 다정한 눈빛을 향했다.

"어서 오세요, 세리아 씨."

그녀가 세리아의 귀환을 축복했다.

그 후 세리아는 저택으로 이동해 밖에서 무엇을 하고 왔는지 사츠키 일행에게 보고했다. 내용은 기본적으로 크리스티나와 프랑수아에게 한 설명과 동일했지만, 몇 분에 걸쳐 그동안 있었던 일에 대한 설명이 모두 끝났다.

"……."

물론 세리아를 무조건적으로 믿고 있지만, 갑자기 들으면 역시나 믿기 어려울 것이다. 모두들 당황스럽다는 듯, 이해가 가지 않는다는 얼굴로 표정을 굳히고 있었다.

"그래서 제 마법을 확인하고 싶다는 얘기가 나왔어요. 잠시 후 크리스티나 님이 폐하와 함께 오실 예정이니 고우키 씨에게 저와의 대련을 부탁드리고 싶습니다."

세리아는 일동의 반응을 살피고 난 후 고우키에게로 화제를 돌렸다.

"본인은 상관없습니다만……."

고우키는 애매하게 고개를 끄덕였다. 대련을 한다 해도,

지금 이러고 있는 동안에도 세리아는 빈틈투성이였기에 쉽사리 제압할 수 있을 것 같았기 때문이었다.

"일단 대련을 해 보면 알 수 있을 거라 생각해요."

백문이 불여일견. 실제로 대련을 해 보고 실감하게 하는 것이 가장 빠르다며, 세리아는 쓴웃음과 함께 이야기를 정리했다.

◇ ◇ ◇

그리고 크리스티나와 프랑수아가 저택을 방문했다. 세리아 일행은 저택 뒤뜰로 이동했다.

"《광익비상마법(포스윙)》."

일동이 지켜보는 가운데, 세리아는 고대의 비상마법을 외워 등에서 빛의 날개를 내보냈다. 그 직후, 세리아의 몸이 중력을 무시하고 떠오르면서 땅에서 두 다리가 살짝 떨어졌다.

"……."

모두가 눈을 휘둥그레 뜬 채 말을 잃고 말았다. 세리아가 하늘을 나는 마법을 배웠다고 보고를 통해 듣긴 했지만, 실제로 보니 그 모습은 거룩함 그 자체였다.

"대박! 세리아 언니 천사 같아!"

라티파가 눈을 반짝반짝 빛내며 세리아에게 다가갔다.

"아, 등에 있는 빛은 열에너지니까 만지지 않도록 조심해. 살짝 뜨겁거든.”

금방이라도 껴안을 기세였기에 세리아가 가볍게 주의를 주었다.

“네엣!”

라티파가 그 자리에서 딱 멈추더니 손을 들어 순순히 대답했다.

“예쁘다! 정말 천사 같아요, 세리아 선생님!”

견학을 온 플로라도 흥분한 얼굴로 세리아를 칭찬했다.

“감사합니다. 시험 삼아 비행하는 걸 보여드릴게요.”

세리아는 수줍게 말하고는 비상을 시작했다. 그대로 더 상승하더니 저택의 정원 위 하늘을 자유자재로, 빠르게 날아갔다.

“호오…….”

국왕 프랑수아도 흥미롭다는 얼굴로 감탄했다. 세리아는 그대로 십여 초 정도 비행하고는 지상으로 돌아와 모두 앞에서 부드럽게 착지했다.

“이런 식으로, 하늘을 나는 것이 가능합니다. 오는 길에는 이 마법을 사용하여 이동했습니다. 더 궁금하신 점이 있으신가요?”

“이건…… 완전한 신종 마법이죠? 선생님이 개발하신 건가요?”

크리스티나가 의문을 제기했다.

“아니요, 이 마법은 신종이 아니라 고대의 마법입니다.

저는 그 술식을 해석해서 습득한 것에 지나지 않습니다."

그리고 세리아는 여기서 보고에 약간의 거짓을 섞었다. 실제로는 어느 날 갑자기 초월자가 된 리오와 아이시아를 떠올렸고, 그와 동시에 고대 마법을 여러 개 습득했다는 것이 진실이었지만, 그것을 솔직하게 말하지는 않았다. 그렇다기보다는 할 수 없었다.

"고대 마법 술식을…… 해석하신 건가요?"

크리스티나가 숨을 삼키며 물었다.

당연했다. 현대의 마술 지식으로는 해석이 불가능한 고대의 술식은 얼마든지 존재하지만, 그 모두가 현대의 마술보다 더 고도의 것으로 실용화가 불가능하다고 알려져 있다. 해석해서 실용에까지 도달했다면 말도 안 되는 위업이다.

현대 슈트랄 지방에서 사람이 비행하는 수단으로는 마도선을 사용하거나 비행이 가능한 기수를 사역하는 두 가지 선택지밖에 없다. 거기에 세 번째 비행 수단이 더해진다면 그 유용성은 감히 짐작조차 할 수 없었다.

실제로 논문 등을 통해 술식을 공개하면 역사에 이름을 남길 수 있을 정도의 공적이 될 것이고, 그 후로도 몇 대 동안 놀고먹으며 살 수 있을 만큼의 부를 창출하는 것도 가능할 것이었다.

"……네. 벨트람 왕국에 있을 때부터 몇 년에 걸쳐 연구했고, 성채로 출발하기 직전 간신히 터득했습니다."

이 타이밍에 강력한 고대 마법 해석에 성공하여 그것을

습득했다는 것은 너무나도 갑작스러운 이야기였다. 보고 하면서도 그 사실을 느낀 것인지, 세리아는 마른침을 삼키며 크리스티나와 다른 이들의 표정을 살폈다.

"굉장해요……. 역시 선생님이십니다."

크리스티나는 추호도 의심하는 기색 없이 경외심에 목소리까지 떨며 세리아를 크게 칭찬했다. 세리아가 거짓말을 할 거라는 생각은 하지 않았고, 세리아라면 그것을 달성할 만큼의 실력이 있을 것이라고 진심으로 믿고 있기 때문이었다.

"……감사합니다."

자신의 노력과는 무관하게 습득한 마법인 데다 경애하는 크리스티나에게 거짓말을 한 탓일까, 세리아는 조금 민망한 듯 깊이 고개를 숙이며 감사를 전했다.

"……그럼 저희들도 그 마법의 습득이 가능한 걸까요?"

크리스티나가 조심스럽게 그런 말을 입에 담았다. 이 물음 뒤에는 '그 마법은 자신들도 배우는 것이 가능한가?', '그 마법 습득에 필요한 술식 계약 지식을 공개할 의향이 있는가?'라는 의미가 은근하게 내포되어 있었다. 위정자로서는 묻지 않을 수 없는 질문이기도 했다.

참고로 신규로 개발된 술식이나 새롭게 해석에 성공한 고대의 술식에 관해서는 지적 재산권이 발생한다. 국가마다 세부적인 취급은 다르지만 기본적으로는 술식 개발자·해석자에게 권리가 귀속되어 처분이 가능하다고 국법에 의해 정해져 있다.

따라서 세리아가 술식을 공개하고 싶지 않다고 하면 그 술식이 비록 아무리 유용할지라도 그 의사를 존중하는 것이 원칙이었다.

"글쎄요. 계약에 필요한 술식 공개는 가능하지만, 몇 가지 문제점도 있어 널리 보급하기는 어려울 것 같습니다."

"문제라고 하면……?"

"단적으로 말해 쓰는 사람을 가리는 마법이라고 할까요? 우선 술식에 적합한 사람은 아마 상당히 적을 겁니다. 그리고 적합하다 할지라도 계약을 성사시키기 위해서는 마도사로서 고도의 기량이 필요합니다. 그리고 실제로 비행하는 것도 컨트롤이 상당히 어렵기 때문에……."

"사용자가 제한된다는 건가요?"

구체적으로 말하면 정령의 마을 정령술사 정도의 수준이 아니면 습득이 어려운 비상정령술과 비슷한 정도의 마력 조작 기술이 필요했다. 예전의 리오처럼 인간족이면서도 이단아적인 재능을 가지고 비상 정령술을 습득한 존재도 있지만, 그것은 예외 중의 예외였다.

"소비되는 마력도 많기 때문에 그런 의미에서도 사용자는 더 적어질 것 같습니다. 그리고 술식의 구조도 상당히 복잡하여 계약에 필요한 술식을 준비하는 번거로움이나 난이도도 문제입니다. 술식을 잘 아는 제가 서포트한다고 해도 한 번에 서너 명이나, 많아도 열 명 이내로 가르치는 것이 한계일 겁니다."

"그럼 술식 계약에 필요한 지식이나 기술을 제공받을 수 있을까요?"

크리스티나가 미안하다는 듯이 물었다. 로다니아라는 거점마저 잃은 현재의 레스토라시온은 자산다운 자산을 잃은 상태였다. 술식에 관한 귀중한 지식이나 기술을 세리아에게 제공받는다 해도 당장에 큰 대가를 마련할 수는 없었다.

"물론이지요. 크리스티나 님이 쓰실 패로 활용해 주세요."

하지만 세리아는 두말없이 승낙했다. 그녀의 충성심 어린 눈빛을 보고 국왕 프랑수아도 눈을 부릅뜨며 놀랐다.

"……감사합니다. 당장은 어렵겠지만 반드시 충분한 보상을 준비하겠다고 약속드리겠습니다."

크리스티나가 깊이 몸을 숙이며 세리아에게 감사의 뜻을 전했다.

"아니요, 신경 안 쓰셔도 괜찮습니다! 그 밖에도 획득한 마법의 효과를 보여드릴게요. 고우키 씨. 대련을 부탁드려도 될까요?"

"본인은 아무 때나 상관없습니다. 카요코, 심판을 부탁하지."

고우키가 우직하게 고개를 끄덕이며 세리아의 대련역을 맡게 되었다.

◇ ◇ ◇

그 후, 세리아와 고우키는 뒤뜰 깊은 곳까지 나아가 크리스티나 일행과 충분히 거리를 벌린 장소에서 마주했다. 세리아의 손에는 목제로 된 한손검이, 고우키의 손에는 목도가 쥐어져 있었고, 두 사람 사이에는 카요코가 서 있다.

"정말 검을 쓰시는군요."

고우키는 그렇게 말하며 세리아를 관찰했다.

"네."

고개를 끄덕이는 세리아의 움직임은 무인이 아니라, 검 따위는 잡아본 적 없는 소녀의 움직임이었다. 한 손으로 잡는 것을 전제로 한 목검조차 제대로 들지 못해 중심이 무너진 것을 한눈에 봐도 알 수 있었다.

'역시 빈틈투성이로밖에 보이지 않는데…….'

보고를 통해서는 세리아가 마법으로 강력한 신체 강화를 한 뒤 검을 사용해 싸웠다는 것 정도만 알고 있었다. 이렇게 대치하고 있어도 세리아가 일부러 실력을 숨기는 것 같지도 않았기에 고우키는 고개를 갸웃할 수밖에 없었다.

또한 관중으로서 떨어져서 관전하고 있는 이들의 눈에도 세리아가 검을 잡고 있는 모습이 미덥지 않아 보이는 것인지, 하나같이 걱정스러운 얼굴로 지켜보고 있다.

"저기, 괜찮은 거지, 아리아?"

리제롯테가 옆에 대기하는 시녀 아리아에게 물었다. 실

제로 세리아가 검을 쥐고 싸우던 모습을 목격한 자는 이 자리에서는 여행에 동행했던 아리아뿐이었다. 가까이에 있던 사츠키와 사라 일행의 눈길도 아리아에게 쏠렸다.

"네, 아마 깜짝 놀라실 겁니다."

아리아는 유쾌한 미소를 지으며 고개를 끄덕였다.

"대련을 시작하기 전에 두 가지 마법을 먼저 쓰게 해 주세요. 제가 검을 사용해서 싸우기 위해 필요한 마법이지, 고우키 씨에게 공격을 가하는 마법은 아닙니다."

세리아가 고우키에게 마법의 사용 허가를 요청했다.

"그럼요. 얼마든지요."

그 마법의 효과를 확인하기 위해 고우키는 이 자리에 있는 것이었다. 거절할 이유가 없었다.

"그럼……《빙의 형 검왕 영웅모조마법(포제션 타입 소드마스터 얼터에고)》."

세리아는 후우, 하고 심호흡을 하고는 주문을 영창했다. 그 직후, 일반적인 신체능력 강화 마법보다 훨씬 더 복잡하고 기하학적인 형태의 술식이 세리아의 몸을 감싸듯 떠올랐다.

"저건……."

눈을 휘둥그레 뜨는 크리스티나 일행.

"……호오."

고우키는 흥미로운 듯 감탄하며 동시에 빠르게 목검을 겨누었다. 술식에 휩싸인 세리아의 분위기가 단숨에 달라졌기 때문이었다.

검을 잡는 법, 자세, 중심, 힘을 빼는 방법. 모두 완벽했다. 눈빛과 표정도 날카롭게 다듬어졌다. 평소의 세리아와는 완전히 다른 사람이었다.

조금 전까지만 해도 분명 검을 잡아본 적도 없는 미덥지 못한 소녀였는데, 지금은 전장의 고수를 방불케 할 정도의 검사가 그곳에 있었다.

"……세리아 씨?"

사라나 아르마 등 싸움에 몸을 담고 있는 소녀들도 세리아의 변화를 눈치챈 모양이었다. 정말 자신들이 아는 인물인가 하고 눈을 크게 뜨며 놀라고 있다.

'이것 참 괴이한 일이군…….'

고우키의 입가가 씨익 호선을 그렸다. 조금 전까지만 해도 빈틈투성이로 보였는데 지금의 세리아는 아주 조금의 빈틈도 없었다.

이윽고 세리아의 전신을 감싸고 있던 술식의 빛이 사라졌고, 세리아는 추가로 마법을 발동했다.

"《여구 평화지위 영웅육성마법(시위스 파켐 파라벨람)》."

복잡한 구조를 가진 술식의 빛이 새롭게 떠오르며 세리아의 화사한 몸을 감쌌다.

그러자 세리아의 몸에서 흐르던 마력의 양이 단숨에 불어났다. 정령술이나 고대의 마검에서나 있을 법한 강력한 신체 강화가 이뤄졌다는 증거였다.

"그렇군, 이건 분명……."

고우키는 세리아의 신체에 무슨 일이 일어났는지 순식간에 간파하고는 자신도 곧바로 정령술을 발동시켜 신체를 강화했다. 이것으로 조건은 동일해졌다.

"준비 완료입니다."

세리아가 언제든지 대련할 수 있다는 사실을 전했다.

"카요코. 바로 신호를."

그러자 고우키는 들뜬 마음을 숨기지 않은 채 아내 카요코에게 대련의 시작을 재촉했다.

"……마법과 마술의 사용도 인정한다고 하긴 했지만, 양쪽 모두 너무 흥분해서 정도를 벗어나지 않도록."

카요코가 한숨과 함께 말을 전했다.

"음." "네."

고우키와 세리아의 대답이 겹쳤다.

"그럼…… 시작."

그리고 대련이 시작되었다.

직후, 양쪽이 빠르게 앞으로 뛰쳐나갔다. 서로 십여 미터 떨어진 위치에 서 있었는데 불과 1초도 안 돼 간격이 메워졌다.

그리고 동시에 두 사람은 서로의 무기를 휘둘렀다. 목제로 된 무기가 서로 부딪히고, 날카로운 소리가 저택 뒤뜰에 울려 퍼졌다.

"읏……."

세리아가 희미하게 눈을 크게 떴다. 고우키는 유쾌한 얼굴로 입술에 호선을 그렸다. 그러나 양쪽 모두 거기서 움직임을 멈추는 일 없이, 계속해서 손에 쥔 무기를 휘둘렀다.

찰나의 시간 동안 나무와 나무가 부딪치는 소리가 무수하게 울려 퍼졌다. 서로 유효한 타격을 가하기 위해 자신의 무기를 휘둘렀지만, 상대의 무기에 앞이 막혀버린 것이다.

그 후 한동안 걸음을 멈춘 채 그 자리에서 검을 휘두르는가 싶더니, 누가 먼저랄 것 없이 빠르게 뒤로 물러선다. 접근해서 서로 베다가 또 곧바로 거리를 벌린다. 서로 뒤를 노리기 위해 페인트까지 섞어가며, 고도의 수읽기로 상대방의 틈을 찌르려 한다.

완벽한 고수들의 대련이었다. 아직 수십 초도 지나지 않았다는 것이 믿겨지지 않을 만큼, 시간이 마치 농축된 것처럼 천천히 흘러갔다.

관전하던 사람들은 모두 완전히 할 말을 잃고 말았다.

"……선생님은 언제, 저 정도의 검술을?"

그런 와중 크리스티나가 간신히 그런 의문을 입에서 꺼냈다. 세리아와 함께 여행을 다녀온 아리아를 향한 것이었다. 대련하기 전에 세리아를 통해 해설 역을 부탁받았기 때문이었다.

"처음 사용한 마법은 고수의 영역에 있는 검사의 움직임을 재현하는 것이라고 합니다. 세리아의 말에 의하면 반칙을 쓰고 있는 상태라고 하던데, 정말 딱 그 말이 맞는 것 같습니다.”

아리아가 쓴웃음을 지으며 해설했다. 검의 재능을 가진 자가 오랜 세월을 걸어야 비로소 도달할 수 있는 경지에, 마법을 사용한 것만으로 순식간에 도달할 수 있는 것이다. 반칙 말고는 표현할 말이 없었다.

“……그럼 그 마법을 사용하면 누구나 지금의 선생님처럼 싸울 수 있다는?”

“이론상으로는 가능하다고 합니다. 다만 저 마법도 상당히 습득이 어렵다고 하니…….”

아무나 쓸 수 있는 마법이 아니다. 마도사로서 재능이 있는 자가 아니면 습득에 이르기 어렵다는 말을 아리아는 덧붙였다.

“게다가 어느 정도 수련을 쌓은 무인에게는 부작용이 더 크다더군요.”

아리아는 이어서 설명을 추가했다.

“그건 어째서?”

“오랜 수련으로 인해 몸에 스며든 움직임이 방해가 된다고 합니다. 저건 검 같은 건 잡아본 적 없는 자를 위해 존재하는 마법이라고.”

즉 마도사로서의 재능은 타고났지만 무인으로서의 재능은 전무한 자를 위해 존재하는 마법인 셈이다. 세리아에게는 안성맞춤이었다.

“……두 번째로 사용한 마법의 정체는?”

"고대 마검에 깃들어 있는 신체 강화 마술과 동등한 효과를 가진 마법이라고 합니다. 말하자면 신체 능력 강화 마법의 상위호환쯤 되는 마법이겠군요."

즉 마검이 없는 자라도 마검을 소지한 자와 동등하게 움직일 수 있게 되는 마법인 셈이다. 하나같이 현대 마법으로는 재현이 불가능한 효과였다.

"……."

크리스티나는 다시금 할 말을 잃고 세리아를 바라보았다. 광익비상마법, 영웅모조마법, 영웅육성마법. 이 짧은 시간에 세리아는 세 가지 마법을 선보였다.

'어느 것도 해석이 거의 불가능에 가까운 고대 마법일 터. 하나라면 몰라도 그 모든 것을 해석했단 말인가?'

역사에 이름을 남길 만한 고명한 마도사가 생애를 건다고 해도 단 하나를 해석할 수 있을지조차 의문이었다. 그런 것을 세 개나 동시에 해내다니, 도대체 어떻게? 아무리 세리아라도 그런 일이 가능한 걸까? 애초에 어디서 그런 미지의 술식을 발견한 것인지…….

아무리 세리아에 대한 무조건적인 신뢰를 갖고 있다고 해도 크리스티나가 당황하는 것은 무리가 아니었다.

'대단하다, 전혀 틈을 파고들 수가 없어…….'

한편 대련에서는 마침 세리아가 고우키와 거리를 둔 참이었다. 형세는 막상막하, 라기보단 세리아가 과감하게 공격하고 있고 고우키는 그것을 훌륭하게 막아내고 있는 상황이었다.
'무기를 사용해 싸우는 사람들의 강함은 지금까지 막연하게만 알고 있었는데…….'
고우키의 강함도 이제는 선명하게 알 수 있었다. 세리아는 표정을 바꾸지 않은 채 속으로 크게 감탄했다.
"슬슬 대련을 중단할까요?"
고우키가 세리아에게 물었다. 그의 말대로 세리아의 마법을 선보인다는 목적은 이미 달성되었다.
"……조금만 더 어울려주실 수 있을까요? 지금의 제가 고우키 씨를 상대로 어디까지 싸울 수 있는지 알고 싶습니다."
하지만 세리아는 계속 대련하기를 원했다.
"얼마든지요. 아니면 다른 마법을 써도 괜찮습니다."
고우키도 흔쾌히 받아들였다. 강한 상대와의 대련은 그 역시 바라던 바였을 것이다.
"마법은…… 아니요, 이번에는 검만으로 고우키 씨와 겨뤄보고 싶습니다."
신기했다. 자신은 타고난 마도사일 텐데, 검을 쥔 채 투지를 불태우는 무인으로서의 자신이 있다. 세리아는 문득 그 사실을 깨달았다.
"마법이 있는 싸움은 다음 대련의 즐거움이라는 건가요? 좋습니다. 그럼 본인도 이 목검 하나로 싸우겠습니다."
"그렇지만 크리스티나 님과 다른 분들을 너무 기다리게 할 수도 없지요. 다음 대치로 승부를 결정지을 생각으로 고우키 씨에게 도전하겠습니다."

"하하핫, 좋군요. 설마 세리아 공과 이런 대화를 나눌 날이 오리라고는 꿈에도 생각지 못했습니다. 그 승부, 받아들이겠습니다."

다시 대치 상태로, 고우키와 세리아는 서로의 무기를 한 번 더 고쳐잡았다.

"……."

양쪽 모두 말없이 기회가 엿보이는 순간을 기다렸다.

"읏……!"

그 순간은 몇 초도 안 되어 찾아왔다. 서로가 빈틈을 찾은 것이다. 움직이기 시작한 것은 동시였다.

'온다……!'

지금의 세리아는 주위의 시간이 천천히 흐르는 듯한 감각을 느끼고 있었다. 그래서 고우키가 어떻게 목검을 휘두르는지 그 궤도까지 볼 수 있었다. 고우키가 가로로 휘두르려는 목검을 아래에서 튕겨내고자 세리아도 낮은 위치에서 목검을 휘둘렀다.

그렇게 서로의 무기가 충돌하기 직전, 고우키가 목검 궤도를 살짝 비틀었다. 세리아의 목검이 아래에서 미끄러져 들어오는 것을 보고 반응한 것이다.

세리아가 휘두르는 목검 궤도에 약간의 주저가 생겼다. 그래도 순간적으로 궤도를 수정하려 했지만 고우키가 조금 더 빨랐다. 세리아의 검끝에 망설임이 생긴 순간을 놓

치지 않고 거침없이 목검을 휘두른다.

"읏?!"

세리아의 목검이 튕겨 나가며 허공을 날았다. 곧바로 후퇴해 목검을 회수하려 했지만 고우키가 그걸 허락할 리 없다.

"……졌습니다."

곧 목검의 끝이 목을 향했고, 세리아가 몸에 힘을 빼며 패배를 선언했다. 다만 그 표정은 무척 후련해 보였다.

'정말 대단하다…….'

그녀는 승리한 고우키를 보며 속으로 크게 감탄했다. 마지막으로 승패를 좌우한 것은 고우키가 오랜 경험으로 쌓아온 승부의 감각일 것이다.

아무리 세리아가 마법으로 고수의 기량을 습득했다고 해도, 승패를 좌우하는 아슬아슬한 상황에서 싸워온 경험이 압도적으로 부족했다. 그래서 육체를 어떻게 움직여야 하는지 머리로는 알고 있으면서도 약간의 망설임이 생겨났다.

그렇다고는 해도 세리아의 싸움 실력이 고수라고 불릴 정도의 수준이었다는 것 역시 의심의 여지가 없었다.

"이것 참, 무슨 구조인지는 모르겠지만, 정말 가슴 뛰는 멋진 싸움이었습니다. 훌륭합니다."

고우키가 크게 세리아를 칭찬했다. 그리하여 두 사람의 대련은 고우키의 승리로 막을 내리게 되었다.

◇ ◇ ◇

둘의 대련이 끝난 후. 세리아와 고우키와 카요코는 관중들이 있는 곳으로 돌아갔다.

"세리아 언니, 굉장하다!"

라티파는 세리아에게 달려가 그녀를 꼭 껴안았다.

"고마워."

세리아는 부드럽게 라티파의 머리를 쓰다듬으며 모두의 얼굴을 둘러보았다. 정도의 차이는 있지만 하나같이 충격을 받았다는 것을 알 수 있었다. 당연했다. 강력한 고대 마법을 세 개나 선보이며 순수한 검기만으로 고우키와 막상막하의 실력을 선보였으니. 내보이지 않은 고대 마법이 아직 그 밖에도 있었지만, 바로 얼마 전까지의 세리아라고는 상상도 할 수 없을 정도의 과감한 행동이었다.

'……좀 과했나? ……아니.'

순간 세리아는 주저했지만 이내 망설임을 걷어냈다. 이미 정하지 않았나. 앞으로는 리오와 아이시아만 전방에서 싸우게 두지 않겠다. 더는 두 사람에게 보호만 받지 않겠다. 두 사람만 싸우게 하지 않겠다. 자신의 신변은 자신이 지키겠노라.

그러니까 조금 과한 정도가 딱 좋았다. 괜히 힘을 숨겼다가 만일의 경우 주저하게 되는 일은 없어야 했다.

"뭐야, 그 마법?! 완전 대박이다! 진짜 멋있었어!"

라티파가 흥분하며 세리아를 칭찬했다.
"그렇지?"
세리아는 쑥스러운 듯, 그러면서도 조금 자랑스럽게 가슴을 폈다.
'어……?'
거기서 그녀는 무언가를 깨달았다. 이럴 때 가장 먼저 반응을 보였어야 할 마사토가 묘하게 얌전하다는 생각이 들었던 것이다. 아니, 그렇다기보단 마사토의 모습을 찾아볼 수가 없었다. 미하루와 아키의 모습도.
「저기, 아이시아.」
세리아는 염화로 아이시아에게 물어보기로 했다.
「왜?」
「미하루 일행은 어디에 있는지 알아?」
「……성에 있어.」
「저택이 아니라? 무슨 일 있었어?」
「타카히사가 실종됐거든.」
"어?!"
충격적인 사실을 들은 세리아가 무심코 목소리를 냈다.
"……왜 그러세요, 세리아 씨?"
사츠키가 눈을 동그랗게 뜨고 물었다.
"아, 어…… 그러고 보니 미하루 일행의 모습이 안 보이는구나 싶어서. 제가 없는 동안 무슨 변화라도 있었나요?"
세리아가 어색하게 말을 건네자 사츠키의 얼굴에 그림

자가 비친다.

"……네. 좀. 그게 사실은……."

씁쓸하게 입매를 일그러뜨린 채 한참을 머뭇거리던 사츠키가 이내 마지못해 긍정의 말을 뱉었다.

"도대체 무슨 일이 있었기에……?"

"……이제는 이쪽이 설명할 차례네요. 장소를 바꿔서 이야기할까요?"

사츠키는 깊은 한숨을 내쉬며 세리아를 저택으로 이끌었다.

◇ ◇ ◇

크리스티나와 프랑수아 쪽 사람들이 성으로 돌아간 반면, 세리아는 사츠키, 샤를로트, 사라 세 사람과 함께 저택의 응접실로 이동했다. 그리고 세리아가 저택에 부재했던 동안 무슨 일이 일어났는지 대략적인 이야기를 들었다.

"그래서 타카히사군이 성에서 실종되었다는 사실을 알게 된 게 오늘 아침의 일이에요."

사츠키가 이야기를 정리했다.

"제가 밖에 있던 동안 그런 일이 있었다니……. 그래서 미하루네 모습이 보이지 않았던 거군요."

"세 사람 모두 수색대의 보고를 기다리는 상태고, 현재는 리리아나 공주와 함께 성에 있어요."

사츠키도 미하루 일행과 함께 있다가 세리아가 돌아왔다는 보고를 듣고 미하루 일행을 대신해 빠져나온 것이었다.

"타카히사 님의 행선지에 대해 뭔가 잡힌 단서는 있나요?"

"용사님의 생김새나 머리색은 슈트랄 지방에서는 드문 편입니다. 왕도에 머무르고 계시다면 아마 며칠 안에는 찾을 수 있을 겁니다."

샤를로트가 수사의 전망을 밝혔다.

다만 신장을 다루는 용사의 신체 능력은 초인 수준이다. 전력을 다한다면 짐승을 능가하는 속도로 달릴 수 있고, 마음만 먹으면 10미터 정도의 벽을 넘는 것도 불가능하진 않다. 타카히사가 성을 빠져나간 것도 그 신체 능력을 활용한 덕분이었다. 그러니 평범한 사람을 전제로 이동 범위를 상정할 수는 없었다.

"그 일 말인데요, 가능하다면 저도 수색에 협력하고 싶습니다."

사라가 손을 들며 나섰다.

"……사라 님이?"

"제가 계약한 정령 헬은 코가 좋거든요. 성의 수색대도 개를 사용해서 수사를 진행한다고 들었는데, 허가를 받아서 저도 가담하면 좋을 것 같아서요. 저와 헬은 간단한 의사소통도 할 수 있으니 얻을 수 있는 정보량도 더 많을 겁니다."

헬에게 의지할 것도 없이 사라는 늑대인간이다. 후각 능력은 인간에 비할 바가 아니었다. 냄새를 맡을 수 있는 거리 자체는 기껏해야 몇 미터 정도지만, 냄새가 계속되는 한 끝도 없이 맡으면서 추적해 나갈 수 있다.

다만 정령술이나 계약정령에 대해서는 몰라도 사라가 수인이라는 사실은 아직 숨기고 있었다. 그래서 겉으로는 헬에게 수색을 요청한다는 명목이 필요했다.

"그렇다면 무척 든든하겠지만……."

허가의 재량을 가진 것은 왕족인 샤를로트라고 생각한 것인지, 사츠키가 시선을 돌렸다.

"사라 님과 계약된 헬은 꽤 눈에 띄지요. 왕도에 데리고 다니면 혼란이 일어날 우려는 없을까요?"

샤를로트도 헬의 모습을 본 적이 있었지만, 인간 정도는 한입에 삼켜 버릴 정도의 사이즈였다. 그런 거구의 늑대가 거리를 어슬렁대면 시민들이 어떤 반응을 보일지는 상상하기 어렵지 않다.

"실체화할 때 사이즈는 어느 정도 조정할 수 있어요. 작게 실체화하면 대형견만 한 사이즈로도 변할 수 있으니 마을 사람들을 무섭게 하진 않을 겁니다."

사라가 곧바로 샤를로트가 우려했던 문제점을 불식시켰다.

"그렇군요……. 그렇다면 제가 아버님께 설명드리고 허락을 받겠습니다. 오늘은 이제 조금 있으면 저녁이니 내일 아침부터 수색에 참여해 주실 수 있을까요? 자유롭게 수색할 수 있도록 제 호위기사도 동행시키겠습니다."

물론 최종 결정권을 가진 사람은 국왕 프랑수아겠지만, 그가 고개를 저을 가능성은 낮을 것이다. 그런 생각 때문인지 샤를로트는 잠정적인 허가를 내려주었다. 샤를로트의 호위기사는 저택의 경호를 맡고 있기 때문에 사라와도 적지 않은 안면이 있었다.

"다들 걱정하고 있는데 이렇게 폐를 끼치다니, 정말이지 뭐 하고 있는 거야……."

사츠키가 입술을 꼭 깨물며 현 상황에 대한 복잡한 심경을 씁쓸하게 토로했다.

"……미하루 일행은 괜찮나요?"

타카히사가 사라져서 큰 충격을 받은 것은 아닌지, 세리아는 미하루 일행의 심리 상태를 걱정했다.

"세 사람 다 여러모로…… 생각이 많은 것 같아요. 괜한 책임감을 느껴서 괴로워하지 않는다면 좋겠는데."

그렇게 말하는 사츠키도 적잖이 책임을 느끼는지 침울한 표정을 지어 보였다.

"그렇다면 빨리 돌아와 주시는 게 제일이네요. 사라 님도 협조해 주신다고 히고요. 의외로 배가 고파서 스스로 돌아올지도 몰라요."

샤를로트는 나름대로 사츠키의 기운을 북돋우려는 것인지 가벼운 어조로 그렇게 말했다.

"그러게. 정말 그랬으면 좋겠다."

희미하기는 해도, 그제야 사츠키가 미소를 지어 보였다.

"정말, 이상한 장소에 가지 않았으면 좋겠는데……."
그러고는 근심 어린 눈으로 창밖을 내다보았다.

【 제 3 장 】 ❖ 성 밖에 펼쳐진 세계에서

때는 세리아가 가르아크 왕국성으로 귀환한 날 새벽까지 거슬러 올라간다.

"하아, 하아……."

정신을 차리고 보니 타카히사는 성의 방을 빠져나가고 있었다. 그리고 정신을 차리고 보니 경비병들의 눈을 피해 성벽을 넘으려 하고 있었다.

"하아, 하아. 하아……."

또 정신을 차리고 보니, 이미 벽을 넘고 있었다. 정신을 차리고 보니 이마에 땀을 흘리며 어둠에 둘러싸인 귀족거리를 정신없이 달려가고 있었다.

"하아, 하아, 헉, 하아, 하아……."

신장이 신체 강화를 해 주고 있을 텐데, 다리가 쇠붙이라도 달려 있는 것처럼 무거웠다. 심장 박동은 점점 더 거세지기만 했다. 숨이 잘 쉬어지지 않았다.

"헉, 하아."

10미터가 넘는 귀족거리의 돌벽도 야생동물 같은 움직임으로 가차없이 뛰어올랐다. 벽 위에서 평민거리 쪽 땅을 내려다보았다.

사위가 어두워 땅은 잘 보이지 않았다. 높은 곳은 그다지 좋아하지 않지만, 타카히사는 돌기에 매달려 벽을 내려가기 시작했다. 이윽고 땅에 발이 닿자 왕성에서 멀어지려는 듯 다시 달리기 시작했다.

귀족거리에는 그나마 곳곳에 불이 켜져 있었지만 평민거리는 불이 켜진 수가 적어 완전히 캄캄했다. 그럼에도 개의치 않고 달빛에 의지해 골목을 통과하고 2, 3분은 더 걸어간 뒤, 타카히사는 겨우 멈춰섰다. 그리고 달빛을 받은 가르아크 왕국성을 아득한 눈빛으로 멍하니 바라보았다.

――최악. 타카히사 군, 최악이야.

그러자 뇌리에 크게 분노하는 미하루의 얼굴이 떠올랐다.

처음이었다. 그렇게 화난 미하루의 얼굴을 보는 것도, 하물며 미하루에게 뺨을 얻어맞은 것도 처음 있는 일이었다.

――타카히사 군이 싫어. 너무 싫어. 같이 있을 수 없어. 있고 싶지 않아. 그러니까 다시는 내 앞에 얼굴 보이지 말아줘.

미하루는 그렇게 말하며 타카히사를 거절했다. 센트스텔라 왕국으로 돌아가 다시는 얼굴을 보이지 말라며 분노를 터뜨렸다.

아니, 미하루만 그런 것이 아니다. 리리아나, 아키, 마사토, 사츠키. 그 자리에 있던 모든 사람이 타카히사를 거절했다. 그 증거로 타카히사가 가르아크 왕국에 머무는 것을 아무도 허락해 주지 않았다. 타카히사 편을 들어줄 사람은 한 명도 없는 것이다.

타카히사에게 남은 선택지라고는 새벽과 함께 마도선을 타고 센트스텔라 왕국으로 돌아가는 것뿐이었다.

"……싫어."

타카히사는 겁먹은 얼굴로 고개를 젓더니 뒷걸음질을 치며 성에서 멀어졌다.

'싫어, 싫어. 센트스텔라 왕국에는 돌아가고 싶지 않아!'

가르아크 왕국성에 남고 싶다. 하지만 아무도 그걸 허락해 주지 않는다. 앞으로 두세 시간만 있으면 날이 밝고 센트스텔라 왕국으로 강제 송환되고 만다. 주어진 선택지를 받아들이지 못한 타카히사는 정신을 차리고 보니 성을 빠져나가고 있었다.

모순이었다. 가르아크 왕국성에 계속 남고 싶은데, 스스로의 발로 가르아크 왕국성에서 도망치려고 한다.

"……하아, 헉, 헉, 하아, 하아."

잠잠하던 호흡이 다시 거칠어지고 심장 박동이 크게 요동쳤다. 미하루에게 뺨을 맞은 것은 벌써 몇 시간 전인데, 왼쪽 뺨이 따끔거리며 열을 뿜어내는 것만 같다.

"윽……!"

그것을 애써 모른 척하듯, 타카히사는 손톱이 파고들 정도로 왼쪽 뺨을 손으로 꽉 쥐었다. 그리고 비틀거리는 걸음으로 걷기 시작하더니 새까만 평민거리 속으로 자취를 감췄다.

◇ ◇ ◇

암흑 속에서 얼마나 왕도를 헤매고 다녔을까?

불빛 하나 없는 어둠 속을 멍하니 걸던 타카히사는 곧 큰길을 벗어난 막다른 골목에 다다르자 무릎을 껴안고 가만히 그 자리에 웅크려 앉았다.

다만 이 세상에 사는 자들의 아침은 이르다. 해가 뜨기 시작할 무렵이 되자 활동을 개시하는 자들이 마을을 나돌기 시작했다.

머지않아 큰길이 북적거리기 시작한 것을 알아차린 타카히사는 불편함을 느끼고 이동을 재개했다. 사람이 적은 쪽으로, 더 사람이 적은 쪽으로 자리를 옮겨갔고, 이윽고 타카히사는 고요한 구획을 발견했다.

"……."

여기라면 아무도 안 오겠지. 타카히사는 그렇게 생각하고 다시금 골목에서 무릎을 끌어안고 쪼그려 앉았다. 아무도 만나고 싶지 않아. 얼굴을 보고 싶지 않아. 그러니 혼자 있고 싶어.

성에서의 일은 생각하고 싶지 않다. 지금 내가 처한 상황에 대해 생각하고 싶지 않았다. 앞으로 어떻게 할지에 대해 생각하고 싶지 않았다. 미하루에게 뺨을 맞은 것도 기억하고 싶지 않다. 현실을 직시하고 싶지 않다. 아니, 그냥 아무 생각도 하고 싶지 않다.

그런데…… 아침을 맞이했으니 지금쯤 성에서는 소란이 일어났을까? 라든가. 다들 화가 났을까? 라든가. 돌아가는 게 낫지 않을까? 라든가.

여러 생각들이 차례차례 머리를 스쳐 갔다. 마음을 비우고 싶은데 비울 수가 없었다. 그럴 때마다 타카히사는 무릎을 더 꽉 끌어안은 채 가만히 웅크렸다.

하지만 싫은 일만 떠오르는 것이 그나마 다행이기도 했다. 덕분에 머리도 마음도 뒤죽박죽 엉키며 사고가 둔화되고 있었다. 싫은 것을 싫다고 느끼기만 하면 되고, 현실을 깊이 직시하지 않아도 된다. 그렇게 타카히사는 인적 없는 골목에서 그저 시간이 흐르기만을 기다렸다.

◇ ◇ ◇

어느새 해가 기울기 시작하고 있었다. 타카히사가 성을 빠져나간 지 거의 반나절 넘게 지났다는 증거였다.

그러자 갑자기 정적인 시간이 끝을 맞았다. 낮 시간 내내 조용했는데 해 질 녘이 다가오자 골목으로 이어진 거리를 돌아다니는 사람들의 수가 늘어난 것이다. 일시적인 일인가 싶어 무시했지만 가라앉지 않았다.

"……."

타카히사는 자리를 이동하려고 천천히 몸을 일으켰다. 그대로 걸어서 골목에서 큰길로 나오자, 피부가 심하게 노출된 옷을 입은 요염한 여성들이 여럿 돌아다니고 있었다.

"헉……."

그리고 그와 똑같이 얼굴이 잔뜩 풀어진 남자들도 있었다. 타카히사는 숨을 삼키고 저도 모르게 멈춰서 버렸다.

그곳은 창관거리였다. 왕도 중에서도 슬럼가와 인접한 구획으로 그다지 치안이 좋지 않은 곳으로도 알려져 있다.

해 질 녘을 맞이하는 지금부터가 본격적인 영업 시간인 듯했다. 적극적으로 나서서 이성에게 말을 거는 사람이 있는가 하면 이미 이야기가 성사되어 사이좋게 걸어가는 남녀도 있다.

또 큰길 가장자리 쪽에는 매서운 눈초리를 가진 험악한 무리의 사내들이 섞여서 거리를 걷는 자들을 물끄러미 관찰하듯 바라보고 있었다.

"음……?"

창관거리 골목에서 나와 멍하니 서 있는 타카히사를 발견한 사내가, 그대로 그를 관찰하며 값을 매기는 듯한 시선을 향했다. 사내 바로 옆에는 매춘부들이 있는 것을 보니 창관을 운영하는 쪽 사람인 걸까? 그 사내는 아무리 봐도 창관거리에 놀러 온 사람 같진 않았다.

'뭐야, 여기는…….'

한편 당사자인 타카히사는 향수의 달콤한 향기가 풍겨오자 그제서야 머리가 회전하기 시작했는지, 자신이 지금 어떤 장소에 있는지를 인식했다. 곧 불편함을 느낀 타카히사는 큰길로 나와 그대로 창관거리를 벗어나려 했다. 하지만 그러기도 전에 타카히사에게 말을 거는 인물이 나타났다.

"저기." "……네?"

젊은 여자아이였다. 조금 전 골목 구석에서 타카히사를 관찰하던 남자 옆에 대기하고 있던 매춘부 중 한 명이다. 타카히사 또래일까. 여자아이는 달콤한 목소리를 내며 타카히사의 팔을 껴안았다.

타카히사는 걸음을 멈추고 말없이 여자아이에게 시선을 돌렸다. 잔뜩 메마른 눈빛이었다.

"헉……."

여자아이는 기에 눌린 것인지 살짝 숨을 삼켰다.

"왜?"

"아, 그게……."

아마 매춘부일 것이고, 타카히사에게 영업을 하러 온 것이겠지만 반응이 워낙 담백해서 그런지 여자아이는 말문이 막히고 말았다.

"……볼일이 없다면 놔줄래?"

평소의 타카히사라면 더 어리숙한 반응을 보였겠지만, 이때만큼은 거침없이 손을 뿌리치고 떠나려 했다.

"아, 자, 잠깐! 기다려봐! 놀러온 거 아니야?"

여자아이는 황급히 타카히사에게 따라붙더니 가슴골을 강조하듯 타카히사의 팔에 밀어붙였다. 향수의 달콤한 향과 부드러운 살집의 감촉이 전해졌다.

"……아니야."

타카히사는 이번에야말로 어색한 표정으로 고개를 저었다. 그제서야 그 나이 또래의 남자다운 반응을 보아서일까, 여자아이는 살짝 가슴을 쓸어내리며 안도했다. 그러고는 적극적으로 타카히사를 유혹했다.

"그럼 놀다 가지 않을래? 돈 갖고 있지?"

"없어."

즉답하는 타카히사. 이 세상에 온 뒤로 돈 쓸 필요 없이 살아왔고, 옷만 걸친 채 성을 빠져나왔다. 그러니 당연하게도 타카히사는 빈털터리였다.

"거짓말. 그런 고급스러운 옷을 입은 걸 보니 분명 좋은 곳 사람일 텐데. 혹시 귀족 나리?"

여자아이는 타카히사가 돈을 가지고 있을 만한 이유를 말했다.

"어? 아아, 이건……."

타카히사는 자신의 몸을 내려다보며 입고 있는 옷을 시야에 담았다. 국가가 용사를 위해 왕실 전용 장인에게 명해 만들게 한 의복이다. 딩연히 비싸보일 수밖에.

그보다는 상당히 눈에 띈다. 아직 해가 다 지지 않은 창관거리 안에서는 눈길을 끌 수밖에 없었다. 지금도 '대단하신 귀족 꼬맹이가 놀러왔구나'라는 시선이 타카히사를 향하고 있었다. 창관을 운영하는 자들에겐 이용해 먹기 좋은 봉처럼 보였을지도 모른다. 실제로도 그랬기에 여자아이도 타카히사에게 말을 건 것이겠지.

"응? 나랑 놀자."

여자아이는 타카히사의 팔을 더욱 강하게 껴안으며 유혹했다. 그리고 거리 끝에 숨어 있는 사내의 눈치를 살피듯 힐끔 바라본다. 남자는 '더 적극적으로 유혹해서 타카히사를 넘어오게 해라'라고 말하듯 턱을 으쓱했다.

"그러니까 말했잖아. 정말 그럴 생각은 없어. 여기도 이런 장소인 줄 몰랐고, 오고 싶어서 온 것도 아니야."

"이런 장소, 라. 하긴 당신처럼 젊고 축복받은 사람이 이런 장소에서 일하고 있는 나 같은 여자를 상대할 리가 없겠지……."

"딱히 축복이랄 건……. 돈은 정말 안 가져왔어. 게다가……."

머뭇거리며 말을 이어가는 타카히사, 도중에 말문이 막힌다.

"그리고?"

"……좋아하는 사람이 있어."

타카히사는 쓰디쓴 무언가를 삼킨 사람처럼 얼굴을 찡그리며 대답했다.

"……."

여자아이는 입을 다물었다. 이렇게 괴로운 얼굴로 좋아하는 사람이 있다고 말하는 이유를 몰라서 그런 것일지도 모른다.

"알겠지?"

미안하다며, 타카히사는 여자아이의 팔을 뿌리쳤다.

"아……."

여자아이는 순간 손을 뻗으려고 했지만, 타카히사는 빠른 걸음으로 걸어나갔다. 길 가장자리에는 아직도 인상이 험악한 남자가 숨어 있었고, 핏발 선 눈으로 아주 못마땅하다는 듯 타카히사에게 말을 건 여자아이를 노려보고 있었다. 그녀는 그것을 깨닫자마자 황급히 타카히사를 뒤쫓아 뒤에서 손을 잡았다.

"저, 저기, 잠깐만! 기다려!"

"어?"

또다시 말을 걸어올 줄은 몰랐는지 당황하는 타카히사.

"길을 몰라서 이런 곳에 온 거지?"

타카히사에게 말을 거는 여자아이의 목소리는 어딘가 절박하고 필사적인 느낌이 배어 나왔다.

"뭐, 그렇긴 한데."

타카히사는 애매하게 대답했다. 애초부터 행선지는 정해져 있지 않았기 때문이다.

"이 근방은 길이 복잡하게 엉켜 있거든, 자."

여자아이는 그렇게 말하자마자 타카히사의 손을 잡아끌고 거침없이 걷기 시작했다. 반강제로 길 안내를 당하자 타카히사는 완전히 당황하고 말았다.

"어? 자, 잠깐만. 너, 뭘 하려는 거야?"

"여기 볼일은 없는 거지? 안내해 줄게."

그렇게 두 사람이 창관거리에서 나가는 것을 확인하자 거리 끝에 숨어든 사내도 뒤를 쫓듯 조용히 걷기 시작했다. 여자아이는 타카히사를 이끌고 창관거리 대로에서 뒷골목 쪽으로 들어갔다. 그러자 인적이 뜸해졌다.

튀는 것을 원치 않아 주변의 눈을 신경 쓰던 타카히사는 곧 주위를 걷는 사람의 수가 줄어들자 남몰래 가슴을 쓸어 내렸다.

"저기, 잠깐만. 도대체 어디로 갈 생각이야?"

타카히사는 여자아이의 손을 뿌리치며 멈춰 세우고는 물음을 던졌다.

"어디라니…… 돌아가고 싶은 거 아냐?"

여자아이는 자신이 들어온 골목 어귀를 한 번 훑어보고는 아무도 쫓아오는 사람이 없는 것을 확인한 뒤 안심한 듯 숨을 내쉬며 대답했다.

"그건 아니야, 딱히 난 돌아가고 싶은 게……."

"그런, 거야? 그럼 역시 나랑 좋은 거 할래?"

여자아이는 눈을 동그랗게 떴지만, 좋은 기회다 싶었는지 다시 타카히사를 유혹했다.

"안 해. 이제 됐잖아. 길 안내 같은 건 안 해줘도 되니까 날 좀 내버려 둬."

타카히사는 피곤한 듯한 얼굴로 한숨을 내쉬며 여자아이에게 경계심을 내비쳤다.

"……저기, 사실대로 말할게. 당신을 반드시 손님으로 만들어 오라고 무서운 남자한테 명령받았어. 이대로 돌아가면 혼날 거야. 사람 한 명 살리는 셈치고 같이 내 방으로 가주면 안 될까?"

여자아이는 타카히사에게 매달리며 적극적으로 유혹하던 이유를 털어놓았다. 정에 호소하려는 작전인지, 아니면 그녀에게 명령을 내린 남자가 무섭다는 것이 정말 사실인지, 그 손은 약간 떨리고 있었다.

"그런 말을, 나한테 해봤자……. 굳이 나 같은 놈이 손님이 되지 않아도 달리 손님이 될 만한 사람들은 잔뜩 돌아다니고 있었잖아."

타카히사는 그렇게 말하며 떨어지기 위해 몸을 뺐지만, 여자아이도 쉽게 놓아주지 않았다. 타카히사의 팔을 가슴에 꼭 붙인 채 고정시키고 있다.

"그 녀석, 아마 당신이 돈이 엄청 많아 보이니까 단골로 만들고 싶은 것 같아. 상대는 젊은 편이 좋다는 이유로 우연히 손이 비어 있던 내가 명령을 받았을 뿐이고……."

여자아이는 조금 더 사정을 털어놓으며 생각했다.

'게다가 대화해 보니 알겠어. 이 사람 굉장히 순진해 보이고 심지어 다정해. 좋은 봉이 될 거라고 생각했을지도 몰라.'

그러면서 그 밖에도 이유가 있을지도 모른다는 것을 짐작했다. 어리숙한 남성 고객은 한 번만 마음을 사로잡으면 이후에도 꾸준히 방문하는 단골로 만들기 쉽다. 더해서 돈까지 갖고 있다면 매춘부로서는 더할 나위 없는 장사 상대였다.

"그러니까 돈 없다고 몇 번이나 말했잖아."

타카히사는 몇 번째인지 모를 한숨을 내쉬며 설명을 반복했다.

"그런 건 당연히 거짓말이겠지."

여자아이는 타카히사가 무일푼이라는 사실을 믿지 않았다. 뭐, 무리도 아니다. 그만큼 타카히사가 입고 있는 옷은 고급스러웠으니까.

"진짜 없어. 뭣하면 살펴봐도 돼."

그렇게 말하고 타카히사는 비어 있는 손으로 자신의 주머니를 만지작거렸다.

"……정말?"

여자아이가 잠시 타카히사에서 벗어나 의아한 얼굴로 그의 전신을 훑었다.

"만져봐."

자유롭게 조사해도 좋다는 듯 타카히사가 두 팔을 가볍게 올려보였다.

"그럼……."

여자아이는 타카히사의 몸을 더듬으며 지갑을 가지고 있지 않은지 확인하기 시작했다. 곧이어 타카히사가 정말 돈이 없다는 것을 알았는지 양손으로 머리를 감싸쥐고 그 자리에 쭈그려 앉았다.

"거, 거짓말. 설마 정말로 무일푼이었다니. 그렇게 비싸 보이는 옷을 입고 대체 왜 돈을 안 갖고 있는 거야……."

"아니, 돈 같은 건 쓸 필요가 없었으니까……."

"뭐? 돈을 쓸 필요가 없어?! 그럴 리가 없잖아?! 당신, 대체 어떤 생활을 해 온 거야?!"

여자아이가 소리치며 거세게 반박했다.

"아니, 뭐……. 그렇, 지. 그렇겠지……."

타카히사는 어딘가 거북한 얼굴로 표정을 흐렸다. 줄곧 현실 도피를 해왔지만, 돈이 없는 것은 확실히 문제라고 생각했을 것이다. 어쩌면 여자아이와 대화를 나누는 일에 정신이 팔려 가까스로 냉정함을 되찾은 것일지도 모른다.

그렇지만 아직 현실에서는 도피하고 싶은 것인지, 타카히사는 여자아이와의 대화를 중단하려고 했다.

"……어쨌든, 내가 네 손님이 될 수 없다는 건 이제 알았지?"

"어떡해. 저 녀석한테 뭐라고 설명하면 좋지……."

하지만 자신에게 명령해 온 남자가 두려운 것인지 여자아이에게 타카히사의 말은 와 닿지 않았다. 남자에게 대체 어떻게 설명해야 하나, 약간 창백해진 얼굴로 고민하고 있다.

"……그렇게 무서운 사람이야?"

"응. 작은 나리라고 부르는데, 이 창관거리를 관리하는 조직의 간부야. 성미도 포악하고 매춘부라는 존재는 그저 소모품으로만 생각하는 최악의 남자. 엄청 귀중한 손님으로 보이는 당신 같은 남자를 얌전히 돌려보냈다는 게 알려지면 무조건 벌금을 물 거야."

최악의 상황이라며 여자아이는 깊게 한숨을 내쉬었다.

"그건 정말 안됐지만……. 그렇다면 이런 일은 차라리 그만둬."

타카히사는 정론을 펼쳤다.

"읏……."

울컥한 여자아이가 몸을 부들부들 떨며 무언가 말하려 했다.

"아?!"

하지만 자신들이 있는 골목 어귀에 남자 한 명이 들어오는 것을 발견하더니, 갑자기 정면에서 타카히사를 꽉 껴안았다.

"……어?"

타카히사는 영문을 몰라 눈을 동그랗게 뜬다.

"진짜 최악이야! 저 녀석, 날 감시하러 왔어!"

여자아이가 짜증 난다는 얼굴로 투덜거렸다.

"저 녀석……?"

타카히사 입장에서는 등 뒤 방향이었기에 누가 왔는지 전혀 알 수 없었다.

"작은 나리!"

곧 여자아이는 '저 녀석'이 누구인지 타카히사에게 알려주었다.

"내가 당신을 제대로 유혹했는지 확인하러 온 거야."

작은 나리가 여자아이를 쫓아 골목으로 들어온 이유도 말해주었다. 그래서 타카히사는 몸을 돌려 골목 입구를 확인하려고 했다.

"아니, 안 돼! 내가 이상한 말을 했다는 걸 알면 어떡해!"

여자아이가 타카히사의 얼굴을 잡아 고정했다. 그대로 키스하듯 얼굴을 가까이 가져갔다. 타카히사 쪽이 키는 더 컸기에 여자아이가 까치발을 들고 타카히사를 올려다보는 구도였다.

"잠깐……."

타카히사는 몸에 힘을 줘서 반사적으로 떨어지려고 했다. 다만 여자아이가 그것을 허락하지 않았다. 타카히사의 등에 양팔을 두르고 꽉 껴안고 있다. 여자아이의 온기가 직접적으로 전해지자 타카히사는 한층 더 몸을 경직시켰다.

"……."

여자아이는 타카히사를 껴안았을 때 무언가를 결심한 모양이었다. 타카히사를 안은 채 가볍게 심호흡을 했다.

"이리 와."

그리고는 타카히사의 팔에 자신의 팔을 감고 걷기 시작했다.

"뭐? 어? 어디에?"

타카히사가 크게 당황했다.

"내 방."

소녀가 단적으로 행선지를 알렸다.

"……뭐, 뭐어어?"

타카히사의 뒤집힌 비명이 골목을 울린 것은 몇 초 뒤의 일이었다.

◇ ◇ ◇

타카히사는 이름도 모르는 여자아이와 함께 창관거리 골목길을 거침없이 나아갔다.

그대로 2, 3분 정도 걸었을까.

"여기야."

여자아이가 타카히사의 팔을 끌어안은 채 한 건물 앞에 멈춰 섰다.

"여기는……?"

타카히사가 주위를 둘러보며 머뭇머뭇 물었다.

현재 위치는 붐비는 창관거리 대로를 벗어난 골목길이었다. 큰길에 비하면 인적은 확실히 드물지만 붙어 있는 남녀의 모습이 드문드문 보였다. 팔짱을 낀 채 건물로 들어가는 자들의 모습도 보인다.

"내가 근무하는 창관 말야. 내 방은 여기거든."

여자아이는 아무렇지도 않게 말했다.

"차, 창관……?"

타카히사의 목소리가 떨렸다.

"당연하지. 난 매춘부니까."

"……."

생각이 멈춘 것일까. 타카히사는 할 말을 잃은 채 창관을 올려다보았다. 건물은 4층짜리 석조로 되어 있어서 마치 고급 매장 같은 모습이었다.

"고급 가게야. 귀족이 사는 건물만큼은 아니겠지만 제법 훌륭하지?"

"왜, 왜 이런 골목에 고급 가게가……."

"고급이니까 큰길이 아니라 이런 골목에 있는 거지. 남의 눈을 신경 써야하는 단골들은 이런 곳에 있는 가게를 좋아해. 자, 들어가자."

"자, 잠깐만……?!"

"그냥 따라와. 수상해 보이니까 가만히 좀 있어."

저항을 내비치는 타카히사의 말이 무색하게도 여자아이는 그의 팔을 당겨 질질 끌고갔다.

"한 분. 신규 손님이야."

그리고 가게 안으로 들어간 여자아이는 카운터를 지키고 있던 남자에게 말을 걸어 간략하게 수속을 마쳤다. 카운터에 있는 남자가 힐끔 타카히사를 바라보자 타카히사는 어색한 듯 시선을 돌렸다.

"……어서 오세요, 즐거운 시간 보내시길."

카운터 담당 사내는 후후, 하고 웃으며 타카히사를 환영했다.

"자, 이쪽으로 오세요, 주인님. 제 방은 2층에 있습니다."

여자아이는 타카히사에게 팔을 휘감고 실로 여우 같은 목소리로 안내를 시작했다. 말투도 손님을 접대하는 말투로 바뀌었는데, 아마도 카운터 담당 사내의 눈을 의식했기 때문일 것이다.

"……."

"자, 어서 방으로 갈까요."

얼이 나가 있는 타카히사는 개의치도 않고, 여자아이가 그의 팔을 잡아당겨 계단으로 이끌었다. 그렇게 2층으로 올라가니 좌우로 통로가 뻗어 있었다. 2층에만 여덟 개 정도의 방이 있는 것 같았다.

사람의 기척도 없고 통로 자체는 평온한 공간이었다. 다만 고요한 방 너머로 울리는 시계 소리를 깨닫자 각방에서 희미하게 새어나오는 교성과 침대 삐걱이는 소리가 타카히사의 귀에 공연히 크게 와 닿았다.

더불어 관내에 들어왔을 때도 생각한 것이지만, 2층으로 올라가면서 달콤한 향내가 한층 강해졌다. 성욕을 자극하는 효과라도 있는 것일까, 아니면 각 방에서 새어나오는 소리와 맞물려서 그렇게 느낀 것일까.

"……."

타카히사는 온몸이 훅 달아오르는 것을 느꼈다. 그 증거로 얼굴에 홍조가 돌며 열기를 띠고 있는 것이 한눈에 티가 났다. 자신의 팔을 끌어안는 여자아이의 체온과 가슴의 부드러움이 옷 너머로도 진득하게 전해졌다. 그때였다.

'윽……!'

수척하게 미소 짓는 미하루의 얼굴이 타카히사의 뇌리에 떠올랐다. 지금까지 억누르고 있던 어색함과 수치심에 더해 죄책감이 마그마처럼 끓어올랐다.

"……저기, 나 역시 돌아갈게!"

타카히사가 몸을 돌려 나가려고 했다. 하지만 여자아이가 타카히사를 놓아주지 않았다.

"안 돼. 올 때 말했잖아. 돈은 내가 채울게. 그러니까 시간이 지날 때까지는 여기 있어줘."

"왜 굳이 네 돈까지 내가면서 이런 짓을 하는 거야……?"

"그것도 말했잖아. 당신을 놓쳤을 때의 벌금이 더 비싸니까. 매출을 직접 메꾸는 편이 나아. 작은 나리의 명령으로 당신한테 영업을 해 버린 순간 이미 내 운은 끝난 거니까."

"그래도 나랑은 상관없잖아…… 그보다 혹시 날 속이려는 거 아냐? 계산할 때 네가 돈을 내지 않는다거나……."

"아, 그렇구나. 그런 방법도 있겠네."

"거봐, 역시!"

타카히사는 황급히 떠나려고 했지만 이번에도 여자아이는 놓아주지 않았다.

"그럴 생각이었다면 이렇게 담백하게 인정하지도 않았

겠지. 그보다 그런 방법은 난 생각조차 못했는데 당신, 머리가 좋네."

여자아이가 감탄하며 타카히사를 칭찬했다.

"……."

타카히사는 여전히 여자아이에게 의심스러운 눈빛을 향하고 있었다.

"알았어. 그럼 방에 들어가면 먼저 대금만큼의 돈을 당신한테 줄게. 그러면 됐지?"

여자아이가 한숨을 내쉬며 제안했다.

"……뭐, 그렇다면……."

타카히사는 여전히 의심을 지우지 않았지만, 일단은 저항하는 힘을 풀고 고개를 끄덕였다. 여자아이는 그것을 확인하고는 다시 타카히사의 팔을 잡아당겼다.

"그럼 내 방으로 가자."

그리하여 두 사람은 드디어 개인실로 이동했다.

"들어와."

여자아이는 방문을 열고 안에 불을 켠 뒤 타카히사를 안으로 유인했다.

"……."

타카히사는 방에 한 걸음 들어간 뒤 멈춰 서서는 눈동자만 굴려 주위를 살폈다.

"그렇게 빤히 관찰하지 말아 줬으면 좋겠는데……. 여기는 내가 일하는 곳이지만 주거도 겸하고 있으니까. 뭐 이상한 데라도 있어?"

여자아이는 타카히사의 옆모습을 들여다보며 조금 거북한 듯 물었다.

"아, 미안해. 아니, 꽤 넓구나 하고……. 좋은 방이네."

실제로도 좋은 방이었다. 넓이는 약 5평이 넘었고 가구를 많이 두지만 않으면 혼자 살기엔 꽤 쾌적한 방이었다. 놓여있는 것은 더블침대와 옷장과 목욕통, 그리고 시간을 재는 물시계 정도여서 널찍했다.

가구들도 하나같이 잘 만들어진 좋은 물건이었고, 물건들이 어지럽게 널려 있지도 않아 청결감이 느껴지는 공간이었다. 고급 가게라는 것은 사실이겠지.

"좋은 방이라……."

다만 여자아이의 얼굴에 그늘진 자조가 번졌다.

"응?"

타카히사는 무언가를 느꼈는지 의아한 얼굴로 여자아이의 눈치를 살폈다. 하지만 여자아이는 고개를 돌리듯 휙 하고 타카히사에게 등을 돌렸다.

"말했잖아, 여긴 고급 가게라고. 그러니까 나도 고급 매춘부야. 견습이지만."

여자아이는 자랑스럽게 말하면서 옷장으로 걸어가기 시작했다. 안에는 금고가 놓여 있는 것인지 거기서 동전을 하나 꺼내 타카히사 곁으로 돌아와 내밀었다.

"받아."

"어?"

타카히사는 고개를 갸우뚱하며 탁한 색깔을 띤 동전으로 시선을 돌렸다.

"이 가게 대금. 한 시간에 대은화 한 장. 방에 들어가면 먼저 주기로 약속했잖아."

"어, 아아……."

타카히사는 그제서야 여자아이가 동전을 내밀어 온 이유를 이해했다. 받아도 되는 걸까, 하고 조금 망설이면서도 손을 뻗었다.

"……."

그러자, 여자아이의 손이 부들부들 떨리고 있는 것을 깨달았다.

"……왜 그래?"

"이 대은화 한 장은 대체로 내 2주치 급료야. 그걸, 그걸……."

아무래도 여자아이는 타카히사에게 대은화를 건네는 것이 못내 아쉬운 모양이었다.

"……대은화 한 장이 2주치 급료라니, 손님 한 명분 대금인데?"

일주일에 몇 명의 손님을 상대하는지는 모르겠지만, 손님 한 명이 내는 금액과 같은 액수의 수입을 얻는 데 2주일이나 걸린다는 것은 상당히 착취당하고 있다는 뜻이 아닐까? 타카히사는 그런 뜻을 담아 물었다.

"손님 한 명이 대은화 한 장을 써도 내 주머니에는 그 10퍼센트도 안 들어오니까. 여기 방세라든지, 업무용 의상비라든지, 창관에서 징수해 가는 수수료라든지, 여러 빚을 갚는다든지. 이런저런 이유를 대면서 가져가거든……."

"그렇, 구나……."

타카히사는 안쓰러웠는지 돈을 받는 것을 주저했다.

"자, 얼른 받아."

여자아이는 직접 타카히사의 손을 잡고 대은화를 쥐어주었다.

"……괜찮아?"

"당연히 괜찮지. 내가 말한 거고 약속은 약속이니까. 그 대신 제대로 시간이 될 때까지는 이 방에 있어줘."

여자아이는 마치 스스로에게 타이르듯 말하고는 타카히사에게 돈을 쥐어준 손을 놓았다.

"……알았어."

어차피 갈 곳도 없는 몸이다. 타카히사는 느리게 고개를 끄덕였다.

"아아, 내 대은화 한 장이……."

여자아이가 한탄하며 한숨을 내쉬었다. 그러고는 침대 옆에 있는 물시계를 이용해 시간을 재기 시작하고는 다시 옷장으로 향한다.

도대체 무슨 생각을 하고 있는 것인지, 입고 있던 드레스를 벗기 시작했다.

"잠깐, 뭐, 뭐 하는 거야?!"

타카히사는 황급히 여자아이에게 등을 돌렸다.

"이 옷은 가슴이 너무 조여서 입고 있으면 쉽게 피곤해지거든. 당신은 손님이지만 손님이 아니니까 실내복으로도 괜찮겠지?"

여자아이는 타카히사에게 그런 설명을 하면서 옷을 갈아입어 나갔다. 타카히사에게 보이는 것 따위는 신경 쓰지 않는 것인지 나체를 스스럼없이 드러낸다.

"읏……."

등 뒤에서 옷이 스치는 소리가 들리자 타카히가는 꿀꺽 침을 삼켰다.

"보고 싶으면 봐도 되는데?"

여자아이는 벌거벗은 채 킥킥 웃으며 타카히사에게 말했다.

"안 봐!"

타카히사는 완강하게 등을 돌리고 있었다.

"흠. 뭐, 알고 있긴 했지만, 역시 당신 동정이구나."

"뭣?!"

"모처럼이니까 나로 동정 탈출해 볼래?"

여자아이는 장난스럽게 타카히사의 등에 물어왔다.

"읏, 노, 놀리지 말아줘!"

"하지만 잠시나마 나로 동정을 버릴 수 있을 거라고 기대하지 않았어?"

"안 했어! 그런 건 좋아하는 사람이랑 하는 거니까!"

"흐음. 좋아하는 사람이 있다고 했었지."

"……."

타카히사는 또다시 미하루와 있었던 일을 떠올린 것인지, 무척이나 괴로운 얼굴로 꾹 입술을 깨물었다.

"……이상해. 그렇게 괴로운 얼굴로 좋아하는 사람을 생각하다니."

그러자 여자아이가 타카히사 앞으로 돌아와서는 몸을 굽혀 살며시 그 얼굴을 들여다보았다.

"무슨……."

설마 벌거벗은 건가? 하고 순간 움찔한 타카히사였지만, 여자아이는 옷을 갈아입은 상태였다. 조금 전까지 입고 있던 요염한 속옷 같았던 섹시한 드레스와는 달리 누더기처럼 낡은 원피스. 옷감은 상할 대로 상했고 빨아도 지워지지 않는 얼룩이 곳곳에 배어 있었다.

"……."

안심하며 가슴을 쓸어내린 타카히사였지만, 그녀의 모습과 분위기가 바뀌어 당황한 것일까. 눈을 동그랗게 뜬 채 옷을 갈아입은 여자아이를 바라보았다.

"왜, 볼품없는 여자라고 생각했어? 명색이 고급 매춘부인데 어울리지 않아서?"

여자아이가 그의 생각을 꿰뚫어본 듯이 물어왔다.

"……딱히, 그런 생각 안 했어."

타카히사는 한숨을 내쉬며 고개를 저었다.

"그래? 급료로 비싼 사복이나 장신구를 사는 애들도 많은데 방안 말고는 입을 데가 없거든. 보여줄 상대도 없고. 그러니 난 이걸로 충분해. 그런 것보단 돈을 모아서 빨리 여기를 나가고 싶어."

이 옷, 공짜로 받은 거다? 여자아이는 자신의 모습을 내려다보며 그렇게 말했다. 낡은 원피스가 마음에 드는 것인지 정말 진심으로 편안하게 웃고 있다는 것이 느껴졌다.

'……나는 이런 장소에서 대체 뭘 하고 있는 걸까.'

불과 두세 시간 전만 해도 이 나라에서 가장 호화로운 곳에 있었는데, 지금은 빈민가에 인접한 창관의 한 방에서 이름도 모르는 매춘부와 함께 있다. 참으로 기묘한 상황이었다. 그러자 여자아이가 타카히사의 손을 잡아끌었다.

"뭐야, 시간이 될 때까지 가만히 그렇게 서 있을 거야? 대화 상대 좀 해줘. 우선 침대에 앉자."

여자아이는 타카히사를 침대에 앉히고 자신도 앉았다.

"……가까워."

어깨가 맞닿을 정도로 밀착한 거리에, 타카히사가 옆으로 옮겨 앉아 둘 사이에 공간을 만들었다.

"그래? 딱히 상관은 없지만."

여자아이는 후후 하고 웃으며 타카히사의 얼굴을 물끄러미 바라보았다.

"……뭐야?"

"당신, 굉장히 잘생겼네. 이 근방에서는 볼 수 없는 외모인데."

"……뭐야, 갑자기……."

여자아이를 경계하는 것인지 퉁명스럽게 받아치는 타카히사였지만, 외모를 칭찬하는 말에 쑥스러워하며 얼굴을 붉힌다.

"딱히? 사실을 말한 것뿐이야. 멋지고 비싼 옷까지 입어서 어디의 왕자님 같아. 그래서 여자들이 많을 것 같은데도, 보면 순진하고 귀여워."

여자아이는 타카히사의 인상을 열거하며 장난스럽게 미소 지었다.

"……한심한 남자라고 생각하면서. 놀리지 말아줘."

타카히사는 상심한 상태라 그런지 자학적으로 눈살을 찌푸렸다.

"그런 생각 안 해. 하지만 외모도 뛰어나고 비싼 옷도 갖고 있고, 뭐든 다 갖고 있을 것 같은데, 그런 당신조차 가지지 못한 게 있구나."

"……뭐?"

"자신감. 전혀 없어 보여."

타카히사가 가지고 있지 않은 것을, 여자아이는 정확하게 알아맞혔다.

"……."

"아, 맞다. 그리고 돈도 없었지. 분명 동정을 탈출하고 싶어서 창관거리에 온 거라 생각했는데 그럴 마음도 없는 것 같고…… 그런데 정말로 왜 창관거리 같은 곳에 온 거야?"

여자아이는 쓴웃음을 지으며 말하고는 타카히사를 바라보았다.

"말했잖아. 길을 잃었다고."

"당신 같은 차림새를 한 사람이 창관거리 길가에서 혼자, 말이지? 도대체 어디로 갈 생각으로 헤맸던 거야?"

방향 감각도 갖고 있지 않은 거야? 라고 여자아이는 타카히사의 목적을 탐색하듯 그의 반응을 살폈다.

"……."

타카히사는 시선을 피하고는 내키지 않는 얼굴로 침묵했다.

"뭔가, 굉장히 사정이 있어 보이는 느낌이네. 뭐, 상관은 없지만. 당신이 좋아하는 애와 관계되어 있는 건가?"

"윽……."

"역시, 정곡이야?"

타카히사의 안색이 흐려졌고, 여자아이의 예상은 확신으로 바뀌었다.

"……거절당했어. 싫다고, 분명히 들어버렸어."

생면부지 상대라 말하기 쉬웠던 것일까, 타카히사는 무슨 일이 일어났는지 본인의 입으로 털어놓았다.

"세상에…… 그건 괴로울 만하지."

여자아이는 그것만 말하고는 바로 옆에 앉아 부드럽게

타카히사를 껴안았다.

"……가까워."

타카히사는 느리게 몸을 일으켜 여자아이에게서 떨어지려고 했다.

"싫어?"

여자아이는 조금 더 강하게 껴안으며 타카히사에게 물었다.

"……."

타카히사는 부정도 긍정도 하지 않았다. 걸터앉은 침대에서 일어나려고 하지도 않았다. 다만 여전히 생면부지인 여자아이와 마주하고 있다는 것에 대한 민망함이 있는지 여자아이와는 반대쪽 방향으로 무게중심을 두며 외면했다.

"후후, 솔직한 면도 있네. 그러고 보니 당신 이름은? 아직 안 물어봤네."

여자아이는 타카히사의 머리를 부드럽게 쓰다듬으며 이름을 물었다.

"……타카히사."

타카히사는 조용히 이름을 입에 담았다.

"타카히사? 이 근처에서는 쉽게 들을 수 없는 발음이네, 그래도 멋진 이름이야."

"……딱히 그렇지도 않아."

타카히사 군――하고 미하루에게 이름을 불리는 소리가 머릿속에서 맴돈 것일까, 타카히사는 여자아이에게 이름을 칭찬받자 쓰디쓴 약을 삼킨 얼굴로 쌀쌀맞게 부정했다.

"중증이네. 하지만 적어도 나에게는 멋진 이름이야. 왕자님 같거든."

"……이 근처에서는 듣기 힘든 발음이잖아. 대체 왜 왕자님이야?"

"글쎄, 왜 그럴까?"

여자아이는 키득키득 웃으며 한층 부드럽게 타카히사의 머리를 쓰다듬었다.

"……."

타카히사는 그제서야 상대방에게 흥미를 느낀 것일까, 자신을 끌어안은 여자아이의 얼굴을 힐끔 한번 쳐다보려 했다. 하지만 민망해진 것인지 이내 다시 외면하고는 방구석으로 시선을 고정해 버렸다.

"당신, 그 아이를 정말 좋아했구나."

그러자 여자아이가 깊은 한숨을 내쉬며 지적했다.

"……어떻게 알아?"

"이렇게 내가 껴안고 있는데도 조금도 손을 대려고 하질 않으니까. 내가 그렇게 매력이 없나?"

"딱히. 그렇지는 않은 것 같은데……. 말했잖아. 그런 건 좋아하는 사람이랑 하는 거라고."

즉 타카히사가 좋아하는 상대는 지금 옆에 밀착해 있는 그녀가 아니라는 뜻이었다. 그가 좋아하는 상대는 지금 이 자리에는 없는 제3자…….

"뭐야. 좀 질투 나려고 하는데? 게다가……."

"게다가?"

"내가 당신의 이름을 물었으니, 당신도 내 이름을 묻는 게 남자로서 예의 아닌가?"

"……그렇구나. 그렇지. 미안해. 네 이름은 뭐야?"

"줄리아야."

"……줄리아. 줄리아구나. 알겠어. 잊지 않을게."

타카히사는 곱씹듯이 말했다.

"어머, 그렇게 가볍게 선언해도 돼? 그렇게 말하면서 매춘부의 이름을 잊어버리는 남자는 넘쳐날 정도로 많은데 말야."

행위 중에는 열정적으로 사랑을 속삭이면서도 정작 행위가 끝난 뒤에는 "이름이 뭐였지?"라고 묻는 손님은 헤아릴 수 없이 많았다. 남자란 다들 그런 걸까? 하고 줄리아는 장난스럽게 물었다.

"괜찮아. 잊지 않아. 여자애 얼굴이랑 이름을 외우는 건 잘해."

"어머, 순진한 줄만 알았는데 제법 느끼한 소리도 하네."

솔직히 때와 장소가 다르다면 꽤 불쾌하게 들릴 수도 있는 대사라며, 줄리아는 의외라는 듯 눈을 크게 뜨고 말했다.

"하하하…… 한번 머리가 온통 새하얘졌던 시기가 있었거든. 그 무렵 여자애 이름을 완전히 잊어버렸던 적이 있었어. 매일 얼굴을 마주하면서, 나한테 굉장히 상냥하게 대해줬는데……. 엄청 무례한 짓을 저질렀다고 생각해. 그래서 두 번 다시 잊지 않겠다고 그때 맹세했어."

타카히사는 여자의 이름을 잊지 않기로 결정한 이유를 말했다. 참고로 이름을 잊은 그 상대는 리리아나였다. 타카히사가 이 세계에 소환된 지 얼마 되지 않았을 때 벌어진 일이었다.

"흡, 그래서 고지식하게 맹세를 지키느라 그런 고리타분한 대사를 한 거야?"

그 이야기를 듣고 줄리아는 우습다는 듯 웃음을 터뜨렸다.

"……상관없잖아."

타카히사는 입술을 삐죽였다.

"그렇지. 참고로 그 아이가 당신이 좋아한다는 아이?"

줄리아는 그렇게 묻고는 타카히사의 옆모습을 들여다보았다.

"……아니, 아니야."

죄책감을 느낀 타카히사는 고개를 돌리며 부인했다. 대답까지 잠깐 망설인 것은 타카히사가 리리아나를 향해 마지막으로 한 말이 뇌리를 스쳤기 때문이었다.

――리리는 날 좋아하잖아? 센트스텔라 왕국을 위해서라도 나랑 미하루가 맺어지지 않았으면 해서 그런 심한 말을 하는 거 아냐?

리리아나를 울리고 미하루를 격분하게 만든 치명적인 발언이었다.

'……난 정말 최악이야. 왜 그런 말을…….'

미하루와 다시 헤어지는 것이 두렵고, 또 혼자가 되기 싫어 말다툼을 벌이다 그만 감정이 격앙되어 자기도 모르게 튀어나온 발언이었다.

'……아니야. 정말 그렇게 생각한 건 아니야. 그건 내 진심이 아니었어.'

그때의 일을 떠올린 타카히사는 무거운 죄책감에 사로잡혀 후회하고 또 후회했다. 하지만 때는 이미 늦었다. 한 번 엎지른 물은 되돌릴 수 없다.

게다가 극한 상태에서 감정적으로 한 말이었기 때문에 오히려 그 발언은 진심이 아니었을까? 리리아나가 자신을 좋아하는 게 아닐까 하고 한 번이라도 느낀 적이 없다고 단언할 수 있을까? 리리아나는 자신을 좋아한다고, 어렴풋이 생각하고 있었던 것은 아닐까? 그렇다면, 그때 자신이 했던 발언은 역시 진심이 아니었을까.

"읏……!"

타카히사는 거부 반응이라도 일으키듯 파드득 고개를 저었다.

"……왜 그래?"

"아무것도 아니야……."

"불쌍해라. 떨고 있잖아."

줄리아는 아이를 달래듯 토닥토닥 타카히사의 등을 두드렸다.

정령환상기 #24 초판 한정 쇼트스토리

아망드의 잠자는 공주

어느 날의 일.

가르아크 왕국, 크레티아 공작령.

교역도시 아망드에 있는 대관 저택에서.

가주인 리제롯테의 스케줄은 평소에도 꽉 차 있다. 아망드의 대관은 물론 리카 상회의 회장이라는 직무에도 종사하고 있어 그녀가 바쁜 것은 어찌 보면 당연했다. 하지만――.

"새근…… 새근……."

이른 오후. 아직 밝은 시간에 리제롯테는 자신의 침실에 놓인 침대 위에서 조용히 숨을 내쉬며 낮잠을 자고 있었다.

시간은 저택에 있는 리제롯테의 집무실에서, 약 한 시간 전으로 거슬러 올라간다.

"좀 쉬세요."

리제롯테의 시녀장인 아리아 거버네스가 느닷없이 주인에게 이렇게 말한 것이다.

"……응?"

리제롯테가 두 눈을 동그랗게 떴다.

"지난 5일 동안 과도한 스케줄로 인해 밤에 취하는 수면 시간이 짧아졌습니다. 능률 향상과 건강 유지를 위해 부족한 수면 시간을 낮잠으로 보충하는 것이 좋다고 판단했습니다. 그러니 지금부터 한 시간 반 정도 낮잠을 자 주셔야겠습니다."

아리아는 리제롯테가 낮잠을 자야 하는 이유를 술술 설명했다.

"그랬, 나? 하지만 과장이야. 잠이 좀 부족한 날이 이어지고 있을 뿐이잖아."

지금 일도 마침 순조롭고―― 라며 리제롯테는 농담처럼 웃어넘기려 했다.

"아뇨, 주인님의 건강관리 역시 제 직무입니다. 수면 부족은 미용의 적. 덧붙이자면 주인님이 휴식을 취하지 않으시는 탓에 쉬지 못하는 부하들이 있다는 소문도 있습니다. 시간이 되면 일어나실 수 있도록 준비해 놓을 테니……."

쉬어주시겠지요? 아리아는 반론을 허락하지 않겠다는 듯한 얼굴로 자신의 주인을 바라보았다.

"윽……. 아, 알았어. 알았다고. 내가 안 쉬어서 부하들의 쉬는 시간이 줄어드는 건 큰 문제긴 하지. 그럼 낮잠을 자볼까?"

그런 이유로 익숙하지 않은 낮잠을 청하게 된 리제롯테. 반강제로 침실로 끌려갔다.

"인형과 함께 자면 수면의 질이 향상된다는 말이 있습니다. 얼마나 효과가 있을지는 모르겠지만 괜찮으시다면 시도해 보시겠어요?"

그러자 아리아가 그렇게 말하며 리제롯테에게 작은 인형을 내밀었다. 그것은 인간 남자아이의 모습을 한 인형이었다.
"……귀여워라. 근데 인형이랑 같이 잘 나이는 졸업했는데. 그보다 이 인형……."
'뭔가 묘하게 하루토 씨와 닮은 것 같은데…….'
리제롯테가 손에 들린 인형을 물끄러미 내려다보았다.
"왜 그러시죠?"
"……누구 닮지 않았어?"
닮은 것이 하루토라는 것은 굳이 말하지 않는 리제롯테.
"글쎄요, 코세트가 일을 빼먹고 만들던 걸 몰수해온 거니까요. 누굴 참고삼아 만든 것인지는 모르겠네요."
아리아는 다 알고 시치미를 떼는 것인지, 피식 가벼운 웃음을 짓는다.
"코제트가……? 흐음……."
리제롯테를 모시는 시녀들 중 가장 하루토에게 호의를 가진 것이 코제트였다. 그녀가 만든 인형이라면 틀림없다고 봐도 좋을 것이다.
하루토의 특징을 잘 살린 덕분에 그를 아는 사람이 보면 모두 하루토의 인형이라고 생각할 것 같았다.
"인형과 함께 잠드는 것이 부끄러우시다면 이것은 제가 보관해 두겠습니다."
아리아가 후훗, 하고 웃으며 그렇게 말했다.
"……됐어. 시험 삼아 머리맡에 놔둘래."
그러자 리제롯테는 쌀쌀맞게 그렇게 말하고는 인형을 품에 꼭 끌어안았다.
"그렇습니까? 그럼 저는 이만……."
그렇게 말한 아리아는 방을 떠났고, 실내에는 리제롯테만이 남았다.
'후후, 귀여워.'
리제롯테는 인형을 바라보며 침대에 누웠다. 역시 잠이 부족했던 것인지 눕자마자 금세 잠에 빠져들었다.
그리고 지금에 이른다.
"새근……."
인형을 머리맡에 두고 고른 숨을 내쉬는 무방비한 모습은 마치 여신을 떠올리게 했다. 리제롯테를 본 남자는 누구라도 그녀를 자신의 아내로 삼고 싶어 한다는 소문이 사교계에 파다한데, 지금 이 자는 모습을 본다면 누구라도 그 말에 고개를 끄덕일 것 같았다.
"하루토 씨……."
그런 그녀는 꿈이라도 꾸고 있는 것인지, 한 소년의 이름을 잠꼬대로 중얼거린다. 인형의 효과일까. 그날 리제롯테는 무척 양질의 낮잠을 잘 수 있었다.

siesta!
©Yuri Kitayama
Originally published by HOBBY JAPAN
Illustration Riv

◇ ◇ ◇

한편, 시간은 타카히사와 줄리아가 2층 방에 들어간 직후까지 거슬러 올라간다. 걸걸한 사내 한 명이 창관의 현관을 통해 건물로 들어왔다. 나이는 서른 안팎으로 보였다.

"작은 나리, 어서 오십시오!"

마흔 살은 족히 넘어 보이는 접수 남성이 의자에서 재빠르게 일어나 깊이 몸을 숙였다.

"그래, 줄리아가 손님을 데리고 왔지?"

작은 나리라고 불린 남자는 단도직입적으로 물음을 던졌다.

"네, 좋은 집안의 도련님 같은 느낌이었습니다."

"그 도련님 말인데, 뭔가 이상한 점은 없었나?"

"이상한 점이요? 글쎄요, 좀 고지식해 보이기도 하고, 아무래도 세상 물정 모른 채 남몰래 총각 딱지를 떼러 온 느낌이었습니다만……."

그런 손님은 그리 흔하지 않다. 고급 창관인 만큼 이 창관의 고객 중에는 은밀히 방문하는 귀족도 많이 포함되어 있었다.

"그것뿐인가?"

"뭐, 이 나라 태생으로 보이지 않는 외모를 하고 있었다는 게 이상하다고 하면 이상했달까요. 아무래도 이민 출신이라는 느낌이었지요."

"그렇지?"

"……그 도련님이 무슨 일이라도 있답니까?"

"실은 저놈이 꽤 비싼 옷을 입고 있었어. 젊은 귀족이 몰래 창관에 오는 일은 드물진 않지만 호위나 동행자도 없이 어슬렁대는 놈은 본 적이 없거든. 그래서 출신이 좀 신경 쓰여서 말야."

작은 나리는 타카히사에게 관심을 가지는 이유를 설명했다.

"……호위는 보이지 않는 곳에 숨어 있는 거 아닐까요?"

"나도 그렇게 생각해서 몇몇 녀석들한테 근방을 돌아보게 하고 있어."

"역시 빈틈이 없군요."

접수 남성은 양어깨를 들어올리며 작은 나리에게 경외심을 표했다.

"왕도에서 크게 부를 일군 이민 출신 가문에 대해서는 들어본 적이 없어. 하지만 이민자가 유력자와 결혼을 했다면 그 아들일 가능성도 있지. 아니면 왕도에 일시적으로 와 있는 가문의 도련님이거나."

"참고로 저 도련님한테 호위가 없다면 어떻게 할 건가요?"

"특별히 뭔가 할 생각은 없어. 고지식한 얼굴로 남들 몰래 창관에 오는 음흉한 녀석이다. 한번 여자를 알면 헤어 나오지 못할걸. **성적 취향에 따라서는 지하 손님도 될 수**

있고, 단골 후보가 되어 기분 좋게 돌아가주면 좋지. 다만……."

"……다만?"

"앞으로의 교류를 위해서라도 약간의 탐색은 해 두고 싶어서. 도련님의 정체든 성격이든, 그 밖에 이런 저런 것들 말야."

작은 나리는 턱에 아무렇게나 난 수염을 쓰다듬으며 함축성이 담긴 말을 건넸다.

"그럼 돌아갈 때 은근슬쩍 떠보겠습니다."

접수대에 앉아있던 담당 사내가 나섰다.

"아니, 모처럼의 단골 후보다. 나도 지켜보기로 하지."

그만큼 타카히사가 황금알을 낳는 거위가 되어주길 기대하고 있을 것이다. 혹은 타카히사의 정체가 불확실하다는 점과 관계가 있는 것일까, 작은 나리도 망설임 없이 동석을 자청했다.

"일단 최소 한 시간 정도는 방에서 안 나오겠지. 그 사이에 나도 주변에 호위가 없는지 확인하고 오마."

작은 나리는 그렇게 말하고는 일단 창관을 빠져나갔다.

약 한 시간 후.

"시간이 다 됐어."

실내의 물시계가 규정된 시간이 곧 경과한다는 것을 알려주고 있었다.

"……그래."

타카히사는 조용히 대답했다.

결국 두 사람은 그 후에도 침대에 앉아 드문드문 대화를 이어갔다. 특별히 깊은 이야기가 오간 것은 아니었다. 서로의 나이를 털어놓으며 동갑임을 확인했고, 서로에 대한 표면적인 이야기나 두서없는 이야기를 늘어놓은 정도였다.

타카히사도 줄리아도 상대의 사정에 깊이 개입할 만한 이야기는 하지 않았고 굳이 파고들지도 않았다. 그래서 타카히사는 자신이 용사라는 사실을 털어놓지 않았고 줄리아도 자신의 신상 등을 깊이 말하지 않았다.

상대방의 사정에 깊이 발을 들여버리면 인간관계에 깊이나 무게감이 생길 수 있다. 그것은 때때로 기회도 되지만 위험이 되기도 한다. 불과 한 시간 정도면 헤어질 예정인 상대와 위험을 감수하며 지나치게 가까워지는 것이 두려웠을지도 모른다.

다만 상대의 사정에는 깊이 파고들지 않았더라도, 함께 끌어안은 상태로 타카히사와 줄리아는 서로 사람의 온기를 계속 느꼈다. 분명 지금의 타카히사에게는 그 온기가 무척 편안했을 것이다. 만난 지 얼마 안 된 상대인데도 묘하게 대화하기 쉽고 침묵이 괴롭지 않았다는 점도 한몫했을지도 모른다.

"……고마워. 너랑 대화한 덕에 조금 머리가 냉정해졌어."

그래서 그런 걸까, 타카히사가 살짝 미소를 지어 보이며 줄리아에게 감사 인사를 했다. 성에서 저지른 잘못이 아직도 그를 붙잡고 놔주지 않고 있었지만, 조금은 진정된 기분이 들었다.

"그래? 그럼 다행이지만……. 아아~, 왜 나는 직접 돈까지 내주면서 당신을 만족시켜준 걸까."

줄리아는 쌀쌀맞게 대꾸하더니 약간 과장된 어조로 한숨을 내쉬었다. 민망함을 감추고자 얼굴을 마주하고 싶지 않은지, 아직도 타카히사를 끌어안은 채다.

"……미안해."

타카히사는 미안하다는 듯이 시선을 떨궜다.

"딱히 사과할 일은 아니잖아?"

줄리아는 타카히사의 어깨에 살짝 손을 얹더니 팔을 뻗으며 거리를 벌렸다. 그 순간, 그녀가 뿌린 달콤한 향수 향이 부드럽게 타카히사의 비강을 간지럽혔다.

"그런, 가?"

안겨 있는 동안 거의 줄리아를 보려 하지 않았던 타카히사였지만, 향기에 이끌리듯 그녀에게 시선을 돌렸다.

"처음부터 내가 강제로 당신을 이 방으로 데려온 거고."

"……그건, 그렇지."

타카히사는 무엇이 우스운지 미소를 지으며 동의했다.

"게다가…… 고마워."

줄리아는 조금 고집스러운 눈빛을 향하더니, 뜻밖에 수줍어하며 감사를 전했다.

"어, 뭐가……?"

"여기서 대화만 하고 돌아간 사람은 당신이 처음이니까. 이 방에서 지낸 이후로 처음으로 누군가에게 소중히 여겨진 기분이야. 처음으로 사람과 대화를 한 것 같기도 하고. 그러니까 내 말은, 당신 같은 남자도 있구나."

줄리아는 딱 그 나이대 소녀다운 사랑스러운 미소를 지어 보였다.

"그, 래……?"

줄리아의 웃는 얼굴에 넋을 잃었는지 타카히사가 살짝 눈을 크게 떴다.

"뭐, 그렇게나 달라붙어서 유혹했는데도 손을 안 댄 건 단순히 숙맥이라 그런 걸지도 모르지만."

"시, 시끄러워…… 잠깐, 그게 유혹했던 거야?"

타카히사는 얼굴을 붉히고 나서 흠칫 물었다.

"뭐, '이대로 밀어뜨려서 덮치지 않을까?'라고 생각하긴 했지. 그렇게 해도 불평할 수 없을 정도로 달라붙어 있었으니까?"

"……."

타카히사는 말을 잃고 숨을 삼켰다.

"아, 방금 좀 아까운 짓을 했다고 생각했지?"

"새, 생각 안 했어! 실제로도 덮치거나 하진 않았잖아."

타카히사는 얼굴을 붉힌 채 발끈하며 부인했다.
"그렇지. 당신은 날 덮치지 않았어."
그러자 줄리아가 문득 손을 움직여 타카히사의 뺨을 만졌다. 그리고 지척에서 가만히 타카히사의 얼굴을 들여다보았다.
"뭐, 뭐야?"
"딱히? 마지막으로 왕자님 얼굴을 담아두려고."
"……말했지만 나는 그런 대단한 존재가 아니야."
"저기 있지. 일단은 내 손님으로 이 방에 온 거니까 자신감 정도는 갖고 돌아가. 어쩔 수 없으니까 당신으로 참아주겠다고 하는 거야, 알아들어?"
줄리아는 타카히사의 뺨을 잡고 쭈욱 잡아당겼다.
"아, 아파. 참는다니, 무슨 말이야?"
"나의 왕자님. 당신으로 충분하다고."
"윽……."
지척에서 줄리아의 시선을 받은 타카히사는 몸을 떨었다.
"어때? 자신감, 조금은 생겼어?"
줄리아는 자애로운 눈으로 타카히사를 바라보았다.
"내, 내가 왕자라니 그게 무슨……?"
타카히사가 꿀꺽 침을 삼키고 물었다.
"스톱. 이제 그만."
그러자 줄리아가 왼쪽 손의 검지를 대고 타카히사의 입술을 강제로 막았다. 그리고 이번에는 오른손 검지로 방문을 가리키며 고했다.

"꿈의 시간은 끝이야."

"……."

타카히사는 반사적으로 무언가를 말하려고 입을 열었다. 그러나 곧 망설임이 들었는지 주저하듯 꾹 입을 다물고 만다. 아직 헤어지고 싶지 않다고 생각했을까? 처음에는 마지못해 가게에 끌려왔을 텐데, 지금은 나가고 싶지 않다고 생각하는 걸까? 이 꿈을 더 꾸고 싶다는 생각이 들었을까?

"알고 있겠지만 꿈의 연장을 위해서는 다른 요금이 발생해. 말해 두겠지만 나는 그 쪽 몫까지는 내지 않을 거야."

고개를 젓고 한숨지은 줄리아가 장난스럽게 못을 박았다. 그 말에 현실로 돌아온 것인지 타카히사는 쓴웃음을 지으며 침대에서 무거운 허리를 들어올렸다.

"……그렇, 지. 어쩔 수 없네. 그럼 갈까."

"응……."

고개를 끄덕이는 줄리아의 눈동자가 아주 조금 쓸쓸하게 흔들린 것처럼 보인 것은 기분 탓일까? 어쨌든 두 사람은 방을 나섰다. 통로로 나와 계단을 내려가자, 마침 현관에서 로비로 들어오는 남자가 있었다.

"오, 나 왔다."

"켁, 작은 나리……."

줄리아가 눈살을 찌푸리며 타카히사에게만 들릴 크기로

중얼거렸다.

'작은 나리라면 분명…….'

타카히사도 건물로 들어온 남자에게 시선을 향했다.

"어서 오세요, 작은 나리. **마침 손님이 돌아가실 참이었습니다**."

접수대에 앉은 카운터 담당 사내가 작은 나리에게 꾸벅 고개를 숙이더니 계단에서 막 내려온 타카히사와 줄리아에게 시선을 돌렸다.

"그래. 난 신경 쓰지 말고 손님을 상대해 드려라."

작은 나리는 어깨를 으쓱하고는 로비 끝으로 가서 벽에 등을 기댔다.

'저 사람이…….'

타카히사가 슬쩍 작은 나리를 훔쳐보았다. 줄리아의 말에 의하면 작은 나리라고 불리는 남자는 이 근처의 창관거리를 관장하는 조직의 간부라고 한다. 지구에서 말하는 마피아나 깡패 같은 뒷사회의 존재일까, 하고 타카히사는 긴장된 표정으로 숨을 삼켰다.

"그런데 줄리아 씨. 그 차림은?"

카운터 담당 사내가 줄리아의 복장에 대해 언급했다. 창관에서는 규정된 의상을 의무적으로 착용해야 하는데, 줄리아가 다른 옷을 입고 있었기 때문이다. 줄리아는 평상복으로 쓰고 있는 너덜너덜한 원피스를 여전히 입고 있었다.

"주인님이 마음에 들어하셔서. 이런 허름한 차림의 여자와 해 보고 싶으셨대."

손님의 요청이 있으면 이야기는 별개다. 줄리아는 팔짱을 낀 타카히사의 옆얼굴을 올려다보며 흐흥, 하고 장난스럽게 미소 지었다.

"호오."

카운터 담당 사내가 천박한 미소를 지으며 납득하고는 '제법이네요'라고 말하는 듯한 눈빛을 타카히사에게 향했다. 작은 나리도 유쾌한 듯 입매를 일그러뜨리고 있었다.

"하하……."

타카히사가 눈꼬리에 주름을 만들며 어색하게 웃었다.

"자, 주인님은 돌아가실 거야."

줄리아가 장소를 정리했다.

"……그럼 계산하겠습니다. 연장도 옵션 이용도 없었기 때문에 한 세트 요금이군요. 대은화 한 장입니다."

'칫. 첫 번부터 성대하게 지갑을 열 만한 난봉꾼으로는 보이지 않지만 줄리아 놈, 더 뜯어낼 수 있었을 텐데…….'

대은화 한 장. 작은 나리는 타카히사가 쓴 돈을 듣고 속으로 혀를 찼다. 줄리아가 미리 타카히사에게 설명했던 대로 대은화 한 장이라는 것은 이 창관을 이용하기 위한 최저 요금이었다. 지갑을 후하게 여는 손님이라면 시간을 연장하거나 식사나 음료를 시키는 등 그 밖에도 여러 주문을 동시에 해 그 몇 배나 되는 돈을 한꺼번에 쓰기도 한다.

"여기요."

타카히사는 줄리아에게 받은 탁한 색의 화폐 한 장을 그대로 접수대에 놓았다.

"……확실히 받았습니다."

카운터 담당 사내가 슬쩍 작은 나리의 눈치를 살피며 받침대 위의 화폐를 집어들었다.

"그럼……."

그 후 줄리아가 입을 열어 타카히사의 팔을 잡아당겨 빠르게 로비를 떠나려 했다.

"어떠셨습니까, 도련님. 우리 줄리아는 만족스러우셨나요?"

그녀의 말을 가로채듯 입을 연 작은 나리가 우렁찬 목소리로 타카히사에게 물음을 던져왔다.

"어……? 아, 네. 음, 그녀는 굉장히, 아주 잘해줬어요."

순간 어리둥절한 얼굴을 한 타카히사는 이내 더듬거리며 대답했다.

"그렇습니까? 그 녀석은 특상품입니다. 다음에 방문하실 때는 만약 특별한 요청이 있으시다면 사양 말고 말씀해 주십시오. 저희는 요금에 따라서 최대한 고객님의 요청에 맞춰드리는 주의거든요. 원하신다면 이 녀석을 더 초라하고 헐벗게 만들어 드릴 수도 있습니다."

작은 나리는 타카히사의 반응을 살피듯 천박한 미소를 지어보이며 말을 건넸다.

"무슨……."

자신의 감각이나 상식과 너무나도 동떨어진 발언을 들

어서일까, 타카히사는 그대로 말문이 막히고 말았다.

"그럼 가게 밖까지 주인님을 모셔다 드리고 오겠습니다."

그 모습에 줄리아가 작게 탄식하더니 그를 거들어 말을 마무리했다. 그대로 쭉 타카히사의 팔을 잡아당긴다.

"어, 아아, 응. 그러게. 갈까……."

타카히사는 뒤늦게 정신을 차리고 줄리아의 말에 응했다.

"……다음에 또 방문해 주시길 진심으로 기다리고 있겠습니다."

작은 나리는 영업 스마일을 무너뜨리지 않은 채 타카히사를 배웅했다.

'칫, 줄리아 놈…….'

하지만 말을 도중에 자른 것에 화가 났는지 현관을 향해 걸어가는 줄리아의 등을 차갑게 노려보았다. 그렇다고 불러 세울 수도 없었기에 줄리아는 그대로 타카히사와 함께 창관 밖으로 나가버렸다. 바깥은 해가 완전히 기울어져서 이제 완전히 해 질 녘이 되어 있었다.

"자, 이제 드디어 작별이네."

줄리아는 창관 밖으로 나가자마자 타카히사의 팔을 풀어주고 배웅의 말을 전했다.

"그렇, 지. 작별이네……."

타카히사는 아쉬운 듯 고개를 끄덕였다. 그가 그대로 등을 돌려야 하나 잠시 주저하고 있는데, 줄리아가 뭔가 결심한 듯한 얼굴로 타카히사의 두 손을 잡았다.

"……저기, 타카히사."

"어……?"

타카히사가 흠칫 몸을 떨었다.

"당신이 말했지? 그런 건 좋아하는 사람과 하는 거라고."

"……아아, 응."

언제 이야기를 하는 것인지 곧바로 알아차리지 못한 타카히사가 고개를 갸우뚱했지만, 곧 무슨 말인지 금세 떠올린 모양이었다. 줄리아가 타카히사를 유혹하고 타카히사가 유혹을 뿌리쳤을 때의 발언을 말하는 것이었다.

"그거, 나도 마찬가지야. 나 그렇게 싼 여자 아냐. 그래서 사실은 좋아하는 사람이거나, 적어도 내가 좋다고 생각한 사람하고만 하고 싶어. 일이 아니었다면 내가 먼저 유혹하는 짓 따위는 절대로 하지 않았을 거야."

줄리아는 갑자기 자신의 정조관념에 대해 털어놓는다.

"……응. 그래. 알아."

당돌한 고백에 눈이 휘둥그레진 타카히사였지만, 가치관이 일치한다는 것이 기뻤는지 부드러운 미소를 지으며 고개를 끄덕였다.

"……반응을 보니 눈치 못 챈 것 같네."

줄리아는 어이없다는 표정을 지으며 한숨을 쉬었다.

"음, 뭐가?"

"내가 당신을 유혹했잖아? 일부러 사비를 털어가면서까지 당신을 방으로 끌어들인 상태에서. 그게 뭘 의미하는지 모르겠어?"

줄리아는 타카히사를 올려다보며 물었다.

"어? 아……."

"당신을 좀 좋다고 생각했다는 뜻. 이해했어?"

줄리아는 타카히사의 귓가에 얼굴을 가까이 대고 살며시 속삭였다.

"……!"

얼굴을 붉힌 타카히사가 고개를 숙인 그대로 굳어버렸다. 줄리아는 그런 타카히사의 양어깨를 잡고 억지로 뒤로 돌려세웠다.

"자, 그럼 이제 돌아가. 이런 장소엔 다시 오면 안 돼. 이대로 쭉 직진하면 창관거리를 나갈 수 있을 거야."

등을 꾹 밀어 타카히사를 나아가게 했다.

"자, 잠깐……."

타카히사는 곧바로 몸을 돌려 뒤를 돌아보았다.

"잘 가."

줄리아는 아주 조금 쓸쓸한 미소를 지었지만, 단호한 태도로 손을 흔들며 작별의 의사를 표시했다.

"……응. 그럼 **또 보자**."

타카히사는 시간을 들여 천천히 고개를 끄덕이고는, 마치 다음에도 만날 기회가 있는 것처럼 작별 인사를 했다.

"……응, **다음에 봐**."

줄리아는 눈을 동그랗게 뜨더니 환한 미소와 함께 기쁘

게 대답했다. 그리하여 타카히사는 드디어 창관을 떠났다. 10미터도 채 못 가 뒤를 돌아보고 싶은 충동이 들었지만, 이 이상 머무르려 해도 줄리아에게 폐를 끼칠 뿐이었다.

'이제 어떻게 하지…….'

타카히사는 앞을 향해 걸어가며 앞으로의 일을 생각하기로 했다. 줄리아 덕분에 성을 떠난 직후보다 훨씬 냉정해졌다.

'성으로는 돌아가고 싶지 않아. 하지만…….'

하지만 그렇기 때문에 현실적으로 생각해서 성으로 돌아가는 것 외에는 다른 선택지가 없다는 사실 역시 깨닫게 되었다. 내세울 것이 전혀 없으니까. 이대로라면 오늘의 잠자리를 확보하는 것은 고사하고 식사나 마실 것조차 구하기 어려웠다.

물론 그렇다고 해도 이대로 가르아크 왕국성으로 돌아갈 마음은 들지 않았다. 성을 빠져나갔다고 크게 혼이 나고 비난받을 미래가 훤히 보였다. 그리고 센트스텔라 왕국으로 강제 송환될 거라고 생각하니 단번에 우울해졌다.

'나는 그저…….'

그저, 어떻게 하고 싶은 것일까? 자신은 무엇을 어떻게 하면 만족할 수 있을까?

타카히사는 자문자답했다.

'……미하루, 미하루에게…….'

그리고 가장 먼저 떠오른 것은 역시 미하루였다. 미하루가 곁에 없으면 채워지지 않는 마음의 공백이 있다. 그렇기 때문에 미하루에게 거절당한 것이——.

"윽……."

타카히사는 이를 악물고 금방이라도 울 것처럼 얼굴을 찌푸렸다.

구원을 원했다. 마음의 공백을 메워줄 구원이……. 거기서 미하루 다음으로 마음속에 떠오른 건 방금 헤어진 줄리아였다.

신기했다. 바로 오늘 만난 지 얼마 되지도 않았는데, 제대로 이야기를 한 건 겨우 1시간 남짓 정도밖에 안됐는데, 줄리아를 찾고 있는 자신이 있다는 것을 타카히사는 깨달았다.

'……마지막으로 한 번만 더.'

그래, 한 번 정도는 뒤돌아봐도 되지 않을까? 마지막으로 그녀의 얼굴을 본다면 조금 더 힘을 낼 수 있을 것 같았다.

그렇게 생각하고 타카히사가 뒤를 돌아본 순간이었다.

"어……?"

작은 나리가 줄리아의 머리채를 잡고서 창관 옆 골목으로 끌고 가는 모습이 시야에 들어왔다. 타카히사는 자신의 눈을 의심한 채 완전히 굳어버렸다.

시간은 아주 조금 거슬러 올라간다.

창관 밖에서 타카히사와 줄리아가 이별을 주고받는 한편, 작은 나리는 창관 앞 현관에서 그런 두 사람을 몰래 관찰하고 있었다.

두 사람이 무슨 말을 하는지는 잘 들리지 않았지만, 두 사람의 표정에서 화기애애하게 대화를 나누는 것을 알 수 있었다. 줄리아가 단단히 타카히사의 마음을 사로잡았다는 것도 엿볼 수 있었다.

'줄리아 자식. 확실히 그 도련님을 반하게 만들었잖아. 그런데 바보 같은 게…….'

무엇이 마음에 들지 않는 것인지, 작은 나리는 찡그린 얼굴로 혀를 찼다. 작은 나리의 불편한 심기는 등 너머로도 진득하게 배어나오고 있었다.

"……오싹하군."

관내 접수대에 앉은 카운터 담당 사내가 부르르 몸을 떨었다. 그러는 사이 타카히사는 줄리아와의 이별을 끝내고 창관거리를 떠나려 했다.

"……."

줄리아는 타카히사의 등을 말없이 아쉬운 표정으로 바라보고 있었다. 작은 나리는 그런 줄리아의 옆모습을 날카로운 눈빛으로 노려보았다.

'저년, 혹시…….'

그러고는 그 모습에서 무엇을 느낀 것인지, 약간 눈을 부릅뜬다.

'흥, 마침 잘됐군. 퍼포먼스도 겸해서 줄리아 녀석을 좀 교육시켜야겠어.'

작은 나리는 입매를 유쾌하게 비틀더니 창관 밖으로 나갔다. 그리고 그대로 아무 말 없이 줄리아에게 다가가 그녀의 머리채를 움켜쥐고 난폭하게 잡아당겼다.

"어……?"

줄리아의 눈이 동그랗게 뜨였다. 처음에는 갑자기 시야가 흔들려서 무슨 일이 일어났는지 알지 못했다. 뒤늦게 통증이 몰려와 머리가 당겨졌다는 사실을 안 줄리아가 매서운 눈빛으로 작은 나리에게 항의했다.

"잠깐만, 아파! 아프다고! 뭐 하는 거야?!"

"뭐 하는 거냐고? 벌을 주려는 거다, 이 멍청한 년아. 이리 와. 여기는 손님이 지나갈 수도 있으니까."

작은 나리는 줄리아의 머리채를 잡은 채 창관 옆 막다른 골목을 향해 걷기 시작했다. 떨어진 곳에서는 마침 타카히사가 뒤를 돌아보고 있었다. 작은 나리에게 머리채가 잡혀 있는 줄리아의 모습을 목격하고 눈을 동그랗게 뜨고 있다.

"아……."

그 순간, 줄리아와 타카히사의 시선이 겹쳤다. 지금의 상황을 타카히사에게 보이고 있다는 것을 깨달은 줄리아는 창백한 얼굴로 시선을 돌렸다.

"흥."

작은 나리가 히죽 웃었다. 창관 옆 막다른 골목으로 접어들자 작은 나리는 줄리아의 머리채를 놓고 있는 힘껏 땅에 내던졌다.

"꺅……! 읏……."

줄리아가 땅바닥에 쓰러지며 바닥을 굴렀다. 곧 땅바닥에 손을 짚고 일어서려는데, 작은 나리가 다가와 또다시 줄리아의 머리채를 움켜잡았다.

"이봐, 줄리아. 꽤나 그 도련님을 반하게 만든 것 같던데?"

작은 나리가 쪼그리고 앉아 줄리아에게 위협을 가했다. 줄리아가 작은 나리를 톡 쏘아보았다.

"그, 그게 뭐! 그럼 아무 문제 없잖아?!"

"문제가 있고말고. 너, 세상 물정 모르는 순진한 도련님을 반하게 해놓고 뭐? 고작 대은화 한 장이라니? 돈을 더 뜯어낼 수 있었잖아."

"세, 세상 물정을 몰라서 돈을 쓸 줄도 몰랐어."

"아니지. 세상 물정을 모르니까 돈을 쓰는 법을 알려줬어야지. 그게 네가 했어야할 일이다. 대은화 한 장으로는 대단한 벌이도 못된다고, 이 멍청한 자식아."

"뭐, 뭐어? 대은화 한 장은 내가 2주 동안 쉬지 않고 일해서 얻는 수입이야. 충분히 큰돈이잖아!"

줄리아가 감정적이 되어 반박했다.

"뭐? 네년 벌이가 시원찮은 건 네놈 부모님이 남긴 빚 때문이지. 너를 고급 매춘부로 교육하는 데만도 얼마나 많은 돈이 들어간 줄 알아? 그걸 회수하는 게 뭐가 잘못이야? 받는 돈이라도 있으니 오히려 감사해야 하는 거 아니냐? 창관을 위해 뼈가 으스러질 각오로 손님들한테 돈을 쥐어짜내는 게 네가 할 일이라고. 아니야? 엉?"

작은 나리는 연달아 줄리아를 몰아세우며 머리채를 더 강하게 잡아당겼다.

"아, 아파. 놔, 놔……."

줄리아는 몸을 움찔하며 고개를 돌렸다. 겁에 질린 모습에서 처음의 기세가 꺾였음을 짐작할 수 있었다.

"엉? 이쪽 보라고!"

"윽……."

"너, 아까 내가 저 도련님을 알아보려는 걸 방해했지?"

작은 나리는 줄리아의 머리채를 잡아당겨 억지로 시선을 맞추고는 비릿하게 웃으며 물었다.

"뭐, 뭐어? 무슨 말이야?"

"눈이 가만히 있질 않던데? 내가 눈치 못 챌 줄 알았어? 내가 그 도련님이랑 얘기하는 걸 막으려고 일찍 창관에서 내보내려고 한 거지?"

"내, 내가 그럴 이유가 뭐가 있는데?"

줄리아의 목청이 높아졌다.

"지금 그 이유를 묻는 거다. 내가 보기에 네가 그 도련님한테 돈을 뜯어내려고 하지 않은 이유와도 관련되어 있는 것 같은데? 응? 꽤 미련이 많았나봐?"
작은 나리는 비웃음을 지으며 속을 꿰뚫어 본 듯 물었다.
"그러니까, 무슨 말이냐고?! 의미를 모르겠네!"
"설마 귀족 도련님에게 반하기라도 했나? 아니면 저 세상 물정 모르는 순진한 도련님이라면 널 여기서 꺼내줄지도 모른다고 생각해서 봐준 건가? 어느 쪽이야, 엉?"
"……."
줄리아는 위축된 채 고개를 숙여 버렸다.
"이 거지같은 옷도 도련님의 동정을 사기 위해 입은 거지? 초라한 모습을 보여두면 빼내줄 가능성이 높아질 거라는 계산속이었나?"
"읏, 아니야!"
작은 나리의 엇나간 추측을 기어이 참지 못한 줄리아가 고개를 들어 부인했다. 그때의 일이었다.
"자, 잠깐, 뭐 하는 거예요?! 거기 당신, 그만둬요!"
타카히사가 막다른 골목으로 들어와 줄리아의 머리채를 잡은 작은 나리 등에 말을 걸었다.
"이런, 도련님 아니신가."
작은 나리는 만족스럽게 입꼬리를 치켜올리더니 줄리아의 머리채를 놓고 몸을 일으켰다. 그리고 타카히사를 환영하듯 두 팔을 벌린다.
"타, 타카히사……. 왜 온 거야?"
오지 말았어야 했다고, 줄리아의 표정이 그렇게 말해 주고 있었다.

“호오, 도련님. 타카히사라고 합니까? 특이한 이름이군요.”

“……뭘 하고 있는 거죠? 줄리아의 비명소리가 들리던데요.”

“뭐냐니요. 창관의 경영자로서 이 녀석에게 예의범절을 일러주고 있었습니다.”

작은 나리는 그렇게 말하고는 줄리아의 머리채를 다시 움켜쥐었다. 그리고 타카히사에게 보여주듯 들어올린다.

“아으…….” “그만하세요!”

줄리아가 고통으로 얼굴을 일그러뜨리자 타카히사가 얼굴을 붉히며 외쳤다.

“그만해? 어째서?”

작은 나리는 줄리아의 머리를 잡은 채 의아한 듯 고개를 갸우뚱했다.

“어, 어째서냐니…… 줄리아가 아파하잖아요!”

“그야 아프지 않으면 교육이 되지 않으니까요. 반항적인 태도를 취한 이 녀석이 잘못한 거예요. 그래서 입장을 알게 해 주려는 겁니다.”

도련님이 나무랄 이유는 어디에도 없는데요? 하고, 작은 나리가 냉소를 띠며 다시 물었다.

“아, 아무리 고용주라고 해도……. 그렇게 해도 될 리가 없잖아요! 이건 범죄야! 폭력에 호소하지 말고 말로 하면 되잖아!”

"……풉, 큭, 하핫하하핫! 범죄? 말로 하면 된다?"

작은 나리는 타카히사의 주장을 듣고 크게 웃음을 터뜨렸다.

"왜, 왜 웃는 거죠……?"

"이거 실례. 도련님이 너무 현실과 동떨어진 소리를 하시길래…… 알겠습니까, 도련님? 이 여자, 노예입니다. 이 목걸이가 노예라는 증거고요. 모르시겠습니까?"

"뭐……?"

줄리아가 노예라는 말에 타카히사의 눈이 휘둥그레졌다.

"이 여자는 부모가 남긴 빚을 지고 노예가 됐습니다. 그래서 이 여자의 소유권은 우리 창관에 있지요. 주인이라고 해도 노예에게 해서는 안 되는 행동은 있습니다만, 이 정도의 예절 교육은 문제가 없습니다. 그러니 왜 범죄라는 말이 나오는지 이해가 가질 않는군요."

작은 나리는 그렇게 말하며 줄리아의 머리채를 거칠게 풀어주었다.

"윽……."

줄리아가 쿵 하고 땅바닥에 쓰러지자 타카히사가 격앙되어 소리쳤다.

"그만해!"

"오, 무서워라, 무서워. 이봐, 줄리아. 너 때문에 내가 도련님한테 혼났잖아. 응? 어쩔 거야."

작은 나리는 보란 듯이 바닥에 쓰러진 줄리아를 발로 걷어찼다.

"윽……."

"그러니까 그만두라고……!"

타카히사는 감정에 몸을 맡긴 채 작은 나리를 향해 돌진했다.

"아이고, 무서워라. 그 표정은 조금 농담으로 넘기기 힘든데요?"

작은 나리는 허리춤의 검집에 꽂고 있던 호신용 단검을 뽑아 그 칼끝을 타카히사에게 향하며 위협했다.

"윽……."

타카히사는 칼에 겁이 났는지 숨을 삼키고 멈춰선다. 그 모습에 작은 나리도 곧 단검을 검집에 다시 집어넣었다.

"이보세요, 도련님. 처음 품은 여자에게 열을 올리는 건 뭐, 이해는 가지만 매춘부는 도련님 것이 아닙니다."

"그런 건 알고 있어요! 당연한 거잖아요!"

"모르니까 그렇게 흥분하시는 거 아닙니까?"

"아니요. 전 단지 줄리아에게 폭력을 행사하는 걸 멈추라고……!"

"그러니까 그걸 도련님한테 지시받을 이유가 없다고 하는 겁니다. 이 녀석은 우리 창관에 소속된 노예니까요. 제대로 법의 규정은 지키고 있다니까요? 이년이 일을 제대로 하면 아무 의미 없이 아프게 하지도 않는다고요."

작은 나리는 그렇게 말하며 줄리아를 짓밟은 다리의 힘

을 약간 높였다.

"윽……!"

타카히사는 정말로 화가 났는지 온몸을 떨며 서슬퍼런 냉기를 뿜어냈다.

"허, 이런. 왜 그렇게까지 줄리아에게 집착하시는 거죠?"

작은 나리는 과장되게 한숨을 내쉬며 줄리아에게서 발을 치웠다. 그리고 타카히사에게 물었다.

"그럼 이건 어떻습니까? 도련님이 이 녀석의 주인이 되어 주시는 겁니다."

"……네?"

질문의 의도를 이해하지 못한 것인지 타카히사가 물음표를 띄웠다.

"이 녀석을 사가겠냐는 말입니다. 금화 삼백 장에 양도하지요."

작은 나리는 갑자기 줄리아의 값을 매기더니 타카히사에게 매매를 제안했다.

"금화, 삼백 장……?"

귀족들이라도 선뜻 낼 수는 없는 액수였지만, 타카히사는 그다지 놀라지 않았다. 매춘부의 낙적 시세를 모르는 것도 있지만, 애초에 금화 삼백 장이 실제로 어느 정도의 가치인지조차 모르기 때문이었다. 막연하게 큰돈이라는 것 정도밖에는 알지 못했다. 그런 모습을 보고 작은 나리 입장에서는 이건 잘만 하면 팔 수 있지 않을까 하는 생각이 든 것이다.
"안 돼, 타카히사. 난 이제 괜찮으니까 빨리 돌아가……!"
줄리아가 황급히 이야기를 막으려고 했지만 작은 나리가 다시금 줄리아를 짓밟았다.
"입 다물어, 함부로 입 놀리지 말라고. 나랑 도련님이 대화 중이잖아."
"아파……."
"그만해!"
타카히사가 다시 격정에 사로잡혀 고함을 질렀다.
"그럼 도련님이 이 녀석의 주인이 되면 됩니다. 그러면 이 녀석은 도련님만의 것이 되지요. 도련님 말고는 아무도 손댈 수 없게 됩니다."
"응, 사람은 물건이 아니야!"
"사람은 말이죠. 하지만 노예는 사람이 아닙니다."
"……?!"
작은 나리의 발언에 타카히사는 말문이 막혔다.
"계속 허울 좋은 말씀을 늘어놓으시는데, 도련님도 돈을 주고 매춘부인 이놈을 산 거잖습니까? 말 그대로 입맛을 만족시키기 위해 빵을 사는 것처럼. 거기에 무슨 차이가 있다는 거죠?"
성욕을 채우기 위해 매춘부를 사는 것만 왜 허용되지 않느냐고, 작은 나리는 진심으로 궁금하다는 듯이 물었다.
"아, 아니야……. 그런 건 전혀 달라. 말이 안 되잖아. 애초에 나는……!"

줄리아를 산 적이 없다. 줄리아의 부탁을 받아서 어쩔 수 없이 방까지 따라갔을 뿐이다. 돈을 낸 것은 줄리아다. 그런 말이 목구멍까지 치밀었지만, 타카히사는 가까스로 입을 다물었다. 그 말을 입에 담았을 때 줄리아가 어떤 벌을 받을지 상상한 것 같았다.

"이보세요, 도련님. 스스로에게 솔직해지자고요. 세상 고지식하게 굴면서도 남몰래 창관에 놀러오실 정도 아닙니까. 주변에는 말할 수 없는 이런저런 욕망을 쌓아두고 계신 거죠? 도련님이 솔직해져서 여러 욕구를 쏟아부어 주신다면 이쪽은 확실히 거기에 응할 용의가 있습니다만?"

작은 나리가 타카히사에게 다가가 어깨동무를 하고 감미로운 말을 귓가에 속삭였다.

"그런 거 없어요!"

타카히사는 반사적으로 작은 나리의 팔을 뿌리치려고 했다. 하지만 작은 나리는 커다란 체격과 근육질의 팔로 단단하게 타카히사의 어깨를 끌어안고 있었다.

"여기서만 드리는 이야기인데, 도련님 같은 숨은 부자를 뵐 기회가 종종 있습니다. 어쨌든 창관거리 일대를 관장하는 건 우리 조직이니까요. 저한테 맡겨두시면 창관거리에서 할 수 없는 건 아무것도 없습니다. 물론 받을 것은 받겠지만요. 뭣하면 이 여자를 갖고 놀아도 좋습니다."

작은 나리는 그렇게 말하며 땅바닥에 널브러진 줄리아

앞까지 타카히사를 데리고 갔다.

"난 그런 짓 안 해요! 줄리아는 사람이지, 물건이 아니라고요!"

타카히사는 얼굴을 찌푸리며 완강하게 거부했다.

"이봐요, 도련님. 창관에서 노시려면 매춘부의 말 따위는 믿으면 안 돼요. 이놈들 일은 남자에게 꿈을 꾸게 해 주는 거니까요. 그걸 위해서라면 마음에도 없는 거짓말을 아무렇지도 않게 하고, 누구에게나 달콤한 말을 태연하게 하죠. 오늘 이 녀석이 도련님한테 무슨 말을 했는지는 모르겠지만, 아마 본심이 아닐 겁니다."

이런 여자는 믿지 말라며, 작은 나리는 타카히사의 어깨를 감싸안은 채 한숨과 함께 충고했다.

"윽, 거짓말!"

타카히사는 분노로 몸을 떨며 반박했다.

"거짓말이 아닙니다. 이건 도련님을 위해 드리는 조언이에요. 오늘 이 녀석이 속삭인 달콤한 말들은 모두 도련님 마음에 들기 위한 거짓말입니다. 앞으로도 도련님이 창관에 놀러와주길 원해서, 운이 좋다면 도련님께 호적을 받으려는 계획까지 하고 있었죠."

"아니야. 절대로, 그런 게 아냐!"

"꽤나 줄리아의 편을 들어주시네요. 그만큼 이 녀석이 매춘부로서 우수하다는 뜻이겠지만……. 그렇게까지 말씀하신다면 금화 삼백 장으로 이놈을 사가신다고 생각해도 되겠습니까?"

작은 나리가 느닷없이 화제를 돌려 그에게 물었다.

"어……?"

어리둥절한 얼굴로 당황한 타카히사를 외면한 작은 나리는 히죽 웃으며 줄리아에게 발언을 재촉했다.

"이봐, 줄리아. 고개 들어. 너도 사랑하는 타카히사 도련님을 향해 부탁해 봐. 도련님 취향에 맞게 헐벗은 모습으로 '절 빼내주세요' 하고 말야. 어쩌면 오늘부로 매춘부를 졸업할 수 있을지도 모르지?"

"윽……."

줄리아는 겁에 질린 듯 몸을 움찔거렸다. 조심조심 고개를 들고, 이윽고 타카히사와 시선이 겹친다.

"아……."

그녀는 무슨 말을 하려고 입을 열었지만, 곧 다물고 만다.

"하하하하, 이년 쫄았네요, 도련님. 섣불리 부탁했다간 자길 안 받아줄지도 모르니까요. 어때요, 구미가 당기지 않습니까?"

헐벗은 여자를 좋아하시잖아요? 작은 나리는 유쾌하게 비웃으며 물었다.

"윽, 닥쳐!"

타카히사는 힘껏 날뛰며 작은 나리의 팔을 뿌리쳤다. 그 바람에 작은 나리를 가볍게 내치고 말았다.

"칫, 아프잖아……. 적당히 팔아넘기려 했더니 진짜 귀찮게.”

작은 나리는 얼굴을 찡그리며 혀를 차더니 기분 나쁜 기색을 내비쳤다.

“윽…….”

타카히사는 겁에 질렸는지 가볍게 뒷걸음질쳤다. 작은 나리는 그 사실을 알아차리고 흥, 하고 코웃음을 친다.

“아아, 이봐 줄리아. 네가 금화 삼백 장의 가치가 있다고 도련님은 생각하지 않는 것 같구나.”

작은 나리는 실로 연극적인 말투로 줄리아에게 말을 걸었다.

“…….”

줄리아는 완전히 기가 꺾인 것인지 힘없이 고개를 숙이고 있을 뿐이다.

“그, 그런 게 아냐! 다만 지금은 가진 게 없을 뿐이야!”

“딱히 지금 이 자리에서 내라는 뜻은 아닌데 말이죠. 돈을 가셔와서 내셔도 상관없습니다만?”

“그, 그건…….”

불편한 얼굴로 입을 꾹 다물어 버리는 타카히사. 지금 이 자리가 아니더라도 애초에 타카히사는 금화 삼백 장 따위는 갖고 있지 않았다. 리리아나에게 부탁하면 내줄지도 모르지만, 이제 와서 무슨 낯짝으로 부탁하면 좋단 말인가? 애초에 내어주긴 할까?

“뭐, 당연하죠. 저도 이런 여자를 금화 삼백 장에 살 생각은 없고, 처음 창관에 놀러오자마자 여자를 빼 가는 정신나간 놈은 본 적이 없거든요. 뭐, 줄리아가 마음에 들었다면 또 놀러오십쇼. 자, 일어나라. 줄리아."

작은 나리는 타카히사에게 살 마음이 없다고 판단했는지 갑자기 쌀쌀맞은 태도로 돌변했다. 땅에 손을 짚고 일어서지 않으려는 줄리아를 잡고 강제로 일으켜 세운다.

"……."

줄리아는 일어났음에도 타카히사를 보려고 하지 않았다. 괴로운 현실을 직시하고 싶지 않은 듯 가만히 고개를 돌리고 있다.

"이봐, 줄리아. 이제 너도 잘 알겠지? 호적 같은 건 쉽게 받을 수 없다고. 너를 도와줄 왕자님은 어디에도 없어. 꿈 같은 건 남자에게 갖게 해야지 본인이 가지면 안 되는 거야."

작은 나리는 타카히사에게 보란듯이 부드럽게 줄리아를 끌어안고 타이르는 듯한 목소리로 다정하게 말을 건넸다. 그대로 막다른 골목에서 나가기 위해 걸어 나간다.

"아……."

타카히사는 힘없이 줄리아에게 손을 뻗으려고 했다. 이래도 되는 것일까? 이대로 줄리아를 버려도 되는 것일까? 만약 이대로 보내버린다면 줄리아는 어떻게 되는 거지?

"어디의 도련님 대신 오늘 밤은 내가 위로해줄까? 대은화 한 장도 제대로 내주마. 그게 너한테 딱 어울리는 가치니까."

그렇게 생각하고 있는데, 작은 나리가 가라앉은 줄리아의 마음을 몰아세우듯 더욱 깎아내리는 말을 했다.

"윽……!"

타카히사는 머리에 피가 솟구친 것인지 힘이 실린 발걸음으로 충동적으로 걷기 시작했다. 등 뒤에서 작은 나리에게 다가가 들이받듯이 밀치더니 줄리아를 끌어안는다.

"으억?!"

작은 나리가 앞으로 넘어지며 헛발질을 했다.

"타, 타카히사……?"

줄리아가 멍한 표정으로 타카히사의 얼굴을 올려다보았다.

"후우, 후우."

타카히사는 상당히 흥분했는지 거칠게 숨을 몰아쉬고 있었다.

"이봐, 지금 건 진짜 아팠다고. 애들 장난도 여기서 끝이야."

작은 나리도 지금 그 일로 완전히 화가 났는지 허리춤의 검집에서 휙 단검을 뽑아냈다. 이번엔 위협이 아니라 당장이라도 덮칠 기세로 타카히사를 노려본다.

"……."

타카히사는 약간 겁을 먹긴 했지만 그것도 잠시뿐이었다. 그는 줄리아를 뒤로 보내고 작은 나리와 정면으로 마주보며 대치했다.

"호위도 데려오지 않고 무기도 없이 혼자 창관에 놀러온 세상 물정 모르는 멍청이 주제에. 귀족이니까 죽지 않을 거라고 생각했나? 네가 이 자리에서 사라져도 아무도 눈치 못 챌걸, 응?"

작은 나리는 험한 말로 그를 몰아붙이며 성큼성큼 타카히사에게 다가갔다.

"……멈춰주세요. 싸우고 싶은 게 아니에요!"

타카히사는 작은 나리를 노려보며 그를 만류하고자 말을 던졌다.

"먼저 싸움을 걸어온 건 네놈이잖아!"

작은 나리는 타카히사의 복부를 향해 강한 앞차기를 날렸다.

"윽?!"

타카히사는 크게 옆으로 움직여 발차기를 피했다. 그대로 작은 나리는 타카히사를 쫓았다.

"자, 잠깐만요! 작은 나리!"

이대로는 위험하다고 생각했는지 줄리아가 황급히 작은 나리를 말리려고 어깨를 잡았다.

"시끄러워!"

더는 아무 말도 소용이 없었다. 작은 나리는 크게 팔을 휘둘러 줄리아를 뿌리쳤다.

"아얏?!"

줄리아는 뒤로 넘어지며 엉덩방아를 찧었다. 곧바로 일어서려 했지만 넘어지는 순간 오른쪽 손목을 접질린 것인지 신음하고 있었다.

"윽, 줄리아!"

타카히사의 눈동자에 분노의 불길이 타올랐다. 주먹을 불끈 쥐고 감정대로 투쟁에 몸을 맡기려 했다. 그러나 거친 일에 익숙하지 않아서인지, 아니면 폭력에 대한 강한 기피감 때문인지 망설임이 드러났다.

"응? 왜 가만히 있어?!"

한편 작은 나리는 일상적으로 사건사고를 겪어온 탓에 남에게 폭력을 행사하는 것에 조금의 저항감도 없었다. 그래서 움직임에 망설임도 없었다. 단검을 휘두르고, 주먹을 내지르고 발차기를 하는 모습이 한눈에 봐도 싸움에 익숙한 모습이었다.

다만 타카히사에게도 유리한 점은 있었다. 신장으로 신체 능력이 강화된 것이다. 재빠르게 움직이며 필사적으로 작은 나리의 공격을 피했다.

"이 망할 꼬맹이가! 계속 피하기만 하는 거냐!"

"하아, 하아……."

용사의 위광도 신분도 일체 통하지 않는 세계에서, 타카히사는 처음으로 목숨을 건 투쟁을 경험했다. 그래서인지 신체 강화까지 했는데도 타카히사의 숨소리는 순식간에 거칠어졌다. 그리고 타카히사는 점점 더 막다른 곳의 한계까지 몰리기 시작했다.

"윽?!"

제대로 정비되지 않은 골목의 돌출부에 발뒤꿈치가 부딪힌 타카히사는 뒤로 넘어질 뻔했다. 자세가 흐트러지며 큰 빈틈이 드러났다.

"핫!"

작은 나리는 의기양양한 미소와 함께 이때라는 듯 타카히사에게 돌진했다. 그러고는 보란 듯이 오른손에 쥔 단검을 고쳐잡았다.

'죽는 건가?'

그런 말이 타카히사의 뇌리를 스쳤다. 타카히사의 얼굴에서 핏기가 가셨다. 뒤늦게 공포의 기운이 강하게 떠오르자 죽고 싶지 않다는 본능이 타카히사의 몸을 짓눌렀다.

'윽, 싫어!'

작은 나리의 접근을 막으려 한 것인지, 그가 검을 겨누듯 두 손을 앞으로 내밀었다.

그와 동시에 타카히사의 손에 빛이 모여들면서 약간 붉은 기를 띤 성스러운 검으로 모습을 바꾸었다. 그것은 용사인 타카히사의 신장이었다.

이때 타카히사와 작은 나리 간의 거리는 2미터도 채 되지 않았다. 작은 나리 입장에서는 눈앞에 갑자기 칼끝이 드러난 셈이었으니 죽음을 노린 최악의 함정이나 다름없었다.

"무슨?!"

작은 나리는 눈을 동그랗게 떴지만 깨달은 시점에는 이미 늦었다. 앞으로 나아가던 몸을 멈추지 못한 채 타카히사가 내민 검 끝으로 스스로 달려들었다. 그 결과, 타카히사의 양팔에 꾸욱, 하는 둔탁한 무게감이 전해졌다.

"아……."

타카히사는 잔뜩 겁먹은 채 억눌린 듯한 신음을 흘렸다.

"……아아?"

작은 나리는 걸음을 멈추고 자신의 몸통을 내려다보았다. 타카히사가 두 손으로 쥔 신장인 검이 작은 나리의 가슴께를 무자비하게 꿰뚫고 있었다. 정확히 심장이 있는 위치였다.

"윽……."

타카히사는 공포로 얼굴을 일그러뜨리며 검을 쥔 상태로 반사적으로 뒤로 물러났다. 그에 따라 검날이 자연스럽게 작은 나리의 체내에서 미끄러졌고, 작은 나리가 괴로운 신음성을 흘렸다.

"크흑……."

"앗……."

섣부른 행동이었음을 깨닫고 이번에는 반사적으로 멈춰 서는 타카히사. 하지만 상처에서 새어나온 혈액이 검날을 타고 땅으로 떨어지고 있었다.

"아, 아……."

타카히사는 검을 쥔 채 부들부들 몸을 떨었다.
"네, 놈……."
작은 나리가 원한이 가득한 눈빛으로 타카히사를 노려보았다.
"……."
줄리아는 놀라서 힘이 풀린 것인지 멍한 얼굴로 계속 주저앉아 있었다.
후둑, 후두둑.
피가 떨어지는 소리가 멈추지 않았다.
막다른 뒷골목에 붉은 핏물이 고이기 시작했다.
"아, 아아……."
어떻게든 살해를 피할 수 없을까 고민이라도 하듯, 타카히사는 신장을 쥔 자신의 손과 땅바닥의 붉은 핏물과 작은 나리의 가슴팍을 몇 번이나 번갈아 바라보았다.
"아, 안 돼……."
그래, 안 된다. 절대로 안 된다.
살인만은 절대로…….
안 되는데…….
"큭, 쿨럭……."
이미 늦었다. 작은 나리가 대량의 피를 토해냈다. 심하게 풀린 눈동자로 타카히사에게 원망의 시선을 보내고 있다.
"힉……."
시선이 겹치자 타카히사가 치솟는 비명을 내뱉었다. 동

시에 타카히사는 죽어가는 작은 나리에게서 도망치듯 몸을 빼냈다.

그리고 이번에야말로 타카히사의 검이 작은 나리의 몸에서 빠져나왔다.

"으아……."

작은 나리는 쿵 소리를 내며 땅바닥에 쓰러졌다. 상처에서 대량의 피가 쏟아졌고, 발치에 고이며 순식간에 부피를 늘려갔다.

"……."

작은 나리는 말없는 시체가 되었다. 거짓말이 아닐까 하는 의심이 들 정도로 간단히, 어이없게 죽고 말았다. 이윽고 타카히사의 손에서 신장인 검이 사라졌다.

이리하여 센도 타카히사는 태어나서 처음으로 사람을 죽였다.

일찍이 리오를 살인자라고 욕했던 타카히사가……. 리오에 관한 기억을 잃은 후에도 살인에 대해 유달리 기피감을 보이던 타카히사가…….

사람을 죽였다.

"아, 아아……."

타카히사는 완전히 움직이지 않게 된 작은 나리의 시체를 덜덜 떨며 내려다보았다.

"윽……, 타카히사!"

그런 와중에 가장 먼저 정신을 차린 것은 줄리아였다.

접질린 오른손의 통증을 참고 일어선 그녀가 황급히 타카히사에게로 달려가 그 손을 잡았다.

"어……?"

타카히사의 얼굴은 시체처럼 창백했지만 겁에 질려 잔뜩 구겨져 있었다. 줄리아에게 손이 잡혔음에도 건성으로 대답할 뿐이었다.

"이쪽! 따라와!"

줄리아는 타카히사의 손을 잡아끌고 달려나와 막다른 골목을 떠나려고 했다. 먼저 골목에 얼굴을 내밀고 목격자가 없는 것을 확인했다.

"읏……! 잠깐만 기다려. 곧 돌아올 테니까!"

격렬한 갈등 끝에 무언가 결심했는지 그녀가 황급히 창관으로 뛰어들어갔다. 그 직후, 갑자기 강한 비가 내리기 시작했다.

"……."

살인의 충격이 가시지 않은 것인지, 타카히사는 비에 젖는 것도 아랑곳하지 않고 멍하니 서 있었다. 그리고 1분도 채 안 돼 창관에서 줄리아가 튀어나왔다.

"가자, 도망가야지!"

줄리아는 타카히사의 손을 잡고는 헐레벌떡 창관거리 골목을 달려나갔다.

"잠깐, 야! 줄리아! 왜 그렇게 허둥대는 거야?! 작은 나리는 어디 가셨어?! ……어? 아까 그 도련님?"

그리고 그와 거의 동시에 카운터 담당 사내가 창관의 현관에서 나와 줄리아에게 손을 잡힌 채 달려가는 타카히사의 등을 목격하게 되었다.

정령환상기

【제 4 장】 ❈ 탐구

몇 시간 뒤의 일이다.

밤의 장막이 완전히 내려오고 창관거리가 본격적으로 기지개를 필 무렵.

타카히사가 작은 나리를 살해한 창관 옆 막다른 골목에 삼엄한 분위기를 띤 불량한 남자들이 모여 있었다. 그 수는 스무 명이 넘었다.

현장에는 아직 작은 나리의 시체가 놓여 있었다. 비는 아직도 거세게 내리고 있었고, 덕분에 작은 나리의 몸에서 넘쳐난 핏물들이 물에 씻겨내려갔다.

골목에 자리한 스무 명 이상의 남자들은 모두 비에 젖는 것도 마다하지 않고 작은 나리의 시체를 내려다보며 분노와 슬픔을 드러냈다. 그리고 모두가 한 남자를 둘러싸고 있었다.

둘러싸여 있는 것은 줄리아가 근무하는 창관에서 일하던 카운터 담당 사내였다. 작은 나리의 시신을 가장 먼저 발견한 사람이 바로 이 카운터 담당 사내다. 작은 나리가 사망한 지 수십 분이 지난 단계에서 겨우 작은 나리의 시신을 발견하고 황급히 적합한 상사에게 보고를 했다. 그래서 지금 이 자리에 있는 남자들이 집결한 것인데…….

카운터 담당 사내는 창백하게 질린 얼굴로 온몸을 부들

부들 떨며 무릎 꿇은 채 땅바닥에 웅크려 앉아 있었다. 그 바로 앞에 40대 중반 정도의 남성이 귀신같은 형상으로 서 있었고, 카운터 담당 사내로부터 보고를 받고 있었다.

"그래서……."

사내에게 그가 파악한 모든 사실을 다 전해들은 40대 중반 정도의 남성이 무거운 입을 열었다. 그 순간 기온이 뚝 떨어진 것처럼 그 자리에 있는 자들이 부르르 몸을 떨었다.

"다시 말해. 새미가 줄리아를 교육하러 밖으로 나간 후에도 너는 가게 카운터 일을 계속보고 있었다. 그러다가 줄리아가 혼자 가게로 달려와 2층으로 올라갔다. 그런가 싶더니 곧바로 다시 계단을 내려와 가게를 뛰쳐나갔다. 그런 건가?"

새미라는 것은 작은 나리의 이름일 것이다. 40대 중반 정도의 남성은 카운터 담당 사내에게서 보고받은 사실을 직접 요약했다.

"그, 그렇습니다, 노먼 씨!"

카운터 담당 사내는 끄덕끄덕, 몇 번이나 격렬하게 고개를 끄덕였다. 아무래도 40대 중반 정도인 남자의 이름은 노먼이라고 하는 듯했다.

"이상하게 여긴 너는 뒤늦게 현관을 나와 줄리아에게 말을 걸려고 했다. 거기서 좋은 옷을 입은 귀족 같은 이민자 애송이와 줄리아가 함께 달려가는 뒷모습을 목격했다. 그 아이는 직전까지 줄리아의 손님으로 창관에 와 있던 도련님이었다. 그런 건가?"

"맞습니다!"

"흐음. 그렇군. 그래, 고개를 들어."

노먼은 감정을 억누른 듯한 목소리로 담담하게 카운터 담당 사내에게 명령했다.

"예, 예에…… 헉?!"

카운터 담당 사내는 절절 매며 고개를 들으려 했다. 그러자 노먼이 신은 구두의 발끝이 입을 향해 다가오는 것이 보였다. 그 직후, 카운터 담당 사내의 치아와 피가 흩날렸다. 정좌에 가까운 자세를 하고 있던 남자는 크게 뒤로 밀려나며 땅 위로 벌러덩 나자빠졌다.

"아……?! 아윽……?!"

카운터 담당 사내는 입을 꾹 누른 채 비에 젖은 땅 위에서 격렬하게 몸부림쳤다. 입에서는 피를 철철 흘리고 있다.

"이 일이 우습나? 줄리아가 떠나는 모습을 봤는데도 뭘 태평하게 카운터 일로 돌아간 거지? 새미의 죽음을 한동안 눈치도 못 채고 바보 같은 낯으로 카운터를 보고 있었다고?"

노먼은 충혈된 눈으로 몸부림치는 남자를 내려다보았다.

"죄, 죄송합니다! 죄송합니다! 죄송, 죄송합니다! 죄송합니다! 죄송합니다!"

카운터 담당 사내는 두 손으로 입을 누른 채 땅에 머리를 박으며 몇 번이고 사과했다.

"네가 아무리 사과해도 새미가 살아나진 않아!"

노먼이 고함을 지르며 카운터 담당 사내의 어깨를 향해 발끝을 휘둘렀다.

"끄아아아악?!"

카운터 담당 사내는 다시 뒤로 날아가며 땅바닥에 널브러졌다.

"이봐, 응? 어쩔 거야? 대체 어쩔 거냐고? 새미는 내가 엄청나게 아끼는 단 한 명뿐인 조카라고. 근데 지금 그 조카가 죽었다고? 이거 어쩔 거야? 뭐라고 변명이라도 해봐, 엉? 들려?"

노먼은 카운터 담당 사내의 다리를 짓밟고는 꾹꾹 누르며 땅바닥에 짓이겼다.

"아아아아, 비! 비, 비가 그쳐서! 이제, 작은 나리도! 줄리아에게 주는 처벌을! 다 마치시고! 다른 창관에 순찰가신 줄 알고! 손님이 있어서, 자리를! 비울 수가 없었습니다! 죄, 죄송합니다!"

카운터 담당 사내는 노먼의 불합리하기 그지없는 폭력에 잔뜩 겁을 먹고 요령없는 말로 필사적으로 변명했다.

"아, 아, 아, 아—……."

노먼은 카운터 담당 사내의 다리를 꽉 짓밟아 골절시키더니, 그대로 다리를 빠르게 움직여 몇 번이고 내려치듯 발을 굴렀다.

"으악, 아악, 아아?!"

카운터 담당 사내는 기어서 폭행에서 벗어나려 했지만 노먼 주위에 있는 남자들이 그것을 허락하지 않았다. 몇 명이 다가와 카운터 담당 사내의 상반신을 땅바닥에 짓눌렀다. 다만 하나같이 안쓰럽다는 얼굴로 그를 외면하고 있었다.

"후우……!"

노먼은 크게 심호흡을 하고는 다리의 움직임을 멈췄다.

"이봐, 닉. 어때, 어떻게 생각해?"

그가 한 남자에게 시선을 돌리며 질문을 던졌다. 상대의 이름은 닉이라고 하는 듯했다.

"글쎄요……."

닉은 쭈그려 앉은 채 작은 나리의 시체를 조사하고 있었다.

"증거가 없는 이상 단정할 수는 없지만 상처로 볼 때 흉기는 검입니다. 검끝을 정면에서 강하게 푹. 일격이었겠죠. 단순히 생각하면 그 줄리아라는 매춘부와 함께 잠적한 애송이가 제일 수상합니다. 종적을 감춘 시점에서 꺼림칙한 일이 있었다고 말하는 거나 다름없으니까요."

닉은 천천히 일어나 자신의 감상을 말했다.

"역시 그런가……."

"다만……."

"뭐야?"

"고급스러운 옷을 입은 귀족 같은 이민자 애송이. 그 녀석은 무기 없이 창관에 놀러왔다고 했죠? 그 부분이 마음에 걸립니다."

"뭐? 그럼 다른 누군가가 범인이라고 말하고 싶은 거냐?"

"……그렇습니다. 어쩌면 카운터 담당인 저 녀석이 거짓말을 하고 있을 가능성도 있고요."

닉은 땅바닥을 기고 있는 카운터 담당 사내를 내려다보며 말했다.

"힉, 어, 없어써요! 없었스미다! 도망가쓰 때도 검 가튼 건 안 드고 있어써요!"

카운터 담당 사내는 신음을 흘리며 통증을 참다가, 자신이 의심받고 있다는 것을 알게 되자 필사적으로 진술했다.

"네놈, 사실이겠지, 엉?! 거짓말하면 가만 안 둘 줄 알아!"

이미 심하게 다쳤는데, 이 이상 더 가만 안 둘 수가 있을까? 노먼은 한 번 더 발차기를 날리며 심문했다.

"으아아악?! 저, 정말, 정말이미다! 자근 나리도, 그 애송이는 무기도 업고 호위도 업다는 걸 학인해쓰미다!"

카운터 담당 사내는 통증과 공포로 완전히 위축되었다. 아무리 봐도 거짓말을 하고 있는 것 같지는 않았다. 애초에 어지간한 근성이 있는 사람이 아니고서야 이런 상황에서까지 거짓말을 할 수는 없을 것이다.

"진정하시죠, 노먼 나리. 일단 저 녀석이 유일한 증인이니, 그쯤 하시는 게 좋겠습니다. 게다가 저 녀석이 거짓말을 하고 않았더라도 그 애가 실은 무기를 갖고 있었을 가능성도 있고요."

닉이 노먼의 어깨에 툭 손을 얹으며 중재에 나섰다. 두 사람의 대화를 보면 입장 자체는 노먼이 더 위인 것 같았지만, 닉은 성난 노먼을 앞에 두고도 조금도 위축된 기색이 없었다.

닉이라는 자는 세련된 분위기의 소유자였다. 거친 일에 익숙해 보이는 점은 이 자리에 있는 다른 불량배들과 마찬가지인데도, 폭행이 아니라 싸움 자체를 생업으로 삼는 전사 특유의 매서움이 있었다. 심플하고 수수한 색감의 외투를 걸치고 허리에는 무기인 검이 꽂혀 있어 불량배라기보단 모험가나 용병 같은 모습이었다.

"엉? 무슨 소리야?"

노먼도 닉의 발언에는 귀를 기울였다.

"만약 그 애가 정말 귀족이라면 알 수 없는 마도구 무기를 갖고 있어도 이상하지 않다는 겁니다. 어쩌면 눈에 보이지 않는 검일 수도 있지요."

"그렇다면 역시 그 애가 수상하다는 거군."

"예."

닉은 그의 말에 동조하면서도 눈을 가늘게 뜨고 작은 나리의 시체를 내려다보았다.

'실제로 용사가 가진 신장은 자유롭게 출납할 수 있다고 들었다. 고급스러운 옷을 입은 귀족 같은 이민자 애송이와 보이지 않는 검. 설마…….'

그가 살해에 사용된 검의 수수께끼에 조금씩 다가갔다.

"……어쨌든. 그 이민자 애송이는 찾아내서 죽인다. 반드시. 내가 이 손으로……. 너희들, 오늘 밤은 잘 생각 마라. 사라진 두 사람의 행방을 쫓도록."

노먼은 분통함과 분노로 몸을 떨며 주위에 몰려있는 불량배들에게 명령했다.

"예!"

불량배들은 위축된 채 큰 목소리로 대답했다. 지금 골목에 모여 있는 것은 가르아크 왕국 왕도의 창관거리와 빈민가를 거점으로 삼고 있는 반사회적 조직의 구성원들이다. 그런 이들이 지금부터 총력을 기울여 타카히사 추적에 나설 예정이었다.

"닉."

"……네."

"너는 애송이의 정체에 대해 알아보도록 해. 그 아이가 이민자들로 이루어진 집안 태생이라면 후보는 꽤나 좁혀질 테니까."

"제 본직은 용병입니다. 이 지역 태생도 아니고요."

더 적임자가 있지 않을까요? 하고 닉이 어깨를 으쓱했다.

"우리쪽 애들이라면 자유롭게 써도 된다."

너 외에는 적임이 없다며 노먼은 일을 맡겼다.

"……알겠습니다. 그럼 일단 하룻밤만 주십시오. 귀족거리에 숨어들어서 뭔가 변화가 없는지 살펴보고 오겠습니다. 동행자가 있어도 발목이 잡힐 테니 저 혼자 가겠습니다."

"부탁하지. 다른 놈들에겐 귀족거리를 제외한 곳을 샅샅이 뒤지라고 하고."

"알겠습니다. 그럼 바로 다녀오겠습니다."

그런 말을 남기자마자 닉은 걸어서 그 자리를 떠났다.

'왕도에서의 정보 수집은 하찮은 임무라고 생각했는데, 만약 정말로 그 녀석이 용사라면 일이 재미있어지겠군. 사안이 사안인 만큼 레이스 나리께도 보고해 둘까.'

닉은 조직원들에게 등을 돌리고 생글생글 웃으며 밤의 창관거리 속으로 사라졌다.

장소는 왕도의 서쪽 지구.

남서부에 있는 창관거리에서 1킬로미터 이상 떨어진 곳에서.

노먼 일행이 작은 나리의 죽음을 눈치챘을 무렵, 억수같이 쏟아지는 비 속에서 한 작은 여관으로 뛰어드는 젊은 두 사람이 있었다. 둘 다 겉옷의 후드를 쓰고 있고 흠뻑 젖어 있었다.

"어서 오세요."

여관의 응대를 맡은 남자가 별로 의욕 없어 보이는 목소리로 접객 인사를 건넸다.

"두 명 머물 거야. 개인실로 부탁해."

손님 중 한 명이 최소한의 말만을 전했다. 후드로 머리를 덮고 고개를 숙이고 있어 알기 어려웠지만 젊은 여자아이의 목소리였다.

“두 명이면 대동화 네 장이다. 식사는 인당 한끼에 소동화 5장.”

“식사는 필요 없어.”

여자아이는 그렇게 말하며 대동화 네 장을 접수대에 올려두었다.

“……계단을 올라가서 왼쪽 끝에 있는 방을 쓰면 돼.”

접수처 남자는 방문 열쇠를 내밀면서 다른 쪽의 손님을 힐끔 쳐다보았다.

“…….”

다른 쪽 손님은 한마디도 하지 않고 가만히 고개를 숙이고 있었다. 이쪽도 겉옷인 후드를 쓴 탓에 얼굴은 잘 보이지 않았지만, 윤곽으로 보아 남자임을 알 수 있었다. 틈새로 들여다보이는 코와 입매를 보니 젊은 소년이다. 그리고 피부색이 마치 죽은 사람처럼 창백한 것까지…….

“가자.”

여자아이가 열쇠를 손에 들고 앞장서기 시작했다.

“…….”

남자는 아무 말도 하지 않고 인형처럼 끌려가며 다리를 움직였다. 계단을 오를 때도 여자아이가 앞장서서 “발, 조심해” 등의 말을 건네고 있지만 아무런 대꾸도 하지 않는다.

'……기분 나쁜 손님이군.'

그런 두 사람을 바라보며 응대를 맡은 남자는 그렇게 생각했지만, 이내 흥미를 잃고 시선을 떨어뜨렸다.

"들어와."

여자아이가 남자의 손을 잡아끌고 2층 객실로 들어섰다. 그리고 복도에 얼굴을 내밀어 아무도 쫓아오지 않은 것을 확인하자 그제서야 방문을 닫는다.

"일단, 여기라면 오늘 밤은 괜찮을 거야."

여자아이가 후드를 뒤로 넘겼다. 드러난 것은 줄리아의 얼굴이었다. 줄리아는 가슴을 쓸어내리며 깊이 숨을 내쉬고는 외투를 벗고 타카히사의 외투도 벗겨주었다.

"자, 타카히사도 벗어."

그녀의 손에 타카히사의 외투는 저항 없이 흘러내렸다. 비는 외투가 막아주었으니 비에 체온을 빼앗긴 것은 아니었다. 그럼에도 타카히사는 온몸을 미세하게 떨고 있었다. 외투자락에 가려져 있던 두 손이 그의 시야에 비쳤다.

"헉?!"

그러자 타카히사는 순간 크게 겁먹은 얼굴로 변했다. 불과 한 시간 정도 전에 작은 나리를 죽여 버린 것과 관련되어 있을 것이다.

꾸우욱──작은 나리의 가슴을 꿰뚫었을 때 전해져 온 둔탁한 무게감이 지금도 여전히 타카히사의 양팔에 묵직하게 내려앉아 있는 것만 같았다.

"괜찮아, 괜찮으니까. 타카히사, 좀 앉자."

줄리아는 타카히사를 꼭 끌어안았다. 그대로 아이를 달래듯 토닥토닥 등을 두드려주며 타카히사와 나란히 침대에 앉는다.

"나, 내가……."

타카히사는 죄책감으로 새까맣게 점철된 얼굴을 아래로 향한 채 부들부들 떨리는 두 손으로 시선을 떨궜다

"어쩌지. 내가……."

사람을 죽여버렸어. 사람을 죽여버렸어. 라고, 같은 말이 몇 번이나 머릿속에서 맴돌았다.

"타카히사는 날 도와줬어. 그러니까 타카히사는 아무 잘못 없어. 여기 있으면 금방 찾을 수도 없을 거야."

줄리아는 떨림이 멈추지 않는 타카히사의 몸을 옆에서 살짝 끌어안았다. 참고로 두 사람이 지금 이렇게 숙소에 은신할 수 있는 것은 모두 줄리아 덕분이었다.

작은 나리를 살해한 현장을 떠나면서 줄리아가 위험을 무릅쓰고 한 차례 창관으로 돌아갔던 것은 자신의 방에서 도주 자금을 가져오기 위함이었다.

덕분에 길을 가다가 노점에서 싸게 파는 외투를 구입해 타카히사의 눈에 띄는 모습을 감추고 숙소로 숨어들 수 있

었다. 외투를 입고 난 후엔 빗속을 한참이나 돌아다니다가 이 숙소로 왔으니 끈질기게 추적하지 않는 한 두 사람이 이 숙소로 도망갔다는 것을 바로 알아낼 수는 없을 것이다.

"……."

타카히사는 줄리아에게 안긴 상태에서도 여전히 떨고 있었다. 연적인 리오의 존재에 등을 떠밀린 적은 있었지만, 사람의 목숨이 쉽게 바스라지는 이 세계에서 남을 죽이는 데 마지막까지 강한 기피감을 가졌던 것이 바로 타카히사였다. 처음으로 사람을 죽인 충격에서 그렇게 쉽게 벗어날 수 있을 리가 없다.

"……읍, 흡?!"

어느 순간, 타카히사의 눈동자에 생기가 돌아왔다. 아니, 그렇다기보단 깜짝 놀라 눈을 크게 뜬 것에 가까웠다. 어째서일까?

"으읍……!"

줄리아가 갑자기 키스를 하며 타카히사의 입을 막았기 때문이다. 타카히사는 황급히 줄리아를 떨어뜨리려 했다.

"음……."

하지만 줄리아는 억지로 얼굴을 잡고 타카히사의 입술을 계속 눌렀다. 그리고 거의 10초 가까이 그가 호흡하는 것을 잊었을 때쯤에야 타카히사는 겨우 풀려날 수 있었다.

"……푸, 푸학, 뭐, 뭐 하는 거야?!"

줄리아에게서 황급히 얼굴을 떼고 입술을 누른 그가 얼

굴을 붉히며 키스를 해온 이유를 물었다.

"미안해. 이런 상황에서 굉장히 비겁하다고 생각하지만……."

줄리아는 그렇게 말하며 타카히사의 손을 입술에서 치웠다. 그리고 다시 한번 타카히사에게 얼굴을 가까이했다.

"뭐?! 어?! 어?!"

타카히사는 어지간히도 정신이 없는 것인지 깔끔하게 목소리가 뒤집혀 있었다. 사람을 죽였다는 사실조차 머릿속에서 날아갔는지 조금 전까지의 비통한 모습은 흔적도 보이지 않았다.

"먼저 전해둘게."

줄리아는 지척에서 타카히사에게 시선을 맞추고 그런 서론을 꺼냈다.

"나, 널 좋아해. 타카히사."

좋아해――줄리아는 타카히사를 뒤로 밀어 눕히며 다시 한번 열정적으로 입술을 포갰다.

장소는 아르마다 성왕국. 성도 토넬리코로 옮겨간다.

밤. 타카히사와 줄리아가 숙소로 뛰어들 무렵.

교황 펜리스 토넬리코는 집무실에 틀어박혀 자신이 이곳을 비운 사이 쌓여있던 서류 정리를 하고 있었다.

실내에 교황 이외의 모습은 없고, 실로 평온한 공간이었다.

"안녕, 형. 보고하러 왔어."

활짝 열려 있던 발코니에서 어린아이가 들어왔다. 흰 의복을 입은 것으로 보아 신전 관계자라는 것을 알 수 있었지만, 교황 집무실이 있는 곳은 지상에서 20미터 높이였다.

그곳에 갑자기 사람이 들어왔다면 상당히 심장에 좋지 못한 상황이다. 그보다 도대체 어떻게 들어온 것일까?

"……꽤나 늦었군요."

펜리스는 못 말린다는 얼굴로 한숨을 내쉬며 손에 쥔 펜의 움직임을 멈췄다.

"리오랑 대화를 나눈 뒤에 잠깐 성도를 둘러보고 왔어. 오랜만의 지상 순회가 꽤 즐거워서 말이야."

어린아이――엘은 특별히 겁먹은 기색도 없이 말했다. 엘이 성도 거리에서 리오와 소라에게 말을 걸고 레스토랑으로 이동해 이야기를 나눈 것이 오늘 하루 있었던 일이었다. 아무래도 엘은 그 후에도 계속 성도를 돌아본 것 같았다.

"여전히 자유롭다고 해야 할지, 신출귀몰하군요. 정말로……."

"형만큼은 아니지."

펜리스가 어이없다는 눈초리를 보냈지만 엘은 후후 하고 미소 지을 뿐이었다.

"그래서 그와 만나보니 어땠습니까?"

"수확은 있었어. 우선 그는 우리가 아는 용왕이 아냐. 나랑 얼굴을 마주쳐도 아무 반응이 없었거든. 기억이 없든가, 용왕의 권능을 가진 다른 사람이라고 생각하는 편이 좋아."

"역시 그렇군요……."

"그리고 그는 리나의 지시로 이 땅에 온 건 아닌 것 같아. 적어도 지금 상태로는 그가 리나에게 지시를 받았을 가능성은 상당히 낮아 보여."

"……그렇게 생각하는 근거는?"

"목적이 뭔지 하나하나 더듬으면서 이 땅에 와 있는 것 같은 느낌이었거든. 이 땅에서 무슨 문제가 있는 게 아닌가 의심하는 것 같았지만 뚜렷한 근거나 확신은 갖고 있지 않았어. 오히려 그 근거가 없는지 알아보려는 느낌이었어."

"그렇군요……."

펜리스가 허공을 바라보며 흐음, 하고 신음했다.

"그가 이 땅에서 무슨 짓을 벌이는 걸 경계하는 거라면 일단 지켜보는 것도 괜찮을 것 같아. 뭐, 나로서는 지금의 그와 좀 더 교류를 이어가고 싶지만."

"의미 없는 접촉을 반복하는 건 삼가주세요."

"알고 있어. 앞으로도 그의 동향을 살필 거라면 나한테 맡겨달라는 얘기야. 그가 이 땅에 머물러 있는 사이에 형은 다른 곳에서 하고 싶은 것도 있을 거 아냐? 모처럼 골렘도 회수했고."

"그래도 당분간은 이 땅에 머물 생각이었는데요……."

리오가 가르아크 왕국에서 떨어지며 전력이 분산되어 있는 이 상황은 각개격파를 할 수 있는 절호의 기회로밖에 보이지 않았다. 그러나 어째서인지 펜리스는 머뭇거리고 있었다.

"역시 그 여자가 신경 쓰여?"

"네, 지시는 내리지 않았다 해도 그가 이 땅에 오리라는 걸 그 리나가 예지하지 못했을 리 없으니까요."

리오가 가르아크 왕국을 떠나 전력이 분산된 이 상황에 대한 대비가 있지 않을까, 펜리스는 그것을 의심하는 눈치였다.

"의외로 그게 목적일지도 몰라. 자신의 존재를 은근히 암시하고 상대방을 견제하는 게 그 여자의 음침한 수법이니까. 신중을 기하려고 지켜보기만 한 결과 후회한 적도 엄청나게 많잖아?"

"그렇죠……."

이래서 현신 리나와의 싸움은 싫었는데——. 마치 그렇게 말하기라도 하듯 펜리스가 큰 한숨을 내쉬며 동의했다.

"게다가 그 여자의 예지 능력에도 한계는 있어. 예지를 한다 한들 대처 불가능한 상황은 어쩔 수 없을 거야. 그러니까 난 마음을 바꿔서 행동에 옮기는 것도 나쁘지 않다고 생각해. 평범하게 봤을 때 승산이 높은 계획이라면 더더욱 말이지."

"꽤나 등을 밀어주는군요?"

"그야 그러는 편이 더 재밌으니까."

엘이 장난스러운 미소를 지어 보였다.

"하여간……."

"게다가 천 년 동안 소중하게 보관해 왔던 골렘까지 투입했잖아. 그건 초월자와 권속 이외에는 아무도 멈출 수 없어. 그런데 만약 멈춘다면 용왕 이외의 초월자나 권속이 존재한다는 확증을 얻는 거나 다름없지. 그러니까 나쁜 수는 아닌 것 같아. 뭣하면 과감하게 여러 마리 투입해 봐도 좋고."

"……그렇죠, 어차피 용의 꼬리를 밟는다면……."

펜리스가 결심이 선 듯한 모습으로 맞장구를 쳤다. 그때였다. 교황 집무실의 문을 두드리는 소리가 울려 퍼졌다. 그러자 자신이 이 자리에 있으면 설명하기 귀찮다고 생각했는지 엘이 어깨를 으쓱하고는 발코니로 물러났다.

"……들어오세요."

펜리스가 입실을 허가했다. 그 후 들어온 것은 펜리스의 비서를 맡고 있는 안나 멘도자라는 신관 여성이었다.

"예하, 밤 늦은 시간에 죄송합니다. 급히 예하를 알현하고 싶다는 분이 있었습니다. 이런 늦은 시간에 방문했기에 원래라면 들이지 않으려 했으나, 예하의 문장이 새겨진 물건을 지니고 있어서……."

안나는 입실하자마자 송구하다는 모습으로 보고를 했다.

"호오, 누구지요?"

펜리스가 문장을 새긴 물건을 전해준 것은 한정된 상대뿐이었다. 그리고 지금 이 성도에 펜리스가 돌아왔다는 사실을 알 수 있는 사람도 얼마 되지 않는다.

"닉이라는 이름의 용병입니다."

우연일까? 안나가 말한 인물의 이름은 가르아크 왕국의 왕도에서 노먼에게 고용되어 작은 나리의 살해 사건을 조사하고 있는 용병과 똑같은 이름이었다.

"……그렇습니까? 그 사람과 단둘이 이야기를 나누고 싶군요. 공적인 알현이 아니니 곧바로 이 방으로 안내해 주세요. 호위는 필요 없습니다."

"알겠습니다."

안나는 공손히 고개를 끄덕이며 닉을 안내하기 위해 방을 떠났다.

'닉은 가르아크 왕국의 왕도에서 잠복 임무를 맡고 있었을 텐데, 이 타이밍에 보고가 오다니 재미있군요. 어떤 소식을 가져왔을까…….'

펜리스는 유쾌한 듯 입가를 일그러뜨리며 의자 등받이에 체중을 맡겼다.

한편 장소는 가르아크 왕국의 저택.

타카히사가 작은 나리를 살해한 날 심야의 일이다.

"……."

아야세 미하루는 잠을 이루지 못하고 어둠 속에서 몇 번이나 한숨을 내쉬었다. 원인은 말할 것도 없이 타카히사가 실종된 것과 관련되어 있다.

——타카히사 군이 싫어. 너무 싫어. 같이 있을 수 없어. 있고 싶지 않아. 그러니까 다시는 내 앞에 얼굴 보이지 말아줘.

감정적으로 내뱉은 말이 머릿속에서 몇 번이고 반복되었다.

'……내가 그런 말을 해서 그런 걸까? 타카히사 군의 뺨까지 때리고…….'

미하루는 타카히사를 때린 손바닥을 내려다보며 씁쓸하게 입을 다물었다.

하지만, 그 순간…….

——리리는 날 좋아하잖아? 센트스텔라 왕국을 위해서라도 나랑 미하루가 맺어지지 않았으면 해서 그런 심한 말을 하는 거 아냐?

타카히사가 리리아나를 탓하는 모습을 본 순간, 미하루는 마음속에서 분노가 치밀어오르는 것을 참을 수가 없었다.

타카히사의 뜻에 부응할 수 없다고 미하루는 이미 말했었다. 그런데 왜 미하루가 타카히사의 뜻에 부응했다는 전제로 리리아나를 모욕하는 것인지, 왜 리리아나가 비난을 들어야 하는지 미하루는 이해할 수 없었던 것이다.

그래서 도저히 용서가 되지 않았다. 리리아나에게 상처를 준 타카히사도. 그동안 타카히사를 더 강하게 거절하지 못했던 자신도. 그래서 정신을 차리고 보니 몸이 제멋대로 움직였고, 타카히사의 뺨을 때리고 있었다.

누군가에게 그렇게 분노를 품은 것은 태어나서 처음이었다. 이렇게 하는 것 외에 다른 선택지는 없었다고, 그것이 정답이라고 생각했다. 하지만 지금, 타카히사가 실종되었다.

'……어떻게 했어야 좋았을까?'

타카히사를 거절하지 말았어야 했을까? 타카히사를 받아들였어야 했을까? 타카히사의 마음에 부응해 줬어야 했을까? 도대체 뭐가 정답이었을까? 하고 미하루는 무심코 생각하게 되고 말았다.

'그 꿈…….'

그러자 어째서인지 미하루는 얼마 전 꿈속에서 들었던 말을 떠올렸다.

――넌 언젠가 결정을 내려야 해.

――중대한, 매우 중대한 결정을 내려야 할 때가 올 거야.

――나는 말이지. **절대 아니라고 생각하는 그 선택을 하라고 강력히 권하고 싶어**.

꿈속에서 누군지 알 수 없는 여자가 미하루에게 전했던 말이다. 이상했다. 그래봤자 꿈속에서 일어난 일인데, 이상하게도 선명하게 기억하고 있었다. 그래서일까.

'절대로 아니라고 생각하는 그 선택이 타카히사 군을 용서하는 것이었을까?'

미하루는 꿈속의 조언에 대해 진지하게 생각하게 되었다. 꿈속에서 조언을 해 준 여자는 미래가 어떻게 될지 알고 있었을까? 그래서 그런 조언을 한 걸까? 그렇다면 타카히사가 지금 어디에 있는지도 알고 있지 않을까? 미래를 알고 있다면 지금 어디에 있는지 알고 있다 해도 이상하지 않았다.

미하루의 의문은 끝이 없었다.

'다시 한번 그 꿈을 꿀 수 있다면…….'

뭔지 알 수 있을까?

"……."

도저히 잠들 기분은 아니지만 미하루는 침대에 몸을 뉘었다.

정신을 차리고 보니 미하루는 새하얀 세계에 서 있었다.

"읏……?!"

그 꿈이다. 틀림없다. 미하루는 깜짝 놀라 주위를 둘러보았다.

"꽤나 늦었네."

어디선가 여자의 목소리가 들려왔다.

"아……!"

상대방의 모습은 보이지 않지만 미하루는 목소리의 주인이 전에 꾸었던 꿈속의 대화 상대와 동일 인물이라는 것을 확신했다.

"이틀만에 자는 거라 푹 잠들었나봐."

눕자마자 순식간이었지——라고 목소리의 주인은 미하루에게 말했다.

"어……?"

상대방이 갑자기 무슨 말을 꺼내는 것인지, 영문을 모르는 미하루는 의아한 얼굴로 고개를 갸웃할 뿐이었다.

"그의 뺨을 때리고 어제도 잠을 제대로 못 잤지? 그리고 오늘도 못 쉬었고."

"아, 네……."

마치 계속 보고 있었다는 듯한 발언에 당황하며 미하루는 고개를 끄덕였다.

"저기, 타카히사 군이 어디 있는지 아세요?"

뒤늦게 제정신을 차린 그녀가 큰 목소리로 물었다.

"만나자마자 갑자기 질문이야? 뭐, 안다고 하면 알지만."

"알려주세요!"

"안 돼, 알려줄 수 없어."

목소리의 주인은 단호하게 미하루의 부탁을 거절했다.

"어, 어째서……."

"딱히 괴롭히려고 그러는 건 아니야. 애초에 내가 아는 미래는 남에게 알려줄 수 있는 것이 아니니까. 금기를 어기면 페널티가 발생해. 리스크도 있고. 뭐, 페널티와 리스크를 각오하고 알려줄 수도 있겠지만, 이번에는 안 되겠네."

목소리의 주인은 미래를 알려주면 안 되는 이유를 말했다.

"……."

그럼에도 알려달라고 미하루의 표정이 말하고 있었지만, 이어지는 말은 나오지 않았다. 그 상황에 미하루가 답답한 심정으로 침묵했다.

"그나저나 내가 미래를 알고 있을 거라 당연하게 믿는구나. 이게 단순한 꿈이라고 생각하지 않니?"

목소리 주인이 먼저 이야기를 이었다.

"……생각해요. 하지만……."

그런데 어째서일까? 미하루 스스로도 알 수 없는 것인지 말문이 막히고 만다.

"지푸라기라도 잡는 느낌인 건가. 그렇게나 그가 있는 곳을 알고 싶어?"

"알고 싶어요."

미하루는 망설이지 않고 고개를 끄덕였다.

"하지만 넌 그를 용서하지 못했잖아? 그의 얼굴은 두 번 다시 보고 싶지 않다고 생각했지? 그렇다면 그가 어디로 갔는지 알 필요 없지 않아?"

"그건……."

목소리의 주인의 은근한 추궁에 미하루는 말문이 막혔다.

"이렇게 될 줄 몰랐어?"

충동적인 행동에는 후회가 따르는 법이야——라고 목소리의 주인은 속마음을 꿰뚫어본 듯 지적했다.

"네……."

미하루가 풀이 죽어 고개를 끄덕였다.

"……바보지만 솔직하구나."

목소리의 주인은 독기가 빠진 말투로 탄식하고는 설명을 이어갔다.

"너한테 그의 거처를 알려줄 수 없는 이유. 이미 늦었어. 미래는 이미 분기했으니까."

"미래는 분기했다? 늦었다고요……?"

"그래. 미래는 말이지, 아주 사소한 사건이라도 무수히 많은 나뭇가지처럼 분기될 우려가 있어. 어제 네가 그를 거절함으로써 미래가 귀찮은 방향으로 분기되었어."

"역시, 절대 아니라고 생각하는 선택이라는 건……."

"그래. 그 상황에서 그를 용서할지 말지, 였지."

"너무 이해하기 어렵지 않나요……?"

그 순간 선택이 어떤지에 대해서는 생각조차 하지 못했다며, 미하루는 에둘러 항의했다.

"말했잖아. 애초에 내가 아는 미래는 남한테 알려줄 수 있는 게 아니라니까. 페널티와 리스크를 피하기 위해 넌지시 암시해 주는 것 외엔 할 수 없어."

"그럼 넌지시 암시하는 정도라면 타카히사 군이 있는 곳을 알려주시는 것도…….”
할 수 있지 않겠느냐고, 미하루는 실낱같은 희망을 걸고 물었다.
“안 돼.”
목소리의 주인은 ‘못 한다’가 아니라 ‘안 된다’라며 쌀쌀맞은 어조로 즉답했다.
“…….”
미하루는 그 기세에 눌려 이어질 말을 삼켜버렸다.
“그런 얼굴 하지 마. 아까 말했지? 미래는 이미 분기되었다고. 여기서 너한테 괜한 행동을 해서 또 이상한 방향으로 미래가 분기되면 일이 복잡해져. 지금의 나에게는 더는 미래를 내다볼 힘이 없으니까.”
“……그럼 앞으로 타카히사 군은 어떻게 되나요?”
“저기 말야. 내 말 제대로 들은 거 맞아?”
목소리 주인이 굉장히 어이없다는 어조로 말했다.
“네……?”
“나는 그렇게 쉽게 미래를 알려줄 수 없어.”
“아……. 그, 그랬었죠. 죄송합니다.”
미하루는 황급히 고개를 숙였다.
“정말이지, 왜 이런 바보 같은 여자애에게…….”
한숨을 내쉬는 목소리에 초조함이 배어 있는 것이 느껴졌다.
“…….”

미하루는 불편한 얼굴로 말을 삼켜버렸다.

"뭐, 됐어. 네가 파트너로서 의지가 안 되는 만큼 내가 더 노력하는 수밖에 없지."

"네……?"

"안타깝게도 슬슬 시간이 다 됐어. **앞으로는 네가 기억할 수 있는 꿈의 내용을 이쪽에서 선별할 거야**. 꿈에서 나와 한 이야기를 통해 정보를 얻고 괜한 짓을 해도 귀찮아지니까."

"아니……."

미하루가 황급히 무슨 말을 하려고 했지만 가로막혔다.

"어느 쪽이든 근시일 내로는 널 의지할 만한 일은 일어나지 않을 거야. 오히려 미래가 분기되는 바람에 너로서도 어쩔 수 없는 일이 일어나게 돼."

"그건……."

도대체 어떤 일이죠? 라고 물으려던 미하루는 황급히 입을 다물었다.

"조금은 똑똑해진 것 같네. 그런 식으로 영리한 모습을 보여주면 언젠가 다시 널 의지하게 될 수도 있겠지. 힘내."

"네, 네……."

"아, 참. 그렇지. 그리고……."

목소리의 주인은 문득 무언가가 생각난 듯 뜸을 들이는가 싶더니 갑자기 엉뚱한 말을 뱉었다.

"네 몸을 잠시 빌리게 될 수도 있어."

"……네?"

"큰 보상도 있으니까 기대해도 좋아."

미하루가 얼이 나가 있는 사이 마지막으로 목소리가 울려 퍼졌고, 미하루의 의식은 끊어지고 말았다.

정령환상기

【제 5 장】 ❀ 때는 이미 늦고

가르아크 왕국의 왕도. 평민거리에 있는 어느 여관. 아침이 지나고 낮에 꽤 가까워진 오전 시간.

"음……."

센도 타카히사는 눈을 떴다. 어느새 누워서 잠들었던 것 같다. 몽롱한 의식이 깨어나며 천천히 눈을 뜬다.

"아, 일어났다."

그러자 바로 눈앞에 줄리아의 얼굴이 보였다. 위에 덮는 얇은 이불 한 장 속에서 둘이 함께 누워 있다.

"……."

아직도 잠이 덜 깬 것인지 타카히사는 느리게 눈을 깜박였다.

"좋은 아침, 타카히사."

줄리아가 빙긋 미소 지었다.

"……조, 좋은 아침."

잠시 후 타카히사는 얼굴을 붉히며 인사를 돌려주었다.

"어, 부끄러워하는 거야?"

줄리아가 놀리듯 물었다.

"……먼저 일어났으면 깨워주지 그랬어."

타카히사는 민망한 얼굴로 줄리아에게서 시선을 돌렸다.

"타카히사의 자는 얼굴을 보고 싶어서."

"그, 래……?"

"그리고 나도 방금 일어났고. 이제 곧 점심인 것 같아."

"어, 그렇게나 잤어?"

"그야 어제 그렇게나…… 안 그래?"

줄리아는 뺨을 붉히며 장난스럽게 말을 줄였다.

"……읏."

타카히사의 얼굴이 순식간에 붉어졌다.

"타카히사는 정말 알기 쉽구나. 얍."

줄리아가 히죽 웃으며 타카히사를 껴안았다.

"으읍, 자, 잠깐만. 이것저것 닿고 있어! 그보다 옷을 아예 안 입었잖아!"

타카히사가 당황하며 주의를 주고, 줄리아가 알몸으로 다가오려는 것을 두 손으로 막으려 했다.

"어라? 어제는 그렇게 붙어 있었는데, 이제 와서 새삼?"

"그건…… 그……."

"내 몸을 좋을 대로 실컷 탐했던 사람은 어디의 누구였더라?"

줄리아는 타카히사에게 다가가며 천연덕스럽게 물어왔다.

"처, 처음에 먼저 멋대로 군 건 줄리아 쪽이잖아……."

타카히사는 두 손으로 미는 것을 멈추고 체념하며 줄리아를 받아들였다.

"그럼 피차일반이네."

줄리아가 맑은 미소를 지으며 경쾌하게 말했다.

"……."

타카히사는 편안한 모습으로 입매를 누그러뜨렸다. 그러자 약속이라도 한 듯 두 사람의 배가 꼬르륵 소리를 냈다. 그 소리에 누가 먼저랄 것 없이 웃음이 터졌다.

"……배고프네. 우선 밥 먼저 먹을까?"

줄리아의 제안에 두 사람은 식사를 하기로 했다.

수십 분 뒤.

"잘 먹었습니다."

타카히사와 줄리아는 숙소 식당에서 자신들의 방으로 가져온 음식을 다 먹고 테이블에서 얼굴을 마주 보고 있었다.

"하아, 배부르다."

줄리아가 만족스러운 얼굴로 한숨을 내쉬었다.

"응, 잘 먹었어……."

조금 전 다 먹은 타카히사도 배를 만지며 동의했다. 줄리아는 어제 낮부터 아무것도 먹지 않았고, 타카히사는 이틀 전 밤부터 아무것도 먹지 않았기 때문에 둘 다 묵묵히 음식을 입으로 가져가기 바빴다.

"지금 최고로 살아있다는 실감이 들어……."

줄리아가 몽롱한 눈빛으로 행복하게 중얼거렸다.

"타카히사는 어때?"

그러고는 맞은편에 앉은 타카히사에게 물었다.

"……그렇, 지. 줄리아 덕분에 어떻게든 버틸 수 있었어."

얼굴에 강한 죄책감의 빛을 드러낸 타카히사는 거북한 얼굴로 어금니를 깨물었다. 성에서 저지른 여러 가지 실수나, 작은 나리를 죽여 버린 일. 그것들이 가시 뭉치가 되어 타카히사의 가슴속에 지금도 박혀 있었다.

"타카히사 때문이 아니야."

그러자 줄리아가 타카히사를 두둔했다.

"어?"

"작은 나리가 죽은 건 타카히사 때문이 아니야. 그동안 그 녀석이 해왔던 악행이 쌓이고 쌓여서 천벌을 받게 된 거지. 죽어도 싸, 그런 남자는."

"……."

타카히사는 죄책감 어린 표정으로 고개를 숙이고 입을 꾹 다물었다.

"사람을 완전히 물건으로만 취급하고. 위협하고, 자유를 빼앗고, 남이 몸으로 번 돈을 거의 다 갈취해가면서도 당연하다는 표정을 짓고. 뭐라고 하면 곧바로 화를 내고, 칼이나 휘두르고. 최악의 인간쓰레기 같은 놈이잖아."

줄리아는 후련하다는 듯이 말하며 작은 나리의 죽음을 정당화했다.

"……하지만 사람을 죽여서는 안 돼."

"아니야!"

"윽……."

줄리아가 거센 말투로 몰아세우며 부정하자, 타카히사는 놀라서 눈을 동그랗게 떴다.

"아니야, 죽인 게 아니야. 타카히사는, 날 도와준 거라고!"

"……하지만."

"남을 도와주는 건 좋은 일이지? 그게 나쁜 일이야?"

"그건……."

그저 억지잖아, 하고 타카히사의 입이 움직이려 했다. 하지만 타카히사는 그 사실을 지적하지 않았다. 목구멍까지 나온 말을 삼키고 입을 다물었다. 편안해지고 싶어서 죄의 무게를 덜어주는 줄리아의 말에 어리광을 부리고 싶었을지도 모른다.

"정말 싫었어. 비참하다고 생각했어. 내가 빌리지도 않은 돈을 갚기 위해 노예가 되고, 매춘부가 되고, 창관에 갇히고, 자유 따위는 없는……. 내가 할 수 있는 일이 아무것도 없다는 걸 뼈저리게 느끼면서 살아왔어. 내일이 없는 생활 속에서 비참한 현실을 외면하고 바보처럼 사는 게 편하다는 생각을 하며 도망쳐 왔어."

줄리아는 노예의 목줄을 움켜쥐며 뜬금없이 자신의 과거를 이야기하기 시작했다. 그리고 의자에서 일어서서 맞은편 자리에 앉은 타카히사에게 다가갔다.

"타카히사는 그런 나를 도와준 거야. 그런 나에게 타카히사가 내일을 준 거야. 작은 나리가 죽었을 때 '아아, 나도 자유로워질 수 있을지도 몰라'라는 생각이 들었어. 모두 타카히사 덕분이야. 타카히사는 나의 정의로운 왕자님이야."

어깨를 떨며 그녀가 열변을 토했다.

"줄리아……."

"그러니까 타카히사는 아무런 잘못도 없어. 타카히사가 한 짓을 나쁘다고 탓하는 사람이 있다면 내가 용서하지 않을 거야."

내가 지켜주겠노라며 줄리아가 타카히사를 끌어안았다.

"……고마워. 하지만 난 왕자 같은 게 아니야."

타카히사는 구원받은 듯한 얼굴로 힘없이 민망함을 드러냈다.

"나의 왕자님은 타카히사로 충분하다고, 어제도 말했었지?"

"……줄리아는 왕자님을 좋아해?"

"뭐, 동경하긴 했지. 언젠가 왕자님이 날 도와주러 왔으면 좋겠다고. 그렇게 생각하면서 살아왔어."

줄리아는 그렇게 대답하며 타카히사의 허벅지를 의자 대신 삼아 앉았다.

"그, 그렇구나."

갑작스러운 접촉에 타카히사가 몸을 떨었다.

"게다가……."

"응?"

"처음 타카히사를 봤을 때, 정말 왕자님 같은 사람이라고 생각했어. 겉모습은 상당히 미남형에 가까웠으니까."

줄리아가 수줍게 털어놓았다.

"아하하."

타카히사가 우습다는 듯 웃었다.

"뭐, 내용물은 꽤 숙맥이었지만. 게다가 무일푼."

"하, 하하……."

갑자기 쏟아지는 공격에 웃고 있던 타카히사의 얼굴이 움찔거렸다.

"……그럼 말야, 왕자님이 아니라면 타카히사는 누구야?"

줄리아가 타카히사의 안색을 살피며 그제서야 타카히사의 정체를 탐색하는 질문을 건넸다.

"그러고 보니 나에 대해서는 아직 아무 말도 안 했구나. 줄리아도 아무것도 묻지 않아줬고……."

"응, 뭔가 사정이 있는 것 같은 느낌이 들어서 물어보지 않았어. 그래도 지금이라면 알려줄 수 있을까?"

줄리아는 타카히사의 무릎에 앉은 채 지척에서 가만히 그의 얼굴을 들여다보았다.

"……나, 용사야."

타카히사는 마음을 굳히고 자신의 정체를 털어놓았다.

"어……?"

줄리아는 어이가 없었는지 몇 번 눈을 깜박였다.

"그러니까, 용사. 센트스텔라 왕국의. 어제까지는 가르아크 왕국성에 있었어."

타카히사는 쓴웃음을 지으며 정보를 덧붙였다.

"뭐? 어?"

"으음, 애초에 용사라는 게 뭔지는 알아?"

"아니, 알고 있는데, 어? 용사라고?! 타카히사가?!"

상당히 놀란 것인지 줄리아의 몸이 크게 뒤로 넘어갈 뻔했다.

"그래, 내가."

"왕자님보다 더 대단한 거 아냐?!

"그렇지는 않은 것 같은데……."

타카히사는 낯간지럽다는 얼굴로 입매를 늘어뜨렸다.

"어?! 어?!"

줄리아는 자신도 모르게 목청을 높이며 한동안 타카히사를 바라보았다.

"……어?!"

그리고 다시 한번 목청을 높였다.

"그렇게 놀랄 일인가?"

타카히사는 용사를 본 자의 상식적인 반응을 잘 알지 못했기에, 난처한 모습으로 어깨를 으쓱했다.

"당연히 놀랍지! 용사님은 누구나 아는 동화에도 나오는 사람이고. 분명 용사님이 나타났다면서 전에 난리가 나긴 했었는데! 설마 그 용사님이 내 눈앞에 있고 나와 대화를 하고 있을 줄이야."

"아니, 어제부터 계속 같이 있었는데 이제 와서 평범하게 대화하는 거 가지고……. 그것보다 이렇게 붙어 있는 편이 더……."

타카히사가 살짝 뺨을 붉히며 지적했다. 확실히 줄리아는 지금도 타카히사의 무릎에 앉아 있었기에, 대화하고 있는 정도로 호들갑을 떠는 것은 새삼스러웠다.

"어? 아니, 뭐 그렇긴 한데…… 그렇, 지. 아하하, 확실히. 심지어 어젯밤에도 그렇게나……."

줄리아는 타카히사와 밤새 몸을 포갰던 기억이 난 것인지, 얼굴을 붉히며 허둥지둥 일어섰다. 그리고 뒤로 물러나며 타카히사에게서 벗어났다.

"아니, 그렇게 갑자기 대놓고 거리를 둘 필요는……."

없잖아, 하고 타카히사는 왠지 쓸쓸한 얼굴로 입을 삐죽였다.

"마, 마음의 정리가 필요해. 이렇게 갑자기 용사님이라는 말을 들어도……. 아니, 그야 타카히사가 대단한 사람이라는 건 처음 봤을 때부터 눈치채긴 했지만. 어쩐지 좋은 옷을 입고 있다 했어, 응. 아, 그보다 평범하게 부르면 안 되겠지?! 타카히사 님이라고 불러야 하나?!"

줄리아는 상당히 혼란스러운 것인지 어쩔 줄 몰라 하며 우왕좌왕했다.

"지, 진정해. 괜찮아. 그냥 지금까지처럼 대해 주면 돼! 자, 심호흡, 심호흡."

타카히사도 황급히 줄리아를 진정시키려 했다.

"으, 응. 스읍, 하아, 스읍, 하아……."

그제서야 줄리아는 마음을 가라앉혔다.

"진정했어?"

"일단은."

"……그런데, 내가 용사라는 걸 믿어주는구나."

용사라는 걸 증명할 수단도 없는데, 타카히사는 줄리아의 반응을 살폈다.

"응, 나는 타카히사를 믿어."

줄리아는 악의 없이 고개를 끄덕였다. 그 모습이 성에서 사사건건 너의 말은 믿을 수 없다며 모두에게 부정당해온 타카히사에게 큰 울림을 준 것일까.

"……고마워."

타카히사는 와락 얼굴을 구기며 울먹이는 목소리로 감사의 인사를 전했다. 줄리아는 그런 타카히사의 모습을 보자 작게 탄식했다.

"왜일까. 나, 타카히사의 그 얼굴에 상당히 약한 것 같아……."

줄리아는 의자에 앉은 타카히사와 다시금 거리를 좁히고는 그 머리를 부드럽게 가슴에 끌어안았다.

"……어떤 얼굴인데?"

가슴이 얼굴에 닿아 있다, 라는 것도 지적하지 못하고 타카히사는 수줍게 물었다.

"으음, 버려진 강아지 같은 얼굴? 어쩐지 무조건 어리광을 받아주고 지켜주고 싶어진다고 할까……. 모성 본능을 자극한다고 할까."

줄리아는 그렇게 말하면서 타카히사를 더 강하게 꼭 껴안았다.

"……."

"저기, 타카히사의 사정에 대해 좀 더 물어봐도 될까?"

"응……."

"타카히사는, 성에서 도망친 거야?"

"……어떻게?"

아는 거야? 타카히사는 의외라는 말투로 되물었다.

"그야 성의 용사님이 마을 변두리 창관거리에, 그것도 혼자서 왔으니까……."

"하긴, 누가 봐도 사정이 있어 보였겠네."

"응. 그리고 말이야."

줄리아는 거기까지 말한 뒤 용기를 내듯 입술을 꼭 다물었다가, 이내 타카히사에게 물었다.

"좋아하는 애한테 미움받았다고 했지?"

"……하하."

"그렇게나 미움받은 거야?"

"지독하게……. 두 번 다시 만나고 싶지 않다는 절연 선언에 가까운 말을 들었달까."

타카히사는 몸을 굳힌 채 등을 동그랗게 말고 고개를 끄덕인다.

“그렇구나, 그럼 그 여자는 분명 남자를 보는 눈이 없는 거야. 이렇게 좋은 남자를 거들떠보지도 않다니. 분명 지금쯤 타카히사가 없어져서 크게 후회하고 있을걸.”

줄리아가 입술을 삐죽이며 타카히사 대신 불만을 쏟아냈다.

“그런, 가?”

타카히사가 자신 없이 물었다.

“응, 확실해.”

그러자 줄리아가 강하게 즉답하며 호언장담했다. 아이를 어르고 달래듯 등을 두드리며 겁먹은 소동물처럼 움츠러든 타카히사를 계속 어루만진다. 점차 타카히사가 진정을 되찾고, 몸의 힘이 빠진 것을 감지하자 줄리아는 새로운 물음을 던졌다.

“그래서 타카히사는 앞으로 어떻게 할 거야?”

“……어떻게 할 거냐니?”

“앞으로의 일. 성으로 돌아갈 거야?”

“…….”

싫어, 돌아가고 싶지 않아. 그렇게 말하는 듯 타카히사의 몸이 다시 굳어졌다.

“돌아가고 싶지 않구나. 그럼 성을 의지하는 건 안 되고, 나도 창관에는 돌아갈 수 없고 의지할 곳도 없어. 이대로 왕도에 있으면 위험할 테니까…….”

줄리아는 타카히사의 등을 만지며 으음 하고 고민하듯 신음했다. 그리고 뭔가 좋은 생각이 난 것인지 “아!”하는 소리를 내며 그에게 제안했다.

“그렇다면 차라리 나랑 어딘가 먼 곳까지 도망쳐 버릴래?”

“어딘가 먼 곳……?”

“응, 타카히사가 질릴 때까지 내가 끝없이 치유해 줄게. 그래서 말이지, 둘이서 죽을 때까지 계속 행복하게 사는 거야. 할아버지, 할머니가 되면 어제나 오늘 있었던 일을 떠올리는 거지. ‘그런 일도 있었지’라든가, ‘그 녀석은 역시 죽어서 다행이었어’라든가, ‘그런 여자도 있었지. 하지만 나는 줄리아와 맺어져서 행복했어’라든가, 둘이서 웃으며 그런 이야기를 나누는 거야.”

그때쯤이면 분명 시간이 모든 것을 치유해 주고 있겠지. 그러니까 전부 버리고 도망쳐버리자――라고, 줄리아는 악의 없는 미소를 지으며 타카히사에게 그렇게 말했다.

“……그러, 게. 그것도 좋을지도 모르겠다.”

타카히사는 잠시 침묵을 지키다가 고개를 끄덕였다.

“좋아. 그럼 결정!”

줄리아는 큰 소리로 외치며 기쁘다는 듯 타카히사를 더욱 강하게 껴안았다.

“그럼 떠날 준비를 해야겠다. 여행을 하려면 뭐가 필요하지? 여행 경비는 내가 가진 돈으로 충분할까?”

완전히 기분이 들뜬 것인지 이렇게 할까, 저렇게 할까

하며 곧바로 떠날 궁리를 이어간다.

"돈에 관한 거라면, 내 옷을 파는 게 어떨까?"

타카히사가 그런 줄리아를 흐뭇한 눈으로 바라보며 제안했다.

"뭐……? 괜찮아? 비싸 보이는 옷인데……."

"그러니까 말한 거야. 입고 있어도 눈에 띄기만 하니까 처분하는 게 좋을 것 같아. 버리는 것보다는 파는 편이 낫지."

"그렇구나, 그럼 그렇게 할까? 고마워."

줄리아는 행복한 듯이 미소 지으며 감사의 인사를 했다.

"괜찮아. 문제는 언제 어디서 팔 것인가 하는 건데……."

"매각도 출발도 서두르는 게 좋을 것 같아. 작은 나리가 소속되어 있던 조직은 왕도의 평민거리에도 얼굴이 알려져 있어서 언제까지고 숨어있을 수는 없을 거야."

이미 오래전에 작은 나리의 죽음을 깨닫고 사라진 타카히사와 줄리아를 의심하고 수색하고 있을 것이라며 줄리아는 말했다.

"그렇구나…… 그럼 서둘러야겠다."

"응, 괜찮은 가게를 알고 있어. 일반적인 가게라면 수상해서 매입해 주지 않는 고급품도 캐묻지 않고 매입해 준대."

"……수상한 가게 아니야?"

"괜찮을 거야. 뭐, 실제로 고객 중에는 수상한 사람이 많다고 하긴 하는데, 그래서 더더욱 정보를 엄수하는 곳이라고 하니까. 매춘부 애들도 불필요한 보석 같은 걸 자주 팔러 다녔고."
"……알았어. 그럼 둘이 같이 팔러 가자."
"안 돼. 나 혼자 갔다 올게."
"어, 왜?"
"둘이서 도망치고 있다는 건 이미 알려져 있을 거 아냐. 외투로 얼굴을 가리고 있어도 둘이서 걷고 있으면 수상하게 보일 거야."
"그럼 대신 내가……."
"타카히사는 평민거리에 가본 적 없지? 내가 장소를 알려줘도 모를 텐데?"
"윽……."
"그렇지 않아도 성에서 사느라 세상 물정에 어두울 테니까 이 일은 나한테 맡겨."
"……알았어. 하지만 조심해."
타카히사는 포기하고 고개를 끄덕였다.
"응, 그럼 결정됐으니……."
줄리아가 타카히사의 무릎에 앉은 채 키스라도 하듯 얼굴을 가까이했다. 그러고는 옷가지 너머로 요염하게 타카히사의 상체를 더듬기 시작했다.
"자, 잠깐. 지금부터 옷을 팔러 가는 거 아니었어……?"
도대체 무엇을 상상하고 있는 것일까? 새빨간 물감이라도 칠한 듯 타카히사의 얼굴에 금세 홍조가 자리했다.
"팔릴만한 물건을 선별하는 거야. 알몸이면 가여우니까

셔츠와 바지는 봐 줄게.”

줄리아는 빙긋 미소 지으며 타카히사의 옷을 벗기기 시작했다.

오전. 타카히사와 줄리아가 깨어났을 무렵.

은빛 늑대 소녀 사라는 가르아크 왕국성을 떠나 샤를로트 전속 여기사들과 함께 타카히사의 수색을 진행하고 있었다. 사라의 계약정령 헬도 대형견 크기로 실체화해 동행하며 사라 일행을 선도했다.

어젯밤에는 억수같은 비가 쏟아지는 바람에 타카히사의 수색은 중단되었다. 비로 인해 타카히사의 냄새가 상당히 물에 씻겨나가며 추적도 어려워졌다. 하지만 정령술로 신체 강화를 한 헬이나 사라의 후각도 만만치 않았다.

어제 성의 수사대가 마지막으로 추적한 곳에서 수색을 인계받아 이른 아침부터 몇 시간 동안 냄새를 좇아 겨우 왕도의 창관거리에 다다르려 하고 있었다. 창관거리로 이어지는 거리의 입구에서 모두가 잠시 멈춰섰다.

“틀림없어요. 이 앞에서 냄새가 계속 나는 것 같아요.”

사라가 동행한 젊은 여기사들에게 말했다.

“이 앞은…… 아무래도 창관거리인 것 같습니다.”

지휘관을 맡고 있는 루이스라는 여기사가 지도를 확인

하며 말했다. 창관거리에 좋은 인상을 갖고 있지 않은지 떨떠름한 표정을 짓고 있었다.

"창관거리?"

사라는 단어의 뜻조차 모르는 듯 의아한 얼굴로 고개를 갸우뚱했다. 정령 마을에는 애초부터 창관거리 같은 것이 존재하지 않으니 당연한 반응이었다.

"그, 성을, 매매하여…… 크흠. 그다지 치안이 좋은 구획은 아닙니다. 지금은 낮이니까 문제없겠지만 조심해서 진행하도록 하죠."

루이스는 설명하다가 민망해졌는지 헛기침을 하며 얼버무렸다.

"알겠습니다."

사라 일행은 자세를 갖추고 창관거리로 들어갔다.

'이 냄새는…….'

밝은 이 시간대는 창관거리에 인적도 거의 없고 한산했지만, 일대에 독특한 향취가 짙게 배어 있었다. 그래서 현재 위치가 어떤 곳인지 사라도 어렴풋이 눈치를 챈 듯했다.

"……이쪽입니다."

살짝 볼을 붉힌 그녀가 가볍게 헛기침을 하더니 여기사들을 큰길가에서 벗어난 골목으로 유도했다. 다만 그곳은 막다른 골목이었다.

"이런, 여기는…… 막다른 골목이네요."

루이스가 골목을 둘러보며 말했다.

"……여기서 잠시 머물렀던 것 같아요. 아마 주저앉아 있었겠죠."

사라가 특히 냄새가 짙은 곳을 가리키며 설명했다.

"그런 것까지 아시다니……, 굉장합니다. 사라 공과 헬에게 걸리면 추적에서 도망갈 수 없겠군요."

루이스가 사라와 헬을 크게 칭찬했다.

"아니에요. 그럼 되돌아갈까요? 여기서 어디로 이동했는지 알아보겠습니다."

사라는 조금 쑥스러운 듯 고개를 흔들더니 창관거리 대로로 일단 발길을 돌렸다. 이번에는 다른 골목으로 타카히사의 향기가 이어지고 있음을 깨닫고 실종된 타카히사가 이동한 길을 따라갔다.

그렇게 창관거리 골목을 조금씩 따라가던 사라와 헬은 한 건물 앞에서 멈춰 섰다.

"이 건물에 들어간 것 같아요."

사라가 건물을 올려다보며 보고했다. 그곳은 줄리아가 바로 어제까지 근무하던 창관이었다.

"……."

그러자 여기사들은 하나같이 어색한 얼굴이 되었다. 상심하여 실종됐다고는 하지만 설마 용사가 창관에 들어갔을 거라고는 생각하지 못한 것 같았다.

"……동행자도 있었나 보네요. 아마 젊은 여자아이일 거예요."

사라가 주저하며 정보를 덧붙였다.

"그렇, 군요. 여기에…… 알겠습니다. 들어가서 이야기를……."

루이스가 한숨을 내쉬며 안으로 들어가자고 제안하려 한 그때였다.

"……잠시만요."

사라가 루이스를 제지했다.

"왜 그러시죠?"

"건물 옆쪽에 난 골목에서도 냄새가 계속 나는 것 같아요. 막다른 골목인 것 같으니 먼저 그쪽을 살펴보면 어떨까요?"

그렇게 말한 사라는 창관 옆으로 나 있는 골목길을 가리켰다.

"알겠습니다."

그리하여 일행은 건물 옆 막다른 골목으로 들어섰다. 골목이라고 해도 길은 거의 10미터 정도 밖에 나 있지 않았고, 곧바로 다른 건물의 벽에 막히고 말았다. 전원이 그곳에 들어가서 멈췄다.

"타카히사 님은 여기서 대체 뭘 하고 계셨을까요?"

루이스가 골목을 둘러보며 의아하게 고개를 갸웃거렸다. 창관 옆 골목길이 막혀있다는 것은 굳이 들어가지 않아도 한눈에 알 수 있었다. 특별히 무언가가 있는 것도 아니었기에 막힌 골목에 들어가야 할 필요성을 느끼지 못한 것이다.

"……."

다만 사라만이 심각한 얼굴로 변해 헬을 데리고 막다른 골목 쪽으로 나아갔다. 그리고 한 장소에서 쭈그려 앉았다. 그곳은 정확히 작은 나리가 죽어서 쓰러진 곳이었다.

'틀림없어. 피 냄새가 나…….'

이미 작은 나리의 시체는 옮겨졌고 피도 비에 씻겨 내려갔지만, 사라는 잔향을 맡으며 확신했다. 문제는 이 피가 누구의 것이고 왜 출혈에 이르렀느냐 하는 점이었다. 역시 사라도 거기까지는 알 수 없었다.

'……이 근처를 돌아다녔나? 건물에 같이 들어갔을 여자의 향기도 나. 여기서 누군가가 피를 흘린 것과 타카히사 씨는 관계가 있는 걸까?'

여러 가능성을 떠올린 사라는 막힌 골목을 둘러보며 고개를 갸우뚱했다.

"사라 공, 무슨 일이 있는……."

"이봐, 거기 누님들."

루이스가 사라의 등에 말을 걸려고 했을 때, 남자의 목소리가 울려 퍼졌다. 창관 현관 부근에 딱 봐도 불량해 보이는 남자가 열 댓명쯤 서 있었고, 그 중 한 명이 막다른 골목에 있는 루이스 일행을 향해 말을 건 것이었다.

"……누구냐, 네놈들은?"

루이스가 험악한 얼굴로 정체를 물으며 허리춤의 검집으로 손을 뻗었다. 동행하던 부하 여기사 4명 역시 검집에 손을 가져갔다.

"이런, 잠깐 기다려봐. 딱히 귀족 기사님들을 덮칠 생각은 없어."

선두에 선 남자가 과장스럽게 두 손을 들어 전투 의사가 없음을 알렸다.

"나는 노먼이라고, 이 근방을 책임지고 있는 남자다. 여기 세워진 창관의 주인이기도 하지."

노먼은 창관 건물을 올려다보며 자기소개를 했다. 살해된 작은 나리의 큰아버지이자 실종된 타카히사와 줄리아의 수색 명령을 내린 인물이기도 하다.

"……마침 잘됐군. 거기 창관에 볼일이 있던 참이었다. 이야기를 들을 수 있을까?"

루이스가 살짝 뽑아든 검을 검집으로 되돌리며 말했다. 다만 역시 경계심은 품고 있는지 눈빛은 여전히 날카롭다.

"호오. 이런 변두리의 창관거리에, 젊고 아름다운 여성 기사님들이 말이지."

노먼은 훑는 듯한 시선으로 끈적하게 루이스 일행을 관찰했다. 그리고 막힌 골목 안쪽에 웅크리고 있던 사라를 발견하자 눈을 크게 떴다.

"취업하러 왔다면 대환영이야. 마침 우리 쪽 매춘부 하나가 잠적해서 인원을 충원해야 했거든. 안쪽에 있는 은발 누님은 말도 안 되는 보석이군. 하룻밤만에 수십 장의 금화를 벌 수 있을지도 몰라."

그가 천박한 미소를 지으며 말했다.

"무엄하다!"

루이스가 검집에 넣은 검을 다시 뽑아내려고 손을 뻗었다.

"이런, 그러니까 싸울 생각은 없대도. 이 정도의 미인들이 총출동해서 창관거리에 왔으니 만에 하나 취업 희망일 가능성도 있지. 권유하지 않는 편이 실례 아니겠나?"

노먼이 황급히 루이스를 달래며 두 손을 앞으로 들어 저항의 의사가 없음을 과시했다.

"……칫, 우리는 이 장소에 조사하러 왔을 뿐이다. 순순히 질문에 답한다면 그냥 넘어가겠지만, 다음에 또 저질스런 헛소리를 한다면 용서하지 않겠다."

루이스는 혀를 차며 검을 거두고 청취를 우선하기로 했다.

"그렇군, 조사 말이지……. 그렇지만 우리는 정당하게 장사를 하고 있는 건데 말이야. 도대체 뭘 조사하고 싶으시길래?"

노먼은 능청스럽게 어깨를 으쓱이며 날카로운 눈빛으로 루이스를 바라보았다.

"십대 중반의 소년을 찾고 있다. 머리는 갈색빛이 도는 검은색에 체형은 날씬하다. 키는 백칠십에서 백팔십 정도. 고급스러운 옷을 입고 있었을 텐데 어제 여기 창관에 오지 않았나?"

루이스가 타카히사의 특징을 전하자 노먼의 표정이 약간 날카로워졌다.

"……일단 우리는 고급 가게라 말이지. 신용이 제일이야. 만일 그 도련님이 다녀갔다고 해도 고객의 정보를 섣불리 말할 수는 없어."

"……대답할 생각이 없다는 건가?"

"뭐, 그럴 의무가 있다면 얘기는 별개겠지만. 적어도 그쪽이 어디 소속인지도 모르는 상태에서 나불거릴 수는 없다고 말하는 거다."

"우리는 왕가를 섬기는 왕성의 기사다. 지금은 국왕 폐하의 칙명으로 조사를 하고 있다. 왕국에 사는 신민들은 조사에 응할 의무가 있다."

루이스는 자신들의 정체를 밝히고 왕가의 문장이 새겨진 금속 패를 제시했다.

"호오, 무려 국왕 폐하의……! 그렇다면 그 왕국에 사는 신민 나부랭이로서 대답하지 않을 수 없겠군요."

노먼이 퍽 장난스러운 말투로 청취에 응했다.

"그래서, 특징에 부합하는 소년은 왔나?"

"네, 뭐. 우리가 밝혔다는 건 말하지 말아주세요. 대응한 건 나는 아니지만 왔던 것 같더군요. 우리 정도의 고급 가게가 되면 귀족 손님도 드물지 않은데, 그중에서도 유독 훌륭한 옷을 입고 있어 더 눈에 띈 것 같습니다. 뭐라더라, 헐벗은 여자와 해 보고 싶었다고 했다나?"

노먼은 그렇게 대답하고는 헤헷, 하는 저열한 미소를 흘렸다.

"……그래. 왔구나……."

루이스는 깊은 한숨을 내쉬고는 머리가 아프다는 듯이 이마를 눌렀다.

"그런데 여러분들은 왜 그 도련님을 찾고 있는 거죠? 그 분이 대체 누구시길래?"

"중요한 인물이기 때문이다. 쓸데없이 캐묻지 마라. 그보다 그 소년이 어디로 갔는지 짐작 가는 게 있나?"

"아뇨, 유감스럽게도 가게를 나온 후의 행방까지는 모릅니다. 정말 유감스럽게도 말이죠……."

노먼은 감정을 억누른 듯한 미소로 대답했다.

"……그렇군."

"저도 한 가지 질문이 있어요. 여기 막다른 골목에서 누군가 크게 다치거나 돌아가셨나요?"

사라가 몸을 일으켜 작은 나리가 살해당한 장소를 보면서 노먼에게 질문했다.

"아……?"

"피의 향기가 짙게 남아 있어서요."

"……."

어떻게 아는 거냐며, 노먼의 눈이 경악으로 물들었다. 다만 대형견 크기의 은빛 늑대로 실체화한 헬을 보고 납득했다는 얼굴을 했다.

"그렇습니까?!"

루이스가 흠칫 놀라 사라에게 물었다.

"네, 피 냄새와는 별개로 그의 냄새도 살짝 났어요. 여기서 흐른 피와 우리가 찾고 있는 소년 사이에 무슨 관계가 있는지 들려줄 수 있으신가요?"

사라는 실로 당당하게 물으며 노먼을 바라보았다.

"이거, 정말 굉장하군……. 분명 바로 얼마 전에 여기서 죽은 놈이 있어. 혹시 거기 멍멍이라면 누가 죽였는지도 알 수 있는 건가?"

노먼이 헬을 쳐다보며 사라에게 물었다.

"……아니요, 다른 사람 냄새도 많이 남아 있어서 거기까지는 모릅니다."

사라는 천천히 고개를 저었다.

"그런가……."

"이봐. 그것보다 질문에 대답해라. 우리가 찾고 있는 소년과 여기서 흘린 피와 관련이 있나?"

만일의 사태를 상상했는지 루이스가 험악한 말투로 물었다.

"아니, **관련 없습니다**. 약간의 칼부림이 있긴 했었죠. 피해자는 내 조카였습니다. 그 도련님이 아니고요. 왜 도련님 냄새가 나는지까지는 모르겠군요."

"그렇군……. 미안한 질문을 했다. 범인을 아직 찾지 못했다면 내가 경비대에 말을 보태줄 수도 있다만……."

"아뇨, 그럴 필요까지는 없습니다. 이미 해결을 향해 나아가고 있으니까요."

노먼은 즉답으로 거절했다.

"……그래. 소년의 행방에 대해 아는 사람이 없는지, 괜찮다면 다시 알아봐 주겠나? 유력한 정보라면 포상금도 나온다. 다시 조사하러 오겠지만 무슨 일이 있다면 초소에 얼굴을 내밀도록."

"호오, 그건 꽤 후한 처사로군요. 이래 봬도 창관거리 이외에도 얼굴이 잘 알려져 있습니다. 그 도련님의 정보를 어떻게든 잡아내 보죠."

"기대하고 있지. 그럼……."

루이스는 사라나 부하 여기사들에게 눈짓을 하고 막힌 골목 쪽을 떠나기 위해 대화를 나누었다.

"좋아, 우리는 창관으로 돌아간다."

그것을 확인한 노먼도 불량배들을 이끌고 창관으로 돌아갔다.

"……다음엔 저쪽으로 가보죠."

사라는 헬과 함께 냄새를 맡으며 앞으로 나아가야 할 방향을 가리켰다. 그리하여 일행은 조사를 재개하였고 타카히사가 있던 창관에서 멀어졌다. 다만 십여 미터쯤 더 간 곳에서, 사라가 왔던 길을 되돌아보며 창관 옆 막다른 골목의 입구를 바라보았다.

'저기 감돌던 피 냄새. 아주 조금이지만, 타카히사 씨의 냄새와 섞이기 시작한 것 같은데…….'

사라는 잡념을 떨쳐내듯 고개를 좌우로 흔들며 막다른

골목에서 시선을 떨어뜨렸다.

◇ ◇ ◇

한편, 노먼은 창관의 현관을 지나자마자 곧바로 옆을 걷는 용병 닉에게 말을 걸었다.

"흥, 국왕이 직접 파견한 기사님들이 창관거리까지 출장을 나오다니. 닉, 네가 귀족거리에서 가져온 소문이 사실인 것 같구나."

오늘 새벽의 일이다. 닉은 왕도의 귀족거리에서 정보를 수집하여 노먼에게 한 소문을 가져왔다. 즉 가르아크 왕국 성에 머물고 있는 용사 중 한 명이 실종됐다. 어제부터 행선지를 알지 못해 왕성에서는 소란이 일고 있다, 라고. 그리고 방금 국왕이 파견한 기사들이 창관까지 조사를 하러 왔다.

"그러게 말입니다. 설마 전설의 용사님이 창관에 여자놀음을 하러 오셨다니. 반신반의했지만, 이걸로 작은 나리를 죽인 범인은 확정된 거나 다름없네요."

"그래, 어떻게 해서든 성안 녀석들보다 먼저 그 용사를 찾아내야 해……."

노먼이 차마 숨기지 못한 분노로 들끓으며 선언했다.

"……그렇긴 합니다만, 성의 수색대가 본격적으로 수색하고 있다면 위험하지 않겠습니까?"

불량배 중 한 사람이 조심스럽게 의견을 냈다.

"뭐?"

"머, 먼저 확보하는 것은 어렵지 않을 수도 있지만, 녀석들, 개에게 냄새를 추적하게 했습니다. 그러니 저희가 먼저 확보해 봤자 들킬 것 아닙니까. 용사님을 죽이는 것도, 나라를 거스르게 되는 것도 역시 좀 위험할 테고, 차라리 저희가 확보한 용사를 나라에 넘겨주면 포상금도 꽤 받을 수 있지 않을지……."

그가 노려보자 불량배가 흠칫 놀라며 복수에 반대하는 이유를 말했다.

"확실히……." "용사님을 죽이는 건 곤란하지." "찾아서 넘겨주면 포상금이 상당하지 않을까?"

등등 다른 불량배들도 복수에 반대하는 의견에 찬동하기 시작했다.

"네놈들, 거물 좀 나왔다고 뭘 벌벌 떠는 거냐! 누가 여기까지 창관거리를 번창시켰다고 생각하지?! 국왕도 아니고, 용사도 아니다! 우리들이라고! 나는 왕국에 사는 신민 나부랭이 따위가 된 기억은 없어! 창관거리는 우리의 나라다!"

노먼은 권력에 주눅들지 않았다. 귀여운 조카가 살해당했다는 원한이 권력에 대한 경외감을 뛰어넘은 것이다.

"……."

불량배들은 위축되어 입을 다물어 버렸다.

"알겠나? 새미를 죽인 녀석을 발견한 놈에게는 충분한

금화를 내려주마. 그에 상응하는 자리를 줄 수도 있어. 설령 상대가 용사든 국왕이든 나는 물러설 생각이 없다. 도망치고 싶은 놈은 멋대로들 해. 다만 두 번 다시 내 눈이 닿는 범위에서 살아갈 수 있다고 생각하지 마라."

노먼은 사탕과 채찍을 구분하고 보상을 던졌다. 리턴이 리스크를 웃돌자 불량배들의 눈빛이 바뀌었다.

"의욕이 났으면 빨리 빨리 움직여! 줄리아가 애송이를 데리고 외투를 샀다는 것까진 알아냈다. 거기서 어디쯤의 숙소에 머물렀는지도 좁혀졌어. 경쟁 상대는 성 안에만 있는 게 아니다. 그러다간 현장에서 잠복한 놈들에게 추월당할걸!"

노먼이 시동을 걸어주자 불량배들이 분주하게 달려가 창관을 떠났다.

'……성 녀석들이 숨기면 손을 댈 수가 없어져. 절대 놓치지 않겠다. 녀석이 용사든 뭐든 상관없어. 내가 이 손으로 마무리를 지어주마.'

노먼이 일으키는 복수의 불길은 타카히사와 줄리아에게 서서히 다가오고 있었다.

그로부터, 약 한 시간 정도가 지났을까.

점심 무렵. 가르아크 왕국 왕도의 시장이 있는 구획에서.

건물이 뒤죽박죽 난립한 탓에 뒤엉킨 골목 길가에 허름한 가게 하나가 덩그러니 있었다. 그 현관에서 후드를 쓴 줄리아가 나왔다.

"후후……."

줄리아는 돈이 든 주머니를 바라보며 기쁜 미소를 짓고 있었다. 그 안에는 타카히사의 옷을 팔아서 얻은 금화 두 장과 대은화 여섯 장이 들어 있었다. 줄리아가 원래 가지고 있던 돈과 합치면 이로써 전 재산은 금화 네 장 가까이 되는 셈이었다.

'이것만 있으면 당분간 여행에만 전념할 수 있겠지.'

이 돈을 써서 도망갈 수 있을 만큼 도망가는 거야——라며 줄리아는 아직 보지 못한 내일의 꿈을 부풀렸다.

'이 돈으로 타카히사와…….'

줄리아는 돈이 든 주머니를 소중하게 품에 숨긴 채 머리 위를 올려다보았다. 부모의 빚을 대신 지고 매춘부가 된 줄리아에게 의지할 사람은 아무도 없었다. 그래서 혼자 씩씩하게 살아가자고 다짐하며 살아왔다.

갇혀있던 창관 방에서는 내일의 꿈 따위 꿀 수 없었기에, 오늘과 다를 게 없는 밑바닥뿐인 나날들이 계속 쌓여갈 거라 생각했다. 하지만 지금은 다르다.

오늘의 하늘은 놀라울 정도로 눈부시게 느껴졌다. 오늘과는 다른 내일이 기다리고 있다는 것을 믿을 수 있었다. 타카히사가 줄리아의 내일을 조금씩 바꿔주고 있었다. 그래서 줄리아에게 있어 타카히사와의 만남은 분명 운명이었다.

그럴 수밖에 없었다. 타카히사와 줄리아는 성과 창관이라는 완전히 다른 세계에서 살고 있었고, 거의 접점이 없던 생판 남이었는데 지금은 운명공동체가 된 상태였다.

'기다리고 있어요, 나의 왕자님……. 아니, 용사님인가?'

만나고 싶다. 지금 당장 타카히사를 만나고 싶다. 만나서 타카히사를 끌어안고 싶다. 타카히사를 피부로 느끼고 싶다. 줄리아는 당장 보고 싶은 충동을 참지 못하고 타카히사가 기다리는 여관을 향해 빠르게 걷기 시작했다.

하지만 한편으론 무섭기도 했다. 조금이라도 방심하면 공포심에 잡아먹혀 가슴 벅찼던 행복이 새까맣게 물들어 버릴 것만 같았다.

혹시 지금 이 순간에도 작은 나리가 소속돼 있던 조직의 무리들이 보복하러 오는 것은 아닐까? 그렇게 생각하면 너무나도 무서워서 견딜 수 없었다.

출발은 내일 아침. 그때까지 발견되지 않은 채 넘어갈 수 있다면 분명 멋진 내일이 기다리고 있을 것이다.

"……."

줄리아는 공포심을 떨쳐내기 위해 이윽고 달리기 시작했다. 포대자루 같은 천이 눈앞에 비치며 줄리아의 시야가 캄캄해진 것은 그 직후였다.

◇ ◇ ◇

그리고 몇 시간 후. 이미 해 질 녘의 일이다.

'이상해…….'

센도 타카히사는 불안감에 사로잡힌 채 여관의 실내를 초조하게 이리저리 서성였다.

"2, 3시간이면 돌아온다고 했는데……."

아무리 기다려도 줄리아가 돌아오지 않는다. 무슨 일이 생긴 걸까?

'설마, 녀석들에게 잡힌 건가?'

불길한 예감이 타카히사의 뇌리를 스쳤다.

"……!"

타카히사는 외투에 후드까지 뒤집어쓴 뒤 방을 뛰쳐나왔다. 줄리아는 방을 나가지 말라고 했지만 불안해서 어쩔 수 없었다.

만약 줄리아가 돌아왔을 때 엇갈리지 않도록 숙소 현관이 보이는 범위를 맴돌았다. 2, 30분 동안 여관 현관 부근을 서성이고 있던 그때였다.

"이봐, 형씨."

몇 명의 남자들이 타카히사에게 다가와 말을 걸었다. 누가 봐도 불량해 보이는 모습으로, 분위기가 썩 좋아 보이지는 않았다.

"……뭡니까?"

타카히사는 외투의 후드를 깊숙이 뒤집어쓴 채 노골적으로 경계하며 대꾸했다.

"아까부터 굉장히 수상하게 움직이던데, 무슨 일이지?"

"……딱히, 사람을 찾고 있을 뿐이에요. 그게 뭐 잘못인가요?"

"혹시 줄리아라는 여자를 찾고 있나?"

"읏……?!"

줄리아의 이름이 나오자 타카히사가 알기 쉽게 동요했다.

"맞는 것 같군."

"좋았어!"

남자들이 기뻐하는 기색을 보였다.

"……뭡니까, 당신들은?"

"그 여자가 옷을 팔러 갔던 가게, 우리 입김이 닿은 가게야. 지금 네가 입고 있는 외투를 산 가게도 말이지. 이렇게 말하면 이해하려나?"

"읏, 줄리아에게 무슨 짓을 했어?!"

타카히사는 경계를 넘어 적의를 품고 물었다.

"그 녀석이 네가 있는 곳을 실토하질 않아서 말야. 잠복해 있을 법한 장소는 대부분 파악하고 있어서 쥐 잡듯이 뒤지고 있었지."

"드러내놓고 돌아다녀 준 덕분에 살았어."

불량배들은 씩 웃으며 의기양양하게 상황을 설명했다.

"줄리아는 무사한 거지?!"

타카히사는 완전히 이성을 잃고 불량배에게 달려들었다.

"……그건 너에게 달렸지."

"윽……."

"손, 놔줄 거지?"

"크……."

타카히사는 몸을 떨며 분한 듯 손을 놓았다.

"우리 보스가 너를 찾고 있다. 따라와."

심리적 우위에 선 불량배는 냉소를 지으며 타카히사에게 명령했다. 그렇게 타카히사는 불량배들과 함께 줄리아가 납치된 장소로 향하게 되었다. 타카히사가 묵고 있던 여관에 사라 일행이 도착한 것은 불과 몇 분 뒤의 일이었다.

드디어 해질 무렵.

"여기다."

타카히사는 불량배들에게 이끌려 다시 창관거리를 찾았다. 그리고 한 건물에 도착했다.

"여기는……."

타카히사는 그 건물을 본 기억이 있었다. 그랬다. 줄리아가 근무하던 창관이다. 현관을 지나 접수대 로비로 들어갔다.

"잠시 기다려."

불량배 중 한 명이 그렇게 말하고 위층으로 올라갔다.

"……."

접수처에는 지난번 타카히사가 가게에서 만났을 때와 같은 남자가 카운터를 맡고 앉아 있었다. 다만 처음 만났을 때와는 달리 붕대가 칭칭 감긴 채 어깨와 다리를 고정한 상태였다. 그리고 원한이 가득한 모습으로 타카히사를 노려보고 있다. 작은 나리가 살해당한 사건 때문에 노먼에게 불합리한 폭력을 당했기 때문이었다.

"……."

타카히사는 눈총을 받는 이유를 알 수 없었기에 가시방석에 앉아있는 기분이었다. 이윽고 계단을 올라갔던 불량배가 돌아와 타카히사를 위층으로 불러들였다.

"따라와."

"자, 걸어."

"알고 있어요."

옆에 있던 불량배에게 등을 떠밀린 타카히사는 힘없이 계단을 올랐다. 향한 곳은 2층에 있는 줄리아의 방이었다. 문이 열리고, 안으로 들어가자 노먼이 침대에 앉아 있다가 타카히사를 맞이했다.

"그래, 기다리고 있었어."

"줄리아는?"

타카히사는 곧바로 실내를 둘러보고 물었다. 방에 줄리아의 모습이 보이지 않았다. 있는 사람은 노먼 한 명뿐이었다.

"성급하긴."

노먼이 그렇게 말하고는 히죽히죽 웃었다.

"윽?!"

그리고 타카히사의 뒤통수에 강한 충격이 가해지며 시야가 흔들렸다.

"뭐……?"

무슨 일이 일어났는지 알지 못한 타카히사는 쓰러지면서 뒤를 보려고 했다. 거기서 희미하게 시야에 비친 것은 노먼이 고용한 용병 닉의 가슴팍이었고…….

타카히사는 의식을 잃었다.

해가 지며 하늘이 완전히 어두워지고 밤이 되었을 무렵.

사라는 타카히사가 숙박한 여관을 특정하자마자 수색을 별동대에 인계하고 성으로 귀환한 상태였다. 국왕 프랑수아가 사용하는 응접실에 미하루, 아키, 마사토, 사츠키, 샤를로트, 리리아나를 불러들여 조사를 벌인 루이스와 함께 상황을 보고했다.

"그래서 수색은 본대에 인계했습니다. 리리아나 님의 호위기사 분들도 동행하게 했고요. 타카히사 님이 숙소로 귀환하는 대로 설득을 시도할 계획입니다."

그러니 타카히사가 성으로 돌아오는 것도 시간문제일 것이라며 루이스는 설명을 마무리했다.

"사라 님도 루이스 님도 이른 아침부터 부지런히 수색해 주셔서 정말 감사합니다."

리리아나가 소파에서 일어나 사라와 루이스를 향해 깊이 고개를 숙였다.

"저는 동행만 했을 뿐입니다. 사라 공이 없었다면 이렇게까지 빨리 숙소를 찾을 수 없었을 겁니다."

루이스가 고개를 저으며 사라를 바라보았다.

"아니요, 루이스 씨와 다른 분들이 길 안내를 해 주셔서 원활하게 이동할 수 있었어요. 왕도가 넓어서 저 혼자라면 길을 잃었을 거예요."

"사라, 루이스 씨, 정말 감사합니다."

미하루도 일어나 사라와 루이스에게 고개를 숙였다.

"감사합니다!" "감사합니다."

아키와 마사토도 곧 미하루를 따라 인사했다.

"정말 죄송합니다. 저희 형이……."

마사토는 이어서 일동을 향해 사과의 말을 건넸다.

"마사토 님이 사과할 일이 아닙니다. 타카히사 님을 지탱해드리는 것이 저의 역할. 그것을 제대로 다하지 못한 제 잘못이지요."

리리아나가 마사토를 옹호하며 자신이 잘못했다고 말한다.

“아니요, 그렇게 따지면 제가 감정적으로 굴어서 타카히사 군의 뺨을 때려버린 탓에.”

“그렇지 않아! 나도 오빠를 제대로 도와주지 못했어!”

미하루도 자신의 잘못이라고 주장하고, 아키도 자기 탓이라고 했다. 사츠키가 그런 모두를 보고 한숨을 내쉬었다.

“자, 거기까지! 스톱, 스톱!”

사츠키가 큰 목소리로 미하루 일행을 중재했다. 모두의 이목이 사츠키에게 쏠렸다.

“일단 타카히사 군의 숙소도 알게 됐으니 한 가지는 확실하게 해 두자. 이 일에서 모두는 아무 잘못도 하지 않았어. 잘못한 건 아무리 생각해도 타카히사 군 한 명이야. 타카히사 군이 벌인 짓이 애들 똥고집이랑 뭐가 달라.”

사츠키가 단호하게 주장했다.

“똥고집, 이요?”

의미를 몰라 샤를로트가 의아한 얼굴로 고개를 갸우뚱했다.

“상식적으로 봤을 때 본인 뜻대로 상황이 흘러가지 않을 것 같으면 불합리한 불평이나 불만을 끈질기게 쏟아내서, 결국 그 사람이 주위의 양보를 받고 더 이득을 본다는 뜻이야.”

생떼를 부려서 이득을 본다. 그러니 똥고집이 아니고 뭐냐면서 사츠키는 설명했다.

“그렇군요. 재미있는 말이네요.”

궁정에서 자주 볼 수 있는 상황이에요――라며 샤를로트는 키득키득 웃으며 납득했다. 프랑수아도 재미있다고 느꼈는지 입매가 슬쩍 풀어져 있었다.

"미하루 일이 본인의 뜻대로 안 됐다고 가출해서 주위 사람들이 죄책감을 느끼게 하잖아. 나는 그게 타카히사 군의 방식이라고 생각해. 사실은 다들 본인이 잘못했다고 생각하고 있지? 혹시 돌아오면 다르게 대응하는 게 좋지 않을까 생각하는 거 아냐?"

"……."

사츠키의 물음에 미하루, 리리아나, 아키, 마사토가 어색한 얼굴로 입을 다물었다.

"예상이 맞았나 보네. 그러니까 확실히 해두고 싶은 거야. 모두는 잘못하지 않았어. 타카히사 군의 똥고집을 받아주면 절대로 안 돼."

사츠키는 못 말린다는 듯 한숨을 내쉬고는 미하루 일행을 설득했다.

"저도 사츠키 님의 생각에 동감합니다. 여기서 타카히사 님의 어리광을 다 받아주게 되면 타카히사 님께 주장이 통한다는 선례를 주는 거나 다름이 없으니까요. 그건 타카히사 님께도 도움되지 않을 것이고, 여러분에겐 앞으로의 부담으로도 이어질 겁니다."

샤를로트가 솔선수범하여 사츠키의 말에 동의했다.

"맞아. 이번 일로 타카히사 군이 맛을 들여서 다음에도 또 똑같은 일이 반복되면 어떡하냐, 라는 얘기야. 그런 상황이 발생하지 않게 하려고 타카히사 군이 원하는 상황을 계속 갖다바칠 거야? 싫은 걸 싫다고 말하지 못하는 건 상당한 스트레스가 될 거야. 가장 참아내야 하는 건 결국 미하루가 될 거고."

한도 끝도 없이 어리광을 받아줄 수는 없다, 라고 사츠키는 샤를로트의 발언을 바탕으로 미하루에게 호소했다.

"……그렇지. 여기서 형의 어리광을 받아주는 것도 아닌 것 같고, 미하루 누나나 다른 사람들이 책임감을 느끼는 것도 아닌 것 같아. 형이 리리아나 공주한테 한 말은 정말 최악이었어. 나는 그 발언을 절대 용서할 수 없어. 미하루 누나가 형의 뺨을 때린 것도 당연했어."

그러자 마사토는 타카히사가 저지른 일을 다시 한번 그때의 일을 떠올리며 사츠키의 의견에 동참했다.

"그래, 타카히사 군이 한 짓을 잊으면 안 돼. 그러니까 미하루도 아키도 리리아나 왕녀도. 이번 일로 책임을 느낄 필요는 없어. 오히려 화를 내도 될 정도야. 잘못한 건 타카히사 군. 알겠지?"

그야말로 타카히사에게 화를 내고 있는 것이었다. 사츠키가 미하루와 아키와 리리아나를 보고 타이르듯 물었다.

"으음……."

미하루는 잠시 당황했지만.

"알겠지?"

"으, 응……."

사츠키의 기세에 눌려 머뭇머뭇 고개를 끄덕였다.

"자, 그럼 다음으로 아키랑 리리아나 공주도. 알겠죠?"

"음……."

아키 역시 망설임이 있는 모양이었다. 다만 아키의 경우는 타카히사가 잘못을 했더라도 여전히 여동생으로서 오빠를 이해해 주고 싶은 마음도 있을 것이다. 일방적으로 구애받고 그에게 마음이 없는 미하루와는 또 사정이 달랐다. 그래서 그랬을까.

"……잘못한 건 타카히사 군이지만, 그 상황에서 아키가 타카히사 군을 지탱해 주는 건 또 다른 이야기야. 아키가 그러고 싶다면 그렇게 하면 돼."

사츠키는 아키의 입장을 바탕으로 설명을 보충했다.

"네!"

사츠키의 말이 제대로 전달된 것인지, 아키가 크게 고개를 끄덕였다.

"……저도 아키 님과 마찬가지로 앞으로도 타카히사 님을 지탱해 드리고 싶습니다."

리리아나도 아키의 말에 뒤를 이었다.

"네. 그럼 이후에 이 건에 관한 이야기를 다시 되풀이하는 건 금지하기로 하죠."

사츠키는 두 손을 모아 짝 소리를 내며 이야기를 마무리했다.

"그건 그렇고 그렇게나 미하루 일로 소란을 피웠으면서 창관에 들어가 다른 여자아이와 시시덕대고, 대체 무슨 경우야! 게다가 같은 여관에서 함께 묵고 있다니 테이크 아웃이라도 한 거야?!"

미하루 일행이 불필요한 책임감을 갖지 않게 하기 위함이었을까. 아니면 단순히 진심으로 어이가 없었던 걸까. 사츠키는 타카히사가 성을 빠져나간 뒤의 행동에 대해 볼을 붉히며 분노를 드러냈다.

"진정하세요. 그건 뭐, 남자분들은 쌓아두면 여러모로 힘들다고 하니까요."

샤를로트가 키득키득 웃으며 농담처럼 맞장구를 쳤다.

"아니, 뭐, 그건 그럴, 지도 모르지만 그래도……."

사츠키는 더욱 볼을 발그레 붉히며 그 나이대 여자아이다운 반응을 보였다.

"……하지만, 한 가지 의문이 있습니다."

그때 리리아나가 입을 열어 납득이 가지 않는 부분을 언급했다.

"타카히사 님은 자유롭게 사용할 수 있는 화폐를 지니고 있지 않으셨을 겁니다. 그런데 도대체 어디서 돈을 구해서 창관이나 여관을 이용한 것인지……."

"그런, 가요?"

"네, 필요한 것이 있으면 모두 저희가 준비해 드렸으니까요……."

"……타카히사 군이 가르아크 왕국에 오기 전에 누군가에게 돈을 받았거나, 타카히사 군이 함께 있는 여자가 돈을 냈거나?"

사츠키가 당장에 떠오른 가능성을 말했다.

"저도 그런 가능성밖에 생각하지 못했습니다만……."

"어쨌든 타카히사 군이 성으로 돌아오면 알 수 있을 테니 돌아오면 물어보죠."

"……그렇지요. 타카히사 님께 금전을 준 사람이 없는지 지금부터 저희 나라 쪽에도 확인해 보겠습니다."

타카히사가 지금 어떤 상황에 처해 있는지도 모르고, 이 자리는 이렇게 막을 내렸다.

가르아크 왕국 왕도 창관거리 어딘가.

촤악, 물이 한가득 쏟아지며 타카히사의 의식을 깨운다.

"으……."

"이봐, 도련님."

곧 노먼의 싸늘한 목소리가 울려 퍼진다.

"으아……."

타카히사가 무거운 눈꺼풀을 천천히 뜨자 눈앞의 풍경이 희미하게 보이기 시작했다.

눈앞에는 노먼이 다리를 꼰 채 나무 의자에 앉아 타카히사를 내려다보고 있었다. 그 옆에는 용병 넉이 서 있고, 타카히사를 창관까지 데려온 불량배들의 모습도 있었다.

하지만 시야에 비치는 이들의 방향이 꼭 90도 회전시킨 것처럼 이상했다. 그제야 타카히사는 자신이 바닥에 쓰러져 있다는 것을 깨달았다.

'여긴…….'

창관에 있는 줄리아의 방이 아니었다. 줄리아의 방 내부 인테리어는 나무였지만, 타카히사가 지금 있는 곳은 바닥도 벽도 천장도 모두 석조로 된 방이었다. 창문 하나 보이지 않았고, 오직 마도구 불빛만이 실내를 비추고 있다.

'창관, 이 아닌가?'

지하실인가? 줄리아의 방에 들어온 것까지는 기억이 있지만 의식이 돌아온 지 얼마 안 되어 그런지 사고의 움직임이 둔했다.

게다가 일어서려고 해 봐도 손발이 움직이지 않았다. 족쇄로 단단하게 구속된 것이 그 이유였다. 어느새 마봉의 목걸이도 채워져 있었다.

"성의 기사들이 널 찾고 있다. 녀석들, 훈련된 개를 이용해 네 냄새를 더듬어 왔더군. 그래서 잠시 장소를 바꿨다. 여기는 특별한 단골들만 쓸 수 있는 창관 지하실이지. 여기라면 냄새를 찾는다 해도 들킬 염려는 없어."

기사들이 다시 조사하러 온다고 해도 2층에 있는 줄리아의 방으로 안내하기만 하면 여기서 무슨 짓을 해도 의심받지 않을 것이라며, 노먼은 타카히사에게 상황을 설명했다.

"줄리아는……?"

"이런, 제일 먼저 그런 더러운 매춘부 따윌 걱정하다니. 상냥하네. 역시 전설의 용사님다워."

노먼은 비꼬듯이 웃고는 동의를 구하듯 주위에 있는 부하들을 둘러보았다.

"헤헤."

불량배들이 그를 따라 함께 비웃었다.

"……줄리아는 관계없어."

줄리아를 무시당한 탓일까, 타카히사가 적의를 머금고 호소했다.

"뭐?"

그러자 노먼이 강한 노기를 드러냈다. 의자에서 일어나 타카히사에게 달려가더니 그 기세 그대로 복부를 강하게 발로 걷어찬다.

"크윽?!"

타카히사의 몸이 가볍게 공중으로 떠올랐다. 내장에 직격해 위액을 토해내며 바닥을 구른다. 노먼은 그런 타카히사에게 다시 다가가 머리를 움켜쥐고 들어올렸다.

"관계가 없기는. 그 녀석은 새미를 죽인 네놈을 숨겨줬다. 안 그래도 매춘부가 손님과 잠적하는 도피 행각은 법으로도 금지된 중죄다. 죽이는 건 확정이지만, 쉽게 죽일 수야 없잖아?"

노먼은 살벌하게 말하며 지척에서 타카히사를 노려보았다.

"아, 아니야!"

타카히사가 황급히 무어라 말하려 했다.

"시끄러워, 입 다물어!"

"으극……."

노먼은 머리를 움켜쥔 타카히사의 얼굴을 바닥에 문지르듯 처박았다.

"야, 그 여자 데리고 와."

"넵!"

노먼의 지시를 받은 불량배들이 문을 열고 통로로 나갔다. 그리고 수십 초도 안 되어 돌아오더니 밧줄에 손발이 묶인 줄리아를 바닥에 내던졌다.

"들어가!"

"꺄악……."

줄리아가 쿵 하고 넘어지며 타카히사 앞으로 쓰러졌다.

"윽, 줄리아!"

타카히사가 안색을 바꾸고 이름을 불렀다.

"타카히사……!"

곧 두 사람의 시선이 겹쳐졌고, 줄리아는 와락 얼굴을 일그러뜨렸다. 얼마나 울었는지 눈동자는 새빨갛게 충혈됐고 눈두덩이도 퉁퉁 부어 있었다. 게다가 코피라도 대량으로 흘린 것일까, 그녀가 아낀다던 낡은 옷이 붉게 물들어 있었다.

"무, 무슨 일이 있었던 거야?! 옷이 새빨갛잖아! 피야?!"

크게 놀란 타카히사의 목소리가 뒤집혔다.

"미, 미안, 미안해, 내가!"

"사과할 상대가 잘못됐잖냐, 줄리아!"

눈물을 줄줄 흘리던 줄리아가 펑펑 울며 사과의 말을 건넸다. 하지만 노먼이 줄리아의 머리채를 잡아당겼다.

"힉……."

"줄리아에게 무슨 짓을 한 거야!"

공포로 얼굴을 찡그린 줄리아를 보며 타카히사가 외쳤다.

"치유마법이라는 건 참 편리하지. 다친 직후에 마법을 걸면 상처는 깨끗하게 나으니까 말야."

노먼은 그렇게 말하고는 함박웃음을 지었다.

"윽, 뭘 했냐고 물었어!"

"별일은 안 했어. 네가 있는 곳을 실토하게 하려고 했을 뿐이야. 앞으로도 당분간은 상품으로 써먹어야 하니까 말야. 그래도 제대로 사정은 봐줬지? 마법으로 치유도 해줬고."

"때린 거야?! 줄리아 얼굴을!"

"결국 입은 안 열었지만 말야. 말 안 해, 절대 말 못해, 이 말만 계속 반복하더군. 그런데 자기가 잡히는 바람에 너도 잡혔다는 말을 듣고 마음이 완전히 꺾인 것 같아."

그래서 보이는 대로라며, 노먼은 낄낄 웃었다.

"대체 무슨 짓을 한 거야?!"

타카히사가 격앙되어 날카로운 목소리를 냈다.
“아앙?! 그건 내가 할 말이야, 빌어먹을 자식아!”
노먼은 물이 순식간에 끓어오르는 것처럼 화를 내더니 타카히사의 안면을 걷어찼다.
“으헉?!”
타카히사는 세게 뒤로 넘어가며 날아갔다. 동시에 이가 몇 개나 부러진 것인지 입에서 피가 줄줄 흘렀다.
“타카히사?!”
줄리아가 밧줄로 묶인 상태에서 무리하게 일어서려고 바닥에서 강하게 몸부림쳤다.
“어이, 줄리아! 네놈, 좀 살살 조사해 줬다고 지금 기어오르는 거냐? 본인이 앞으로도 팔릴 몸이라고 이 녀석처럼 되지 않을 거라 생각하는 건 아니겠지? 누구 허락을 받고 멋대로 지껄이는 거야, 엉?”
노먼이 줄리아에게 다가가 머리채를 잡고 끌어당겼다. 그리고 바닥에 흩날린 타카히사의 치아와 피를 강제로 보여줬다.
“힉…….”
줄리아의 얼굴이 공포로 질렸다.
“이가 없으면 오히려 좋을 때도 있어. 네 거기에 바로 처박을 수 있을 테니까 말야. 이는 말이지, 빠지면 치유마법을 써도 다시 자라지 않는다고. 응? 알아들어? 지금 여기서 당장 뽑아줄까?”

노먼은 넓은 어깨를 들썩이며 킬킬 웃었다.

"아, 아, 으……."

줄리아가 몸을 떨며 주르륵 눈물을 흘렸다.

"그, 그마, 해……."

타카히사가 바닥을 구르며 노먼을 제지하려고 입을 움직였다.

"……뭐? 지금 뭐라고 했냐?"

노먼이 웃는 것을 딱 멈추고 줄리아의 머리채를 풀고 일어섰다. 그리고 다시 타카히사에게 다가가 귀를 가까이 했다.

"그, 그마해……."

타카히사가 분명치 못한 발음으로 말했다.

"아~, 그만하라고?"

노먼이 고개를 갸우뚱했다.

"너 아직 상황 파악을 못 한 거냐? 여기는 내 나라다. 내가 왕이라고. 전설의 용사님 따위는 구더기만도 못한 존재인데? 그런데 왜 네가 나한테 명령을 하는 거지? 왕한테 부탁하는 거잖아? 머리를 땅바닥에 비비면서 '그만해 주세요. 부탁드립니다'라고 해야지? 안 그래, 엉?!"

타카히사의 뒤통수를 잡고 짓이기듯 바닥에 짓누른다. 그러고는 '자, 말해봐'라는 듯 손을 놓고 일어서서 타카히사를 내려다본다.

"……그, 마해, 주해요. 부타, 드입미다."

타카히사는 바닥에 달라붙은 채 온몸을 떨었다. 그리고 분한 모습으로 명령받은 말을 더듬더듬 입에 담았다.

"말을 똑바로 해야지, 멍청아!"

노먼은 지체 없이 타카히사의 뒤통수를 발로 밟았다.

"으억?!"

"그렇게 줄리아가 중요한가? 아니면 중요한 건 본인인가? 응? 어느 쪽이지? 전설의 용사님은 어느 쪽을 용서해 달라는 걸까, 응?"

"윽, 주이아를…… 요서해, 주해요……."

타카히사는 얼굴을 바닥에 붙인 채 용서를 구하려고 했다.

"안 돼, 절대 용서 못 해!"

노먼은 풀었던 다리에 힘을 잔뜩 실어 타카히사의 머리를 여러 차례 짓밟았다. 노먼의 가차없는 방식에 불량배들도 얼굴을 굳히고 있었다.

"으극……."

타카히사가 붙어 있던 바닥이 순식간에 피로 검게 물들어갔다. 그것을 알아챈 줄리아는 점점 얼굴이 새파랗게 질려갔다.

"그, 그만! 그만 멈춰 주세요!"

그녀가 소리쳤다.

"뭐……? 야, 줄리아 이년아. 너 내가 아까 뭐라고 했는지 잊은 거냐? 뭘 멋대로 지껄이는 거야?"

노먼이 발길질을 멈추더니 진심으로 의아하다는 얼굴로

줄리아를 바라보았다.

"아…… 저, 저기, 그렇지만……."

줄리아는 잔뜩 겁에 질린 모습으로 고개 숙여 노먼에게서 시선을 떨어뜨렸다. 하지만 타카히사의 참상이 시야에 비치자, 남은 용기를 있는 힘껏 쥐어 짜냈다.

"부, 부탁드립니다……. 타카히사를 용서해 주세요. 제가 뭐든 다 할게요. 평생 노예로 살아도 좋습니다. 돈도 열심히 벌게요."

부탁드립니다, 부탁드립니다――줄리아는 이마를 돌바닥에 문지르며 무릎을 꿇고 필사적으로 노먼에게 부탁했다. 그러자 노먼은 여기까지는 예상하지 못했는지 진심으로 감탄한 듯 눈을 크게 떴다.

"……오, 부럽네, 도련님. 이렇게까지 말해 주는 여자는 쉽게 없는데? 어떻게 이렇게까지 이 녀석을 구워삶은 거야? 대단하잖아, 응?"

노먼은 타카히사의 머리에서 발을 떼고 그 자리에 쭈그리고 앉아 물었다.

"으, 후우……."

타카히사는 괴로운 듯이 신음했다.

"아아……, 좋아, 줄리아. 네 그 기상을 높이 사서 **이 도련님과 잠깐 대화를 나눠보지**. 넌 잠시 내려가 있어."

만족스러운 얼굴로 빙긋 웃은 노먼이 몸을 일으키며 줄리아에게 명령했다.

"저, 정말요?!"

줄리아는 눈동자에 희망을 품고 기쁘게 고개를 들었다.

"아아, 정말. 이봐, 줄리아를 데려가."

"부, 부탁드립니다!"

줄리아는 불량배 중 한 명에게 안겨 퇴실하는 마지막 순간까지도 희망을 품고 수차례 노먼에게 간청했다. 곧 문이 닫히고, 실내에서 바닥에 누워 있는 것은 타카히사 한 명뿐이 되었다.

"……이봐, 도련님. 봤어? 저 여자, 진심으로 네가 살지도 모른다고 생각했던 것 같은데? 바보 같긴."

노먼은 큭큭 웃으며 타카히사의 머리채를 잡고 들어올렸다.

"이봐, 도련님. 아니, 전설의 용사님. 네가 죽인 남자는 말야, 내 귀여운 조카였다. 그러니까 내가 너를 죽이는 건 확정이야. 난 절대 너를 용서하지 않을 거거든. 그런데 그 바보 같은 여자는 그렇게 밝은 얼굴로 기뻐하다니……."

노먼은 우스움을 참지 못하겠다는 듯 웃음을 흘렸다.

"끄으으으어!"

타카히사는 소리조차 되지 못한 오열을 쏟아냈다.

"그렇지만 나도 악마는 아니야. 너랑 얘기하기로 약속했으니까 말야. 더 재밌는 얘기도 해줄게. 저 바보 같은 여자, 자기가 돈을 많이 버네 뭐네 그러던데. 애초에 죽을 때까지 돈을 벌게 할 생각이었거든. 그런데 그 녀석은 돈 버는 게 무슨 협상 재료나 된다고 생각하는지 필사적으로……. 큭, 크큭, 푸하하하하핫!"

노먼은 타카히사의 외침을 무시하고 큰 목소리로 어린 아이처럼 깔깔 웃었다.

"끄으, 으아아아아아!"

타카히사는 머리 끝까지 분노가 치민 것인지 이리저리 몸부림치기 시작했다. 손발도 묶여있고 마봉의 목걸이까지 채워져 있어 마력 제어가 어려워졌을 텐데도, 믿을 수 없는 힘으로 마구 날뛰어 댄다.

"그래, 너희들. 이 녀석 좀 똑바로 눕혀서 눌러봐."

노먼은 기학적인 얼굴로, 조용히 휘하의 불량배들에게 명했다.

"……넵." "으읏, 무지막지한 힘이군."

힘 좋은 남자 둘이서 타카히사를 눌렀다. 그러자 노먼은 허리춤의 검집에서 단검을 뽑아 머리 위에서 타카히사에게 보여주었다.

"이봐, 전설의 용사님 양반. 지금부터 새미랑 같은 장소를 찔러서 널 죽여버릴 거다. 무게까지 실어서 천천히 심장에 찔러넣어 줄 테니까 말야."

"윽, 으으윽!"

"안심해. 넌 살아있다고 얘기해 둬서 그 바보 같은 여자에겐 확실하게 희망을 갖게 해 줄 테니까. 솔선수범해서 위험한 손님들만 소개해 줄 거야. 왕도에는 씀씀이가 헤픈

변태 같은 성벽을 가진 놈들이 썩어날 정도로 많거든."

"으으으으으! 으아아아아아!"

"보통은 쓰고 버릴 녀석들을 제공하는데, 저 바보 같은 여자는 특별하니까. 손님을 받을 때마다 돈을 내고 마법으로 치유해 줄 거야. 마법으로도 치유할 수 없을 만큼 망가지는 게 먼저인지, 마음이 꺾여 희망을 잃는 게 먼저인지 지켜보는 재미가 있겠지, 응?"

노먼이 타카히사를 내려다보며 즐거운 목소리로 속삭였다.

"끄으으으으으으! 끄아으으으!"

"노, 노먼 씨, 하실 거면 어서!"

"이 녀석, 정말 무식할 정도로 힘이 강합니다!"

불량배들은 모든 체중을 실어 날뛰는 타카히사를 억누르고 있었다.

"쯧, 한심한 놈들이군. 닉, 너도 다리를 눌러라."

"……알겠습니다."

용병 닉은 약간의 침묵 끝에 어깨를 으쓱하고는 고개를 끄덕이며 타카히사의 두 다리를 눌렀다.

"그럼, 도련님."

노먼이 단검을 거꾸로 잡고 쭈그려 앉았다.

"으으으윽!"

타카히사는 눈물을 줄줄 흘리며 노먼을 저주해 죽일 듯한 기세로 노려보았다.

그리고 이 순간…….

타카히사는 깨달았다.

어쩔 수 없는 쓰레기가 있다. 이 세상에는 정말 구제할 길 없는 악마 같은 인간이 있다.

거기서 진심으로 의문이 들었다. 죽이는 것은 절대로 안 된다니, 이전의 나는 왜 그렇게 고집스럽게 주장했던 걸까? 라고.

그래서 거의 신격화되기까지 했던 가치관을 바꾸기에 이르렀다.

죽인다. 죽일 수밖에 없다. 죽여도 좋다. 지금의 자신이 자유로웠다면 망설이지 않고 검을 뽑아 이 남자를 죽였을 것이다. 아니, 지금 이 자리에 있는 모든 사람을 죽이고 싶다.

타카히사는 태어나서 처음으로 살의를 품었다. 그러나 이미 늦었다. 때는 이미, 늦어버렸다.

"새미의 원수."

"으윽?!"

타카히사의 몸이 펄쩍 뛰었다. 타카히사는 자신의 가슴에 노먼이 쥔 칼끝이 박혀 들어가는 장면을 목격했다.

"아아, 새미. 미안해, 미안하구나."

노먼은 죽은 작은 나리에게 사과하면서 타카히사의 심장을 수차례 난도질했다.

"윽?! 끅, 으……, ……."

심장을 찔릴 때마다 타카히사의 몸이 튀어올랐지만, 이윽고 그것도 점차 가라앉아 간다. 타카히사의 눈동자에서 빛이 사라졌고, 의식도 거기서 완전히 끊겨버렸다.

"이봐, 너희들. 이 쓰레기 용사놈을 소각로에 태우고 와. 입고 있는 것도, 뼛조각 하나도 남기지 마. 목줄까지도."

노먼은 가볍게 몸을 일으키고는 타카히사의 화장을 명령했다.

정령환상기

【제 6 장】 ❈ 어둠의 성화

휘오오오오. 돌풍이 휘몰아치는 듯한 묵직한 소리가 들려오는 것 같았다. 온탕의 물이 미지근하게 느껴질 정도의 뜨거움이 느껴졌다.

혹시 지옥의 마그마에라도 잠겨 있는 게 아닐까? 그렇게 생각한 순간.

"……!"

소리를 지르려고 했다. 하지만 목소리가 나오지 않았다.

"……!"

뜨겁다. 몸의 바깥쪽과 안쪽이 동시에 익어가는 느낌이었다.

대체 무슨 일이 일어나고 있는 거지?

알 수 없다. 하지만 탈출하고 싶었다. 이 지옥에서 벗어나고 싶었다.

그래서……. 그래서 타카히사는…….

창관 지하에는 마석을 화력 연료로 쓰는 비밀 소각로가 있었다. 연소로 발생하는 가스를 배출하기 위한 굴뚝은 1층에 있는 조리장 굴뚝과 연결되어 있어 지하실의 존재를

교묘하게 감추면서도 건물 밖으로 연기를 배출할 수 있는 구조였다.

그 비밀 소각로는 지금 막 가동 중이었다. 조금 전 점화되어 안에서는 곧바로 거센 화염이 몰아쳤다. 화로 안에는 노먼이 불과 몇 분 전에 찔러 죽인 타카히사의 시체가 던져져 있었다.

"……노먼 씨, 소름 끼칠 정도였지."

"그래, 저렇게 화내는 건 처음 봤어."

안쪽에서 계속 상승하는 온도와는 대조적으로 소각로 옆에서 대기하고 있던 불량배들은 온몸을 부들부들 떨며 오싹함을 느끼고 있었다. 그 이유는 타카히사와 줄리아를 응징한 노먼의 모습에서 바닥 없는 광기를 엿보았기 때문이다.

"나 당분간 편하게 잠 못 잘 것 같아." "죽은 거, 진짜 용사였잖아." "저주를 받는 건 아니겠지?"

불량배들은 등골에 서린 오싹함을 느끼며 그런 이야기를 나누었다. 그때의 일이었다. 쿵, 소각로 내부에서 둔탁한 소리가 울려 퍼졌다.

"헉?!"

불량배들이 흠칫 놀라 소각로를 바라보았다.

"야, 야, 지금……." "어, 어어. 소리가 났어." "설마……, 정말로 저주인 건가?" "그만해, 네가 이상한 소릴 하니까 그렇지!"

용사 살해에 가담한 탓일까, 불량배들은 한껏 겁먹은 반응을 보였다. 그때 소각실로 들어오는 자가 있었다. 노먼에게 고용된 용병 닉이었다.

“여어, 너희들.”

닉은 겁에 질린 불량배들에게 한 손을 들어 가볍게 인사했다.

“아, 닉 씨.”

익숙한 상대의 등장에 불량배들은 안심하며 가슴을 쓸어내렸다. 이 자리에 있는 불량배들은 모두 어린 시절부터 왕도에서 자라 조직에 들어간 고참이다. 그런 그들 입장에서 원래라면 용병 닉은 왕도 밖에서 온 외지인이지만, 그 실력과 일처리 능력으로 노먼에게 직접 스카우트를 받아 조직의 간부가 되었다. 무엇보다 평소 보이는 소탈한 태도 덕분에 구성원들에게 받는 신뢰가 두텁기도 했다.

“너희들, 오늘 운이 없는 날이구나.”

닉은 어깨를 으쓱하며 불량배들에게 말했다.

“아, 방금 그 소리 닉 씨도 들으셨어요?!” “위험한 거 아닌가요?!” “아아, 용사의 저주가 아닌지…….”

불량배들은 완전히 긴장을 풀고 곧바로 닉에게 화제를 돌렸다.

“미안해.”

닉은 걸으면서 그렇게 말하고는 허리춤의 검집에서 검을 뽑았다. 그리고 빠르게 세 번 휘둘렀다.

"어……?"

의자에 앉아 수다를 떨던 불량배들은 무슨 일이 일어났는지도 모른 채 의자에서 굴러 떨어졌다.

"나는 오늘부로 조직에서 빠지게 됐다."

닉은 바닥을 구르는 불량배들의 얼굴을 내려다보며 덤덤히 고했다. 그리고 검을 허리춤의 검집에 집어넣고는, 소각로의 연료가 되는 마석을 긁어내고 배기 작업과 진화 작업을 했다.

"《수창세마법(크리에이트 워터)》." "《송풍마법(에어 블래스트)》."

평소라면 자연스럽게 진화되기를 기다렸겠지만, 물을 방출하는 마법과 바람을 내보내는 마법까지 사용해 시간을 조금 더 앞당겼다.

"쯧……."

닉은 소각로 안에서 귀찮다는 듯이 내용물을 꺼낸다. 그것은 증거 인멸을 위해 화장되려 했던 타카히사의 몸이었다. 짧은 시간이라고는 하지만 화로에 던져지며 육체의 대부분이 탄화된 상태였다.

"아……."

하지만 놀랍게도 타카히사는 잔뜩 쉰 신음소리를 냈다. 자세히 보면 탄화된 육체가 서서히 빠르게 치유되기 시작하는 것도 알 수 있었다.

"……진짜 이런 걸로도 안 죽은 거냐고, 이 녀석."

심장까지 난도질을 당했는데. 닉은 믿을 수 없다는 듯

얼굴을 굳혔다. 그렇다고 언제까지나 제자리에서 서 있을 수는 없다. 닉은 품 안에서 붉은 마력 결정을 두 개 꺼내 타카히사의 몸을 끌어안았다.

"《전이마술(텔레포트)》."

그리고 일회용 전이 결정을 사용해 그 자리에서 사라졌다.

◇ ◇ ◇

그 직후, 닉은 타카히사를 안은 채 가르아크 왕국 왕도 평민거리에 있는 여관의 한 방에 서 있었다.

"수고하셨습니다, 닉 씨."

그러자 그런 치하의 소리가 들려왔다. 목소리의 주인은 프로키시아 제국의 외교관을 맡고 있는 레이스로, 의자에 앉아 있었다.

"……계획대로 이 녀석이 화장된 타이밍에 구출해 왔습니다. 그 지하실로 숨어들기 위한 좌표 결정도 제대로 설치해 두고 왔어요."

"훌륭합니다. 정말 잘해 주셨군요. 당신을 가르아크의 뒷사회로 잠입시킨 보람이 있었습니다. 자, 그를 어서 침대로."

레이스는 이불을 손수 넘기고 타카히사를 눕히도록 지시했다.

"……얘기는 듣긴 했지만, 정말로 어떻게 된 겁니까, 이 놈 몸은?"

닉은 정신을 잃은 타카히사의 몸을 침대에 눕히자마자 섬뜩하다는 듯 내려다보며 레이스에게 물었다.

"설명드린 대로입니다. 용사는 경이로운 치유 능력을 가지고 있죠. 한계는 있지만 이 정도로는 죽지 않습니다."

"이건 치유라기보다……, 거의 소생의 영역에 가깝지 않습니까?"

"그렇군요."

레이스가 부드럽게 긍정했다.

"……그래서, 이다음에는 어떻게 하실 거죠?"

"물론 그에게 빚을 지울 겁니다. 구체적으로 어떻게 할지는 눈을 뜬 그의 뜻에 달려 있겠지만요."

"전 이 녀석이 노먼에게 찔려 죽는 현장에 있었으니 얼굴을 마주하면 적의를 느낄지도 모릅니다."

"그 부분은 크게 문제가 되지 않습니다. 뭐, 당신은 일단 창관거리 조직과는 관련 없는 얼굴로 돌아오게 해 드리겠습니다. 다만 그 전에……."

'화장되면서 상당히 동화가 진행되긴 했겠지만, 최초의 죽음이니까요. 완쾌에 이르기까지는 아직 좀 더 시간이 걸릴 것 같군요.'

레이스는 침대에서 정신을 잃은 타카히사를 보고 그 상태를 관찰했다.

"……그가 눈을 뜨려면 조금 더 시간이 걸릴 겁니다. 그 사이에 정보를 공유하도록 하죠. 현장에서 무슨 일이 일어났는지, 당신이 본 그가 어떤 사람인지 가능한 한 상세하게 보고해 주세요."

타카히사를 내려다본 채 생글생글 웃은 레이스가 닉에게 설명을 요구했다.

언제였을까?

센도 타카히사는 아련한 의식 속에서 자문자답했다.

그래, 그렇지. 가르아크 왕국의 밤 연회에 참석했을 때의 일이었다. 이 세계에서 드디어 미하루와 아키, 마사토와 재회했다.

"나는 모두와 함께 있고 싶어. 앞으로도 계속 함께 있고 싶어. 내가 모두를 지킬 거야. 지켜 보이겠어."

그리고 타카히사는 자신이 세 사람을 지켜주겠노라 열렬히 호소했다. 그 말에 아키는 타카히사의 마음을 받아주었지만…….

미하루와 마사토에겐 깔끔하게 거절당했다. 두 사람이 보호받고자 한 상대는 줄곧 함께 자라온 타카히사가 아닌 생면부지의 사내였다.

타카히사는 그 녀석을 질투했다. 갑자기 등장한 주제에 두 사람을 지킬 힘을 가진 그 녀석에게, 실제로도 두 사람을 지켜온 실적을 가진 그 녀석에게 강하게 질투했다.

그 녀석은 살인자였다.

"사람을 죽인 적이 있어요?"

타카히사가 그렇게 묻자, 그는 조금도 주눅들지 않고 즉답했다.

"있습니다."

"살인이잖아요."

"맞아요."

타카히사의 그 말에도 그는 깔끔하게 인정했다. 얼굴색 하나 바꾸지 않았다. 살인이라는 것에 아무런 죄책감도 갖고 있지 않다. 최악의 쓰레기 같은 녀석이었다.

그래서 타카히사는 그 녀석을 진심으로 경멸했다. 진심으로 마음에 들지 않는다고 생각했다. 이 녀석과는 절대 어울리지 않을 거라고 확신했다.

"당신과 함께 있어도 미하루는 행복하지 않아요. 용사인 나와 함께 있는 편이 미하루를 위한 일입니다. 나는 미하루를 지켜줄 수 있어요."

타카히사는 그 녀석에게 결투장을 던져보였다. 결과는 졌다. 시원하게 졌다. 아니, 처절하게 졌다. 참패였다. 그것이 너무나도 분했다. 잘못된 것은 결투에서 진 너라는 사실을 들이미는 것만 같아 정신이 나갈 것 같았다.

그래서 고집을 부리면서 인정하려 들지 않았다.

"리리는 알잖아? 용사인 나의 힘을. 내 힘만 있으면 소중한 사람들을 지킬 수 있어."

미하루 일행을 지킬 힘을 가진 것은 자신이라며, 리리아나를 자신의 편으로 끌어들이려 했다.

"……**** 경에게 막 패배하셨잖습니까. 신장의 특수능력은 강력하지만, 그분 같은 고수가 접근하면 용사님도 패배합니다. 그걸 알아주세요. **이 세상에는 단순히 힘만으로는 대적할 수 없는 악질적인 행위도 있어요.**"

리리아나가 이때 충고해 준 말의 의미를 당시 타카히사는 조금도 이해하지 못했다.

"그래도 나는 지켜 보이겠다고 대답하겠어. 더 말해봤자 평행선을 달릴 뿐이야, 리리."

세상 물정 모르는 바보 같은 얼굴로 지키겠다고 했다. 지금의 나였다면 아플 정도로 이해할 수 있는데…… 하고 타카히사는 아쉬움을 느꼈다.

"부, 부탁드립니다……. 타카히사를 제발 용서해 주세요. 제가 뭐든 다 할게요. 평생 노예로 살아도 괜찮아요. 돈도 열심히 벌게요. 부탁합니다. 제발 부탁합니다."

타카히사를 지키기 위해 돌바닥에 이마를 문지르던 줄리아의 모습이 기억 속에 달라붙어 떠나질 않았다.

"저 바보 같은 여자, 자기가 돈을 많이 버네 뭐네 그러던데. 애초에 죽을 때까지 돈을 벌게 할 생각이었거든. 그런데 그 녀석은 돈 버는 게 무슨 협상 재료나 된다고 생각하는지 필사적으로……. 큭, 크큭, 푸하하하하핫!"

줄리아의 마음을 비웃으며 짓밟았던 노먼의 악마 같은

미소도 뇌리에 박혀 떠나질 않았다. 용서할 수 없었다. 도저히 용서가 되지 않았다.

하지만 무엇보다도 용서할 수 없는 것은 따로 있었다.

"그래도 나는 지켜 보이겠다고 대답하겠어. 더 말해봤자 평행선을 달릴 뿐이야, 리리."

쉽게 소중한 사람을 지킬 수 있을 거라고 믿었던 자신. 그럼에도 줄리아를 지키지 못한 어리석고 한심하기 그지없는, 얼마 전까지의 자신이었다.

한심하다. 너무나도 한심하다.

——나는, 나는 줄리아를 지키지 못했어!

그 사실이 무엇보다도 억울했다. 참을 수 없이 분했다.

억울하고, 분해서…….

어느덧 아침 해가 밝아올 시간이었다.

정신을 차리고 보니 침대 위에 누워있었다.

"크, 윽, 흑……."

타카히사는, 분한 나머지 자신이 울고 있다는 것을 깨달았다. 얼굴의 구멍이란 구멍에서 액체를 줄줄 흘리고 있었다. 여기가 어디인지, 나는 무사한 건지, 왜 여기에 있는 건지, 그런 것은 조금도 머리에 떠오르지 않았다.

그저 도와줘야겠다는 생각만 들었다.

"윽, 으으……."

줄리아를 도와줘야 해. 타카히사는 다른 생각은 하지 않고 그저 그 한 가지 생각만으로 침대에서 몸을 일으켰다. 그리고 비틀거리며 방에서 나가려고 했다.

"……기다리세요. 어디로 가시려는 거죠?"

그때, 의자에 앉아 독서를 하고 있던 레이스가 타카히사를 불러 세웠다.

"윽……?"

타카히사는 그제서야 실내에 자신 이외의 누군가가 있다는 사실을 깨달았다. 눈물을 닦고 레이스에게 시선을 돌렸다.

"설마 일어나자마자 갑자기 나가려고 하실 줄은 몰랐습니다."

레이스는 쿡쿡 웃으며 유쾌한 모습으로 탁 책을 덮었다.

"당시은…… 어라?"

혀가 잘 움직이지 않았다. 뒤늦게 노먼에게 걷어차여 치아가 여러 개 부러진 것이 생각나서 손으로 입가를 만져보았다. 하지만 이상하게도 부러져 날아갔던 치아는 멀쩡하게 자라나 있었다. 혀가 움직이지 않은 것은 심하게 운 탓이었다.

"일단 죽어가던 당신을 구한 사람입니다."

레이스는 빙긋 타카히사를 향해 미소 지었다.

"그런, 가요……. 줄리아……, 줄리아……."

타카히사는 줄리아 외에는 다른 생각을 할 수 없는 것인지, 망령처럼 걸어 다시 방 밖으로 나가려고 했다.

"그러니까 기다리라고 하지 않았습니까. 딱히 억지로 붙잡을 생각은 없지만요. 현재 위치가 어딘지도 모르는데 목적지까지 가실 수는 있습니까? 창관이 어쩌고 하셨는데 여긴 창관거리가 아닌데요?"

레이스는 상황을 파악시키기 위해 타카히사에게 질문을 던졌다.

"……도와주고 싶은 아이가 있어요. 도와줘야 돼요. 나, 가야 해요……."

이때의 타카히사에겐 줄리아의 구출 외에는 아무런 상관이 없었다. 어쩌면 왜 줄리아를 구하려 하는지조차 모르는 것일지도 모른다. 확실한 계획도 없이 그저 1초라도 빨리 줄리아를 구하러 가겠다는 마음만 앞서고 있었다. 언동에서 그런 사실이 여실히 드러났다.

'……죽음의 문턱에서 막 돌아온 참이라 제정신이 아닌 상태인 걸까요? 그렇다면…….'

레이스는 타카히사의 정신 상태를 파악했다.

"좋습니다. 그럼 안내해 드리죠."

그리고 타카히사가 원하는 선택지를 제시했다.

"어……?"

"그 지하실로 돌아가고 싶은 거죠? 데려다 주겠다는 겁니다. 마음만 먹으면 당장이라도 잠입할 수 있습니다."

"……당신은?"

죽음의 문턱에서 돌아온 직후의 둔한 사고회로로, 충분한 침묵 끝에 나온 것은 그런 막연한 물음이었다.

"그 녀석들과, 무슨 관계죠……?"

이어서 타카히사는 레이스에게 경계심을 향했다. 역시나 대화가 너무 쉽게 흐른다고 생각했는지, 머리를 굴려야겠다고 생각한 모양이었다.

"나는, 왜……?"

살아난 거지, 하고 타카히사는 그때서야 비로소 의문을 품은 듯했다.

"줄리아, 줄리아는……?!"

타카히사의 눈동자에 비로소 제정신이 깃들었다. 의식이 두절되기 직전 무슨 일이 일어났는지, 모든 것을 제대로 떠올리고는 줄리아의 몸을 걱정했다.

그리고 자신과 줄리아를 이런 상황에 처하게 한 노먼이라는 천하의 원수나 다름없는 적이 벌인 행동들이 다시금 플래시백 된 것일까.

"으, 으으으윽!"

타카히사의 얼굴이 귀신 같은 형상으로 변하며 이번에는 증오의 불길이 그 눈동자에 깃들었다. 죽인다. 죽이고 싶다. 그 남자를 죽이기 위해서라면 뭐든지 할 수 있을 정도였다.

"줄리아한테 안내해 주신다고 했죠?! 부탁합니다! 바로

안내해 주세요!"

타카히사는 눈앞에 있는 레이스가 누구인지도 아직 알지 못하면서 안내를 부탁했다.

"……제가 말하는 것도 좀 그렇습니다만, 좀 더 제 정체를 알아볼 생각은 하지 않으시는 겁니까? 제가 노먼의 편일 수도 있고, 그게 아니더라도 뭔가 함정일 수도 있습니다. 아니면 안내의 대가로 뭔가를 요구할지도 모르는데요?"

조금 더 신중해지는 편이 좋지 않겠느냐, 레이스가 그 부분을 지적했지만 타카히사는 즉답했다.

"상관없습니다."

"호오……."

"줄리아를 구할 수 있다면 그런 건 아무래도 좋아요. 대가로 뭔가를 시키고 싶다면 말해 주세요. 내가 내줄 수 있는 거라면 뭐든 내주겠습니다."

타카히사가 실로 고요한 눈빛으로 그렇게 쏘아붙였다.

"단 하나의 목적 달성을 위해 모든 걸 내놓겠다는 겁니까? 무모하긴 하지만 그 각오는 마음에 드는군요."

레이스는 감탄하여 미소를 짓더니, 타카히사를 환영하듯 손을 내밀었다.

"좋습니다. 그럼 그 창관 지하실로 당신을 모셔다 드리죠."

노먼이 운영하는 고급 창관에는 광활한 지하 공간이 있었다. 이 부근에 있는 건물과도 통하는 덕분에 지상에 있는 건물의 면적을 훨씬 웃도는 그 지하 공간에는 타카히사가 감금돼 있던 방이나 소각로가 있는 방 이외에도 무수한 방이 존재하고 있었다.

예를 들면 지상의 건물에는 내보내지 않는 사정 있는 매춘부들이 유폐되어 있거나, 입이 무겁고 특별한 초우량 고객들을 타깃으로 한 비합법적인 장사가 행해지는 것이다.

현재 그 지하 공간 시설에서는 소동이 벌어진 상태였다. 이유는 소각로에서 살인 사건이 일어났고, 증거 인멸을 위해 불태웠던 타카히사의 사체가 없어져 버렸기 때문이다.

지하에 있는 노먼의 집무 공간에서는 방 주인인 노먼과 부하 불량배들이 모여 있었다.

"빌어먹을! 아직도 못 찾은 건가?"

노먼의 고함소리가 울려 퍼졌다.

"네, 네. 지하 전체를 샅샅이 뒤졌는데도……."

소각로에 있어야 할 타카히사의 사체가 보이지 않는다. 불량배들이 서로의 얼굴을 마주 보며 수색의 경과를 보고했다.

소각로 옆에 있던 불량배들은 전원 사망. 목격자는 없다. 소각로에 던져져 있던 타카히사의 시체는 소실되어 행방을 알 수 없었다. 범인이 누구인지, 타카히사의 시체가 어디로 사라졌는지도 아무런 단서가 없었다.

"정말 지상으로 반출된 건 아니겠지?!"

노먼의 기분은 실로 최악이었다.

"그건…… 불가능할 겁니다."

"지상과 지하를 연결하는 길엔 모두 빠짐없이 파수꾼이 있었으니까요."

"오늘 손님 중에 큰 짐을 가져간 인물도 없었고, 우리 구성원 중에 그런 큰 물건을 밖으로 꺼낸 놈도 없었다고 합니다."

지상과 지하를 연결하는 출입구는 여러 곳이 있었는데, 그 모든 곳에 여러 명의 파수꾼이 자리하고 있었다. 누군가 타카히사의 시체를 꺼내가려 했다면 눈치채지 못할 리가 없었다.

"칫, 대체 어떻게 된 거냐고……."

노먼은 실로 마음에 안 든다는 듯 혀를 차며 고민했다. 혹여 타카히사의 시체가 정말 지상으로 반출되었고 노먼이 운영하는 창관이 의심받는 상황이라도 벌어지면 완전히 성가신 사태가 될 수도 있었다. 모처럼 타카히사를 죽여서 기분이 좋아졌는데, 다시금 최악의 기분으로 되돌아갔다.

하지만 아무리 지하 시설이 넓게 만들어져 있다고 해도 폐쇄된 지하 공간 속에서 시체가 사라져서 찾지 못한다는 것은 이상했다. 그림자도 형체도 홀연히 사라졌다면 생각할 수 있는 가능성은…… 노먼은 생각했다.

'……손님인가? 아니 일부러 그 애송이의 시체를 노리고 가져갔다. 범인은 그 녀석이 지하에서 죽었다는 걸 알고 있는 내부자들에 한정된다. 그런데 왜 시체를 가져간 거지? 설마 성에 넘길 생각인가?'

그렇게 했을 때 가장 이득을 보는 것은 창관거리에 있는 라이벌 세력일 것이다. 혹은 노먼을 자리에서 끌어내려는 부하 중 한 명일 가능성도 있다.

'아무리 내부자라고 해도 혼자 시체를 들고 나갈 수가 있나? 어디 출입문에 있는 녀석들이 단체로 입을 맞추기라도 한 건가?'

그렇게 생각하자 이 자리에 있는 무리들도 갑자기 믿을 수 없게 되었다.

'좀 즐겨볼까 했는데, 차라리 줄리아도 처분해두는 편이 안전하겠군.'

줄리아는 아직도 타카히사가 살아있다고 생각하겠지만, 타카히사의 시체가 사라진 사건이 어떻게 흘러가느냐에 따라 성가신 산증인이 될 수 있었다.

"……계속해서 지하를 샅샅이 뒤져라. 나는 줄리아를 감금한 방으로 가겠다. 너희 둘도 따라와. 아니…… 닉, 너도 포함해서 셋이다."

노먼은 줄리아의 처분을 결정하고는 용병 닉까지 포함한 3명을 데리고 이동을 시작했다.

◇ ◇ ◇

줄리아가 감금된 지하실은 한 평이 조금 넘는 좁은 공간이었다. 텅 빈 방 안에는 침대가 하나 놓여 있다.

'무슨 일이 일어나고 있는 거지?'

구성원 남자들이 분주하게 통로를 오가는 모습을 줄리아는 철창 너머로 불안하게 바라보았다.

'……타카히사, 괜찮은 거지?'

노먼의 매서운 폭력에 신음하던 타카히사의 모습이 뇌리에 떠올랐다. 그 방에서 끌려나온 이후 줄리아는 타카히사와 만나지 못했다.

살아 있기를 바랐다. 죽었을 리가 없다고 믿고 있긴 하지만, 불안감이 치밀어 오르는 것을 억누를 수 없었다.

'어떻게 됐는지 알고 싶어…….'

파수꾼들에게도 질문해 보았지만 시끄럽다며 호통만 들었다. 자신의 태도에 따라 타카히사의 처우가 결정될지도 모르는 이상 지금은 순종적으로 행동할 수밖에 없었다.

그리고, 그때의 일이었다.

"이봐, 줄리아."

노먼이 닉과 불량배 둘을 데리고 다가왔다.

"저, 저기! 타카히사는 어떻게 됐어요?"

"……알고 싶나?"

노먼이 냉소적인 투로 줄리아에게 되물었다.

“네!”

“그럼 따라와. 그 녀석이 있던 방으로 간다.”

쇠창살로 된 문이 열리고 줄리아가 방을 나섰다. 향한 곳은 노먼이 타카히사를 죽였던 방이었다. 그곳은 심문이나 벌을 주는 용도로 쓰이는 방이었고, 줄리아가 연금된 방에서는 걸어서 십여 초 거리에 있었다. 곧바로 이동이 끝나고 방으로 들어가자, 실내에는 누구의 모습도 없었다.

“……저기, 타카히사는 다른 곳으로 이동했나요?”

줄리아가 방을 둘러보며 물었다. 넓이는 7평 정도로 줄리아가 연금되었던 방보다 넓다. 문은 방음을 위해 두껍게 만들어져 있어 닫히면 안쪽의 소리는 통로에서는 들리지 않는다.

“그 녀석이라면 저기서 죽었어.”

노먼은 타카히사를 찔러 죽인 바닥을 가리키며 담백하게 줄리아에게 알려주었다.

“네……?”

“내가 심장을 찔러 죽였지.”

“…….”

상당한 충격을 받은 것일까, 줄리아는 넋이 나간 채 눈을 깜박였다.

“그 녀석, 태평하게 방을 나간 네가 어떻게 죽게 될지 알려주니까 마지막엔 이가 나 빠져서 나오지도 않는 목소리로 꼴사납게 소리를 내지르더군.”

"아, 아아……."

줄리아는 절망하며 그 자리에 주저앉았다.

"남자 주제에 눈물이나 질질 짜고 말야. 아주 꼴불견이었어. 그 녀석이 죽는 모습을 너한테도 보여주고 싶었는데."

노먼은 쭈그리고 앉아 줄리아의 귓가에 웃으며 속삭였다.

"거짓말쟁이!"

줄리아는 눈물을 흘리며 그렇게 외치고는 노먼에게 달려들었다.

"시끄러워!"

노먼은 줄리아의 얼굴을 후려쳤다.

"윽……!"

줄리아가 거세게 날아가며 바닥을 뒹굴었다.

"사정이 달라져서 말야. 네놈도 처분하게 됐으니 이번엔 봐주지 않을 거다. 치유마법도 안 쓸 거고. 얼굴 형태가 바뀔 때까지 때리다가 죽여주마. 아니지, 얼굴은 마지막 즐거움으로 남겨놓고 일단 배 먼저 때려줄까?"

노먼은 줄리아를 똑바로 눕힌 채 허리 위에 걸터앉았다.

"으, 아아……."

줄리아는 분한 얼굴로 눈물과 코피를 흘리며 오열을 터뜨렸다. 하지만 그럼에도 겁먹지 않고 노먼에게 일격을 가하려고 발버둥쳤다.

"시끄럽게 꽥꽥대긴!"

노먼이 줄리아의 배에 주먹을 찔러넣었다.

"크흑?!"

"그 빌어먹을 애송이도 그렇고, 네놈도 그렇고, 정말로 골 빈 머저리들이 따로 없군."

노먼은 이후에도 몇 번이고 줄리아의 배를 가격했다.

"노, 노먼 씨!"

불량배가 창백한 낯으로 방에 들어왔다.

"뭐야?"

도대체 무슨 일이길래? 노먼은 치켜든 주먹을 멈추고 돌아보았다.

"습격입니다!"

시간은 불과 몇 분 정도 거슬러 올라간다.

그곳은 창관 지하실의 빈 방이었다.

아무것도 놓여 있지 않고 아무도 없는 실내에서, 공간이 일렁거리며 일그러지는가 싶더니 갑자기 두 명의 인물이 그곳에 나타났다. 타카히사와 레이스다.

"도착했네요. 창관 지하의 한 곳일 겁니다."

레이스가 실내를 둘러보며 말한다.

"감사합니다. 그럼……."

타카히사는 신장인 검을 실체화시켜 쥐고 망설임 없이 문으로 향했다. 레이스도 그 뒤를 따랐다.

"……아?"

문을 열고 통로로 나가자 통로를 돌아다니는 불량배들이 있었다. 빈방에서 가장 먼저 나온 타카히사를 보고 흠칫 놀라는가 싶더니 뒤늦게 타카히사가 검을 쥐고 있다는 사실을 깨닫는다.

"뭐야, 네놈은?!" "이봐, 침입자다!"

불량배들이 단검을 뽑아들고 적의를 드러내며 타카히사에게 덤벼들었다.

"……."

다가오는 남자들을 노려보는 타카히사의 눈동자에 검붉은 빛이 드리웠다. 타카히사는 신장인 검자루를 움켜쥐듯 잡고 검을 휘두르며 검날에서 업화를 뿜어냈다.

"하아아아앗!"

불길은 몇 미터쯤 더 나아가 통로를 가득 메웠고, 불량배들의 몸을 태워버렸다.

"으허어억?!"

불량배들 몇 명이 불길에 타며 뒹굴었고, 말려들지 않은 자까지 순식간에 패닉에 빠졌다.

"지하 공간이니 과도한 불꽃 사용은 자제하는 편이 좋습니다. 가능하면 정말 필요할 때만 써주세요."

"……그렇죠. 출력을 나름 줄이긴 했는데, 죄송합니다."

예상했던 것 이상으로 불길의 기세가 거셌는지, 타카히사는 솔직하게 사과했다.

"아니요……."

레이스는 머리를 흔들면서 무사한 불량배들을 향해 손가락을 내밀었다. 그러자 손가락 끝에 마력 광탄이 떠오르더니 불량배들의 머리를 향해 사정없이 날아갔다.

"으억?!" "끄악?!"

지름 수 센티미터의 광탄은 시속 수백 킬로미터에 이르는 속도로 불량배들의 머리를 정확하게 꿰뚫었다. 직격탄을 맞은 남자들은 두개골이 부서지며 그대로 쓰러졌다.

"저도 가능한 한 도와드릴 테니 원하는 대로 움직이세요."

"……감사합니다."

레이스의 실력을 알게 된 타카히사는 살짝 눈을 크게 뜨며 감사를 전했다.

"아, 아아……."

아직 살아남은 남자 한 명이 멍한 얼굴로 주저앉아 있었다. 무리도 아니었다. 찰나의 시간에 수많은 아군이 불에 휩싸이거나 두개골이 부서지며 즉사했다. 갑자기 생사를 넘나드는 상황이 돼 버린 것이다.

"으아아아!" "으아아아아아악!" "뜨거워, 뜨거워!"

폭력을 앞세우던 힘 좋은 사내들이 불에 둘러싸이자 한심한 비명을 지르며 바닥을 뒹굴었다.

'죽어도 싸, 이런 녀석들은…….'

그런 그들을 보고도 타카히사는 완전히 무미건조한 얼굴로, 일말의 죄책감조차 없는 모멸 섞인 시선을 보내고 있었다.

'이런…… 이야기로 들었던 인물상과 상당히 동떨어져 있군요.'

이번 일로 상당히 시달렸던 모양이라며 레이스는 옅은 웃음을 머금었다.

"뭐야, 무슨 일이야?!" "이게 무슨……?!"

새로 달려온 증원 몇 명도 불에 휩싸인 아군을 발견하고 할 말을 잃고 말았다. 레이스는 그런 그들의 머리에 곧바로 광탄을 쏘아 침묵시켰다.

"히, 히익……."

주저앉은 남자는 타카히사와 레이스에게서 거리를 벌리기 위해 허둥지둥하며 뒷걸음질 치고 있었다. 타카히사는 그 남자에게 다가가 강하게 멱살을 틀어쥐었다.

"이봐, 줄리아는 어디 있지?"

"큭, 윽……."

남자는 온몸에서 진땀을 흘리며 괴로운 목소리를 흘렸다.

"대답해! 줄리아는 어디에 있어?!"

"으으윽, 그만, 그만둬!"

"질문에 대답해!"

타카히사는 무게가 족히 90킬로그램은 넘을 남자의 멱살을 가볍게 들어올려 강하게 벽에 밀어붙였다. 지금껏 살아오면서 단 한 번도 폭력을 행사하지 않았던 타카히사의 폭력은 그야말로 정도라는 것이 없었다.

"크헉…… 노, 노먼! 노먼 씨가 데리고 갔어! 저기, 오른쪽!"

남자는 통로 끝을 가리켰다.

"노먼……?!"

타카히사의 두 손에 실린 힘에 더욱 강한 증오가 담겼다.

"그, 그만, 죽이지 말아줘!"

"그만? 죽이지 마?"

남에게는 거침없이 폭력을 행사하고 이런 곳에서 부당하게 여자아이들을 가두는 쓰레기들 주제에 무슨 소리를 하는 거야?

"웃기지 마……!"

타카히사가 소리치며 멱살을 잡은 남자의 몸을 그대로 벽에 강하게 밀어 넣었다. 그러자 엄청난 압력이 가해지며 벽과 함께 살과 뼈가 짓눌리는 감촉이 전해져 왔다.

"으으……."

공포에 짓눌렸던 남자의 몸에서 힘이 빠졌다.

"아무래도 줄리아 씨는 저쪽에 있는 것 같군요."

레이스는 다음으로 나아가야 할 방향을 가리켰다.

"가죠."

타카히사는 바닥을 구르는 시체에는 눈길도 주지 않은 채 줄리아를 구하러 갔다. 길을 가다가 쇠창살 안에 갇혀 있는 여자아이들을 발견하고 얼굴을 찌푸렸지만 줄리아의 구출을 우선하여 목적지로 향했다.

마주친 불량배들은 덤벼들기도 전에 레이스가 모두 광탄을 터뜨려 침묵시켰다. 다만 딱 한 명, 노먼이 줄리아를 때리고 있는 방으로 뛰어든 남자가 있었다.

"노, 노먼 씨! 습격입니다! ——끄악?!"

보고한 직후 레이스는 그 남자의 뒤통수에 광탄을 명중시켰다.

"저 방 같군요."

"읏, 줄리아!"

타카히사가 달려들어 방에 들어가자, 노먼의 눈이 경악으로 물들었다.

"네, 네놈이…… 어떻게 살아 있지?"

분명 심장을 몇 번이나 찔러 죽였는데, 그런 타카히사가 멀쩡한 모습으로 쳐들어온 것이다. 시체가 없어졌다고 해서 살아날 가능성을 생각했을 리가 없다. 노먼이 크게 경악했다.

"으, 하…… 카히사……."

줄리아는 노먼에게 얻어맞아 코피가 흐르는 잔뜩 부은 얼굴로 눈물을 쏟고 있었다.

"노머어어어언!"

그 모습을 본 순간, 타카히사는 증오로 가득찬 절규를 쏟아내듯 노먼의 이름을 외쳤다.

"오, 오지 마! 이 녀석이 어떻게 되든 상관없나?!"

노먼은 겁을 먹긴 했지만, 그 와중에도 황급히 줄리아를 인질로 잡으려 했다.

"줄리아를 놔줘!"

"모, 못 놔줘! 너희들, 해치워라!"

노먼은 자세를 바꿔 줄리아를 들고는 휘하의 불량배들에게 명령을 내렸다.

"큭!"

불량배들이 단검을 뽑았지만, 타카히사가 먼저 불량배 중 한 명에게 다가가 신장인 검을 휘둘렀다.

"하아아아아아앗!"

신체 강화된 근력으로 휘두른 검은 사람의 몸을 쉽게 반으로 갈랐다.

"힉……."

겁에 질려 몸을 움츠린 또 다른 불량배의 몸도 매서운 기세로 베였다. 이로써 노먼을 지키는 자는 이제 용병 닉 한 명만 남고 말았다.

"자, 잠깐! 움직이지 마! 움직이면 진짜로 이 여자를 죽일 거야! 닉, 뭐 하는 거야?! 당장 이놈을……!"

노먼은 줄리아를 끌어안은 채 고래고래 소리치며 닉에게 명령했다.

"미안한데, 노먼 씨."

하지만 닉은 등 뒤에서 맨손으로 노먼을 습격해 줄리아를 빼내었다.

"이, 이봐! 닉, 네놈?!"

노먼이 엉덩방아를 찧으며 항의했다.

"그는 우리 편입니다. 공격은 하지 말아주세요."

닉은 공격하지 말라며 레이스가 즉각 타카히사에게 말했다.

"뭐, 뭐라고? 닉, 네가 배신자였구나!"

노먼은 그제서야 뒤늦게 배신자가 닉이었다는 사실을 알고 경악했다. 내부에 배신자가 있다는 사실을 가정하고 있던 이상 당연히 닉이 배신자일 가능성도 염두에 두고 있긴 했지만, 확신은 없었다. 이런 타이밍에 배신당할 줄은 몰랐는지 그의 표정이 순식간에 절망으로 물들었다.

"너와의 계약은 오늘부로 종료다. 《치유마법(힐)》."

닉은 줄리아를 안고 타카히사와 레이스가 있는 쪽으로 걸어간 다음 줄리아의 얼굴에 치유마법을 사용했다. 순식간에 상처가 막힌 것은 아니지만 줄리아의 얼굴이 치유의 빛에 휩싸였다. 타카히사는 그 모습에 일단 닉을 신용한 것 같았다.

"……널 지켜줄 놈은 이제 아무도 없는 것 같네."

타카히사가 검을 꽉 쥐고 노먼에게 다가갔다.

"오, 오지 마!"

노먼은 황급히 일어서서 단검을 뽑고 그 칼끝을 타카히사에게 향했다. 그대로 뒤로 슬금슬금 물러서다가 이윽고 등이 벽에 닿았다.

"너만은 용서 못 해. 절대로, 편하게 죽이지 않을 거야."

타카히사가 쥔 검의 검날에 일렁이는 불길이 깃들었다. 불길은 타카히사의 감정과 연결되어 있는지 검게 타오르고 있었다.

"우, 웃기지 마! 애초에 네놈이 새미를 죽인 탓이잖아! 그 바보 같은 여자도 우리 쪽 노예라고! 용사라면 뭐든 해도 된다는 거냐, 이 빌어먹을 놈아!"

노먼은 마지막까지 발악하며 타카히사에게 욕을 퍼부었다.

"그건 내가 할 말이다. 이 쓰레기 같은 자식……!"

타카히사는 악마의 형상으로 한 치의 망설임도 없이 검을 겨누었다.

"젠, 자아아아앙!"

노먼이 타카히사에게 돌진하며 우렁찬 소리와 함께 검을 휘둘렀다.

"아아아아아아!"

타카히사도 고함을 지르며 검을 내밀고 노먼에게 돌진했다. 그리고 타카히사의 검이 먼저 노먼의 심장에 닿았다. 그대로 엄청난 근력과 속력으로 돌진해 노먼의 몸뚱이를 벽에 박아버린다.

"끄윽……."

온몸이 산산조각나는 듯한 충격이 쏟아지고, 노먼은 내장이 뒤집힌 듯한 목소리를 냈다. 손에 쥐고 있던 단검이 텅 하는 소리를 내며 바닥에 떨어졌다.

"후우, 후우."

타카히사는 눈 하나 깜빡이지 않고 노먼의 죽어가는 얼굴을 계속 노려보았다. 노먼도 빛을 잃어가는 눈빛으로 눈을 가늘게 뜬 채 타카히사를 노려본다. 타카히사의 검에 깃든 검은 불꽃이 노먼의 육체에 단숨에 옮겨 붙었다.

"지, 지옥에서 먼저……."

기다리고 있으마. 얼굴마저 검은 화염에 휩싸이는 마지막 순간, 노먼은 옅은 웃음기를 입가에 내비쳤다. 타카히사가 검을 뽑자 노먼의 시신이 타오르며 바닥을 뒹굴었다.

"……."

타카히사는 불타오르는 노먼의 시체를 내려다보면서 마지막까지 계속 노려보는 것을 멈추지 않았다.

"타, 카히사……." "헉?!"

하지만 등 뒤에서 들려온 줄리아의 목소리에 타카히사가 흠칫 놀라 뒤를 돌아본다.

"이대로면 치유하기가 좀 어려워서요, 대신 안아주시겠습니까?"

닉이 타카히사에게 다가가 줄리아를 넘겨주었다.

"아……."

타카히사는 신장인 검을 없애고, 떨리는 두 팔로 줄리아의 몸을 끌어안았다.

"에, 헤헤…… 고마, 워. 나의 용, 사님……."

살아있어서 다행이라며, 줄리아는 행복한 얼굴로 미소

지으며 타카히사에게 감사를 전했다. 그리고 완전히 마음을 놓은 것인지 곧 기절해 버렸다.

"생명에는 지장이 없고, 원래의 예쁜 얼굴로 돌아갈 수 있을 겁니다. 저도 치유해 드리도록 하죠."

레이스가 다가와 줄리아에게 치유의 정령술을 사용했다.

"……감사합니다."

타카히사는 당장이라도 울 것처럼 얼굴을 찡그리며 깊이 고개를 숙였다.

"오기 직전에도 말했지만, 순수한 정의감으로 남을 도와준 건 아닙니다."

고개를 드세요, 라며 레이스는 상냥하게 대답했다.

"알고 있습니다. 되겠습니다, 프로키시아 제국의 용사가. 약속은 지킬게요. 다만 마지막으로 하고 싶은 것이 있습니다."

"뭔가요?"

"지하와 지상에 갇혀 있는 아이들을 모두 풀어주고 이 창관을 무너뜨릴 거예요. 이런 장소, 세상에서 사라져 버리는 편이 나아요."

다시는 이 자리에서 이런 불합리한 짓이 벌어지게 두지 않겠노라며, 타카히사는 증오를 담아 선언했다.

십여 분 뒤.

새벽을 맞이한 지 얼마 되지 않아 아직 하늘이 어둑어둑할 무렵.

왕도의 창관거리에 거대한 불기둥 하나가 피어올랐다. 불길은 줄리아가 소속돼 있던 고급 창관만을 감싼 채 하늘에 닿을 듯 높이 치솟으며 소용돌이와 함께 타올랐다. 불꽃은 타카히사의 검에서 뻗어나와 움직이고 있었다.

"호오, 이것 참……."

타카히사 옆에서 불꽃을 올려다본 레이스가 눈을 크게 뜨며 감탄했다.

'역시 딱 좋은 느낌으로 용사로서 각성이 진행됐군요.'

"오오……."

인근 골목에는 타카히사가 창관에서 대피시킨 자들 외에도 수많은 구경꾼들이 나와 환상적으로 타오르는 불길을 홀린 듯이 바라보고 있었다.

지금의 타카히사는 다른 건물 지붕 위에 서 있었고, 그곳에서 창관을 향해 칼끝을 겨눈 채 불길을 제어하고 있었다. 이미 줄리아의 치유는 끝났고 지금은 닉이 안고 있었다. 이윽고 건물이 붕괴했을 때, 타카히사는 만족했는지 불기둥을 없앴다.

"……가죠."

그는 신장인 검마저 없애고는 닉에게서 아직 정신을 잃은 줄리아의 몸을 받아들었다.

"그럼 마지막으로 한 번 더 물어보겠습니다. 정말 괜찮습니까? 이대로 이 나라를 떠나도."

레이스가 타카히사에게 물었다.

"……네, **제가 있을 곳은 그 성의 어디에도 없었으니까요**."

타카히사는 아득한 눈빛으로 성을 바라보며 씁쓸하게 그런 말을 내뱉었다.

"좋습니다. 그럼 닉과 함께 먼저 가주세요. 저는 마지막으로 해야 할 일이 있으니 나중에 합류하겠습니다."

레이스도 성을 바라보며 타카히사에게 지시했다.

"알겠습니다."

"그럼 닉 씨."

"예. 가시죠, 용사님."

닉은 타카히사와 함께 레이스에게서 조금 떨어져서 일회용 전이 결정을 사용했다.

"《전이마술(텔레포트)》."

그러자 줄리아를 껴안은 타카히사와 닉의 모습이 그 자리에서 사라졌다. 남겨진 것은 레이스뿐.

'……그럼, 저도 남은 방해꾼을 없애볼까요.'

그는 해가 뜨기 시작한 유리빛의 하늘을 향해 비상을 시작했다.

『 에필로그 』

창관거리에서 피어오른 불기둥은 왕성에서도 보일 정도였다.

오싹했다. 불길했다. 도대체 무슨 일이 일어나고 있는 것일까? 아직 하늘은 어둑어둑함에도 성 안은 모든 곳이 소란스러웠다. 미하루 일행이 사는 저택의 정원에도 사람들이 모여 있었다.

"저 불꽃은……."

사츠키는 멀리서 타오르는 불길을 바라보며 얼굴을 굳혔다. 타오르는 방법으로 보아 자연적으로 발화한 불꽃 같지는 않았다. 누군가 마술이나 정령술 등으로 불길을 조종해 인공적으로 발생시켰음이 확실했다. 그리고 불꽃을 조종하는 능력을 생각했을 때 사츠키가 제일 먼저 떠올린 것은──.

"설마……."

그럴 리가 없다며 사츠키는 고개를 저었다. 근처에 있던 아키와 마사토도 불안한 얼굴을 하고 있었다. 그리고 이윽고 불길이 멎었다.

"……."

불길이 그친 뒤에도 저택 정원에서는 결코 짧지 않은 침묵이 흘렀다.

"저, 저기, 저 불꽃……."
마사토가 머뭇머뭇 입을 열었다.
"저기, 미하루 언니는?!"
아키는 불길한 예감을 떨쳐내듯 두리번거렸다. 하지만 정원에 미하루의 모습은 보이지 않았다.
그때의 일이었다.
성 상공에서 엄청난 마력이 출현했다.
"윽……?!"
대기가 떨릴 정도의 압박감에 마력을 느낄 수 있는 자들이 일제히 전투 태세를 갖췄다.
"윽, 정령의 기운?!"
사라 일행이 깜짝 놀라 정원 한쪽을 바라보았다. 자신들의 계약정령이 근처에서 정령의 기척이 느껴진다는 것을 알려준 것이다.
그러자 거기에는 가면을 쓰려고 하는 아이시아가 서 있었다.
"……누구지?"
다들 의아한 얼굴로 고개를 갸우뚱하다.
'아이시아?! 왜 실체화를……. 아니, 그만큼 저게 위험하다는 거겠지.'
그 와중에 세리아만이 아이시아가 나타난 이유를 짐작했다. 그 정도로 상공에 있는 알 수 없는 마력은 막강했다.
"다들 도망가!"

아이시아는 그렇게 말하고는 상공으로 날아올랐다. 평소에는 감정이 무척 희박했음에도 그 목소리에는 강한 긴장감이 담겨 있었다.

"다들, 여기 있으면 위험해! 빨리……!"

세리아가 모두에게 소리쳤다.

그러자 그 타이밍에 저택 현관에서 미하루가 나왔다. 미하루는 멍한 얼굴로 터벅터벅 걸어나갔다.

"미하루, 빨리 이쪽으로!"

세리아는 황급히 미하루를 붙잡으려 했다. 하지만 미하루는 세리아의 목소리가 전혀 들리지 않는 사람처럼 멍하니 멈춰 선 채 하늘을 올려다 보았다.

'왜 그러는 거야, 미하루?!'

세리아는 황급히 미하루에게 달려가려고 했다.

그때, 미하루가 입을 열었다.

"《빙의(포제션)》."

"어……?"

세리아는 자신의 귀를 의심했다. 그 주문은? 왜? 어째서? 세리아의 뇌리에 수만 가지 의문이 스쳤다.

"《형 제7현신 영웅모조마법 · 개(타입 세븐스헤븐 얼터에고 모드)》."

미하루는 주문을 계속 외워가면서 마법을 발동했다.

반면 시간이 아주 조금 지나서.

장소는 멀리 떨어진 아르마다 성왕국의 성도 토넬리코.

이른 아침, 해가 뜨기 시작한 지 얼마 안 됐을 무렵.

리오와 소라는 다시 한번 미궁으로 들어가려 하고 있었다. 크게 입을 벌린 거대한 미궁 입구를 향해 걸어가는데, 익숙한 얼굴과 마주했다.

"오, 리오랑 소라잖아."

——또 만났네.

엘이 기쁘다는 얼굴로 말을 걸어왔다.

"너는…… 엘?"

리오와 소라는 걸음을 멈추고 눈을 깜박였다.

"어제 보고 또 보네."

어제 성도의 레스토랑에서 리오 일행과 함께 식사했던 일을, 엘은 무척이나 그립다는 듯이 말했다.

"저어…… 우릴 기억해?"

초월자와 그 권속인 리오와 소라는 사람들에게 쉽게 잊혀지는 존재가 된다. 지금까지도 기억하는 것이냐며 리오는 크게 놀랐다.

"말했잖아? 기억력에는 자신 있다고. 그걸 떠나서 만난 지 얼마 지나지도 않았잖아."

"아니, 그렇긴, 한데……."

"아아, 너희 얼굴을 보니까 또 파에자가 먹고 싶어. 다음엔 네가 만든 파에자를 대접해 주기로 약속했었지?"

"그렇, 지……. 근데 엘은 여기 무슨 일로 온 거야?"
리오는 당황하면서도 엘과 대화를 이어갔다.
"어제 미궁의 수수께끼에 관심이 있다면 실제로 들어가 보는 게 어떻겠냐고 조언했잖아. 그래서 여기 있으면 다시 너희들을 만날 수 있을까 싶었거든."
예상이 맞았네——라며 엘이 의미심장한 미소를 지었다.
"그렇구나……. 굉장한 우연…… 이네?"
아니, 정말 우연일까?
리오는 입에 담으면서도 고개를 갸우뚱했다.
"필연이겠지. 너랑 나 사이잖아. 아니, 너랑 우리구나. 소라도 있으니까."
엘은 그렇게 말하며 소라에게도 시선을 돌렸다.
"……필연?"
리오는 조금 몸을 굳힌 채 되물었다.
"아아, 사실은 만약 너희들이 여기에 온다면 좀 중요한 얘기를 해 줄 생각이었어. 우리 외엔 아무도 모르게, 비밀로 말이지."
"……무슨 얘기인데?"
"너의……."
엘이 그 중요한 이야기를 하려고 했다.
그때의 일이었다.
"어……?"
리오를 기점으로 공간이 일렁거리며 뒤틀렸다. 리오가

마지막으로 본 것은 엘이 무언가를 말하려고 입을 움직이고 있는 모습이었고……. 공간의 왜곡은 소라마저 삼켜버리는가 싶더니, 리오와 소라는 그 자리에서 홀연히 사라지고 말았다.

"이런……."

그 자리에는 엘만이 남겨졌다.

"하여간……."

얼마 후, 엘은 좀 억울하다는 듯 아쉬운 한숨을 내쉬었다.

"역시 이건 그 여자 때문이겠지……."

엘은 입술을 삐죽 내밀며 투덜거렸다.

"아무래도 이 미래는 이미 예견되었던 것 같아, 형."

가르아크 왕국으로 이어지는 동쪽 하늘에서 떠오르는 새벽 태양을, 그녀는 조금 눈이 부신 모습으로 바라보았다.

【 후기 】

안녕하세요, 키타야마 유리 입니다. 『정령환상기 24. 어둠의 성화』를 읽어주셔서 대단히 감사합니다.

24권도 독자와 관계자분들의 도움으로 무사히 발매할 수 있었습니다. 이 자리를 빌어 진심으로 감사를 드립니다.

이번 24권은 어떠셨나요? 10권과 20권을 돌아보면 알 수 있듯이 『정령환상기』는 10권 단위로 기승전결의 이야기가 펼쳐지도록 설계되어 있습니다.

앞으로도 이 페이스에 맞춰 이야기가 설계될지는 모르겠지만, 21권부터 시작된 기승전결 이야기는 24권에서 '승'까지 도달했습니다. 그리고 '전'의 직접적인 도입부로서 마지막 에필로그에 조금 강한 폭탄을 설치해 두었습니다.

권말 예고에도 적혀 있듯이 25권의 부제목은 『우리의 영웅』입니다. 자세히 말씀드릴 순 없지만 너무 오래 기다리게 해 드렸으니 『우리의 영웅』이 누구를 지칭하는지 예상해 보시면서 25권도 기대해 주시면 감사하겠습니다.

어쨌든 21권부터 24권까지는 앞으로의 이야기에 대한 복선을 여기저기 뿌려놓기 위해 리오가 없는 상황이 아니면 그릴 수 없는 이야기를 다채롭게 그려냈습니다. 그리고 리오가 없어져서 가장 큰 영향을 받은 것은 다른 누구도 아닌 '그'였습니다.

그래서 리오가 없어졌을 때 '그'라면 어떻게 움직이는 게 자연스러울까, 이런저런 고민을 했습니다. 그 결과가 24권이었고, '그'는 기존의 가치관이나 도덕관을 바꾸기에 이르렀습니다.

사람이 굳건히 품고 있는 가치관을 바꾸는 일은 과연 얼마나 될까? 그렇게 쉽게 바뀌지는 않겠지, 라고 생각을 정리한 결과 『어둠의 성화』라는 부제가 짙게 반영된 전개가 되었습니다. 앞으로 이렇게까지 '그'에게 초점이 맞춰질 일은 더는 없을 것 같아 이참에 적자는 마음으로 과감하게 글을 써내려갔습니다.

실은 '그'가 미인계에 넘어간다는 루트도 있었지만, 그쪽은 창고에 도로 들어갔습니다(웃음). 만약 언젠가 적게될 Web판에서 유사한 전개를 그릴 일이 생긴다면 그쪽 루트로 그려 보는 것도 좋을지도 모르겠네요. 안 된다면 죄송합니다.

이번에는 오랜만에 후기를 충분히 받았으니 아직 한 페이지 정도를 더 자유롭게 사용할 수 있습니다! 이참에 홍보도 해두겠습니다.

드라마 CD! 맞습니다, 드라마 CD입니다! 『정령환상기』 24권에서는 드라마 CD가 포함된 특장판이 동시 발매되었습니다.

드라마 CD의 각본은 이번에도 제가 맡았습니다. 다크한 분위기의 본편과는 달리 드라마 CD에서는 이번에도 웃음을 중시한(?) 이야기가 펼쳐집니다. 본편에서 리오와 히로인들의 접점이 멀어진 만큼, 리오가 여주인공들과 즐겁게 노는 이야기를 보충하고 싶으신 분들은 꼭 이 드라마 CD도 함께 들어보시길 바랍니다. 굉장히 재미있게 완성되었다고 생각합니다(자신 있습니다).

이번에는『세리아 선생님의 두근두근 매지컬 라디오』라는 이름으로, 만화화를 담당해 주시는 미나즈키 후타고 선생님의『세리아 선생님의 두근두근 교실』에서 착안을 얻었습니다. 제목에서 알 수 있듯이 이야기의 본편에서 벗어난 비일상적인 이야기입니다. 그렇기 때문에 캐릭터 간의 접점이나 대화도 많고, 게다가 소라 양도 참전합니다! 드라마 CD니까요. 리오와 아이들의 대화를 목소리와 함께 즐겨주세요!

그리고 정령환상기 온리샵이 2023년에도 개최됩니다. 8월 18일부터 9월 3일에 걸쳐 아키하바라에서 개최될 예정입니다. 자세한 내용은 멜론북스 공식 사이트나 트위터 등에 공지되어 있으니 가능하신 분들은 꼭 방문해 주시면 감사하겠습니다!

그럼 이번에는 이쯤에서 마무리하겠습니다. 25권에서도 다시 여러분을 뵐 수 있기를!

2023년 6월 하순 키타야마 유리

정령환상기

25. 우리의 영웅

이리하여 불의 용사는 어둠으로 추락했다.

본격적인 각성 조짐을 보이는 그의 눈에서는
은은한 불꽃이 흔들리고 있다.

한편 이변을 감지하고 소란스러워진
가르아크 왕국성의 인물들 속에서,
묘한 상태의 미하루가 일으키는 행동은 길조인가,
아니면 파란의 시작인가——

"자, 분기된 미래를
다시 돌려놓을 거야."

정령환상기 24 —어둠의 성화—

2024년 3월 1일 1판 1쇄 발행

저 자 키타야마 유리
일 러 스 트 Riv
옮 긴 이 이소정
발 행 인 유재옥
담 당 편 집 박치우

이 사 조병권
출판본부장 박광운
편 집 1 팀 최서영
편 집 2 팀 정영길 박치우 정지원 조찬희
편 집 3 팀 오준영 권진영 이소의
디자인랩팀 김보라 박민솔
디지털사업팀 박상섭 김지연 윤희진
라이츠사업팀 김정미 맹미영 이윤서
영업마케팅팀 최원석 박수진 이다은
물 류 팀 허석용 백철기
경영지원팀 최정연
인쇄제작처 ㈜코리아피엔피
발 행 처 ㈜소미미디어
등 록 제2015-000008호
주 소 서울시 마포구 토정로222, 403호 (신수동, 한국출판콘텐츠센터)
판매 및 마케팅 (070) 8822-2301

ISBN 979-11-384-8173-1 (04830)
ISBN 979-11-6611-646-9 (세트)

SEIKA
SEIREI
드라마CD 대본집
YURI KITAYAMA
ILLUSTRATOR ◆ Riv
EDITION

YAM O SEIKA
SEIREI
드라마CD 대본집
YURI KITAYAMA
ILLUSTRATOR◆Riv
SPECIA EDITION

드라마CD 등장인물 소개

CHARACTER

리오 (아마카와 하루토)

CV : 마츠오카 요시츠구

어머니를 죽인 원수에게 복수하기
위해 살아온 본작의 주인공
전생에는 일본인 대학생 아마카와
하루토였다
세리아의 상태가 이상해서
끊임없이 태클을 건다

리오 (유년기)

CV : 스와 아야카

세리아 선생님의 수수께끼
마법으로 소환된 리오(7세)
미래의 자신이나 미하루의 존재에
줄곧 당혹스러워한다

세리아 크렐

CV : 후지타 아카네

리오의 은사이자
벨트람 왕국의 귀족 영애
메인 진행자로서
라디오를 이끈다

아야세 미하루

CV : 하라다 사야카

이세계 전이자인 여고생이자
아마카와 하루토의 소꿉친구
제멋대로인 주변을 보며
쓴웃음을 금치 못한다

아이시아

CV : 쿠와하라 유우키

리오를 하루토라 부르는 인간형
계약 정령
생방송 중에 과자를 먹기
시작하는 등 마이페이스인 모습은
그대로

라티파

CV : 쿠스노키 토모리

리오를 오빠라 부르며 좋아하는
정령의 마을에 사는 여우 수인 소녀
라디오 중엔 리오나 어린 리오에게
둘러싸여 상당히 만족스러운 모양

리제롯테
크레티아

CV : 토야마 나오

가르아크 왕국의 공작 영애이자
리카 상회 회장
어째선지 상회의 뒷돈 문제가
떠올라 머리를 싸매고 있다

소라

CV : 아마노 사토미

용왕(리오)의 권속이자 천년을
넘게 산 소녀
갑자기 불려나와 심기가
불편하지만 리오 앞에서는 계속
수줍어한다

『정령환상기 24. 어둠의 성화』
특별판 드라마CD 시나리오

○타이틀『세리아 선생님의 두근두근 매지컬 라디오』

※참고로 각 캐릭터가 앉은 순서는 다음과 같습니다.

라티파, 리오, 아이시아, 소라
책상
리제롯테, 세리아, 미하루, 어린 리오

---

1. 타이틀 콜과 오프닝 인사

타이틀 콜.

세리아: 세리아 선생님의! 세리아 선생님의! 두근두근 매지컬 라디오!

오프닝 BGM IN

세리아: 헬로, 에브리원! 맞아요, 밑도 끝도 없이 본방이

바로 시작되었습니다! 세리아 선생님의 두근두근 매지컬 라디오!

세리아가 청취자들을 향한 첫머리 인사문을 마이크로 또박또박 낭독하기 시작한다.
어디에 있는지조차 알 수 없는 신기한 녹화 부스에는 세리아 외에도 리오의 모습이 있다. 다른 출연진인 미하루, 아이시아, 라티파, 리제롯테는 아직 별실 대기공간에 대기하고 있다.

세리아: 이번 방송의 메인 진행자를 맡은 것은 벨트람 왕국이 자랑하는 천재 마도사이자 영원한 대형 신입 교사 세리아 크렐입니다! 와~! 짝짝짝!

(효과음)세리아가 혼자 박수치는 소리

세리아: 그리고 오늘 방송의 보조 진행자로서 리오가 저를 도와줄 예정이에요. 리오? 헬로!

세리아가 맞은편에 앉은 리오를 향해 귀엽게 손을 흔든다.

어른 리오: …….
세리아: 어라? 리오? 헬로? 헬로……, 헬로……? 『정령환

상기』의 인기 넘버원 히로인 세리아 선생님이야. 헬로!
어른 리오: …….
세리아: 다들 미안해. 리오가 좀 긴장한 모양이야. 무리하게 소환해서 끌고 온 탓일까…….

(효과음)세리아가 의자에서 일어나려고 하다가 마이크에 노이즈가 생기는 소리.
세리아가 걸어서 어른 리오에게 다가간다.

세리아: 저기, 리오. 방송 이미 시작했으니까 정신 좀 차려~!

세리아가 어깨를 흔든다. 마이크에서 벗어난 탓에 조금 멀리서 목소리가 들린다.

어른 리오: 어? 아아…… 세리아?
세리아: 아, 원래대로 돌아온 것 같네. 자, 이거 정면만 인식하는 마이크니까 마이크 앞에 대고 얘기해야 해. 아, 아~ 체크체크, 원 투~. 응, 감도 좋네! 내 귀여운 목소리가 시공의 저편까지 잘 전해지는 것 같아!

세리아가 대사 중간부터 어른 리오 앞에 놓인 마이크에 대고 말한다. 여기서부터는 목소리가 보통 크기로 돌아온다.
어른 리오는 또다시 굳는다.

어른 리오: …….

세리아: 잠깐, 리오? 왜 그러는 거야? 아직도 멍한 얼굴로…….

어른 리오: 아, 아니 왜 그러냐니…… 저야말로 묻고 싶은데요. 어? 제가 왜 이런 스튜디오 같은 곳에 있는 거죠?

세리아: 당연히 라디오 방송을 해야 되니까! 처음에 내가 타이틀을 얘기했으니까 알 거 아냐?

어른 리오: 라, 라디오라니…… 네? 라디오?!

『정령환상기』 세계에 라디오는 존재할 리가 없었기에 어른 리오가 놀란다.

세리아: 리오도 참. 지구에서 살던 기억도 있는데 라디오도 몰라?

세리아가 우습다는 듯이 웃는다.

어른 리오: 아뇨, 알고 있어요. 알고 있는데…… 오히려 왜 이 세계에서 나고 자란 세리아가 라디오를 알고 있는 거죠? 뭔가 자연스럽게 기자재도 놓여 있고…….

세리아: 기자재? 기자재라면…… 아, 어디서 제공했는지도 읽어줘야겠지? 이 방송은 리카 상회의 비자금, 에서 제

공받아 보내드립니다.

세리아가 어른 리오와 마이크를 공유한 채 스폰서를 읽는다. 비자금 부분을 살짝 강조.

어른 리오: 리카 상회의 비자금……? 아, 이 상황은 리제롯테 씨와도 관련되어 있는 건가…….

새롭게 충격적인 사실이 밝혀지면서 어른 리오가 넋이 나간다.
(효과음)리제롯테가 대기공간에서 황급히 달려 우당탕탕 부스로 들어오는 소리.

리제롯테: 아, 아무 관련 없어요! 리카 상회의 비자금이라니 들어본 적도 없어요, 세리아 씨! 대체 어느 세상에 대놓고 비자금으로 돈을 대는 스폰서가 있단 말인가요?!

리제롯테도 비자금의 존재는 몰랐기 때문에 크게 당황한다. 마이크에서 떨어진 탓에 리제롯테의 목소리는 멀다.

세리아: 아, 리제롯테 씨도 참! 감점 1점이야! 아무리 스폰서도 겸하고 있다고 해도 소개하기도 전에 게스트가 등장하다니, 이 선생님은 그냥 넘길 수 없어요!

리제롯테: 비자금이라는 소릴 들으면 누구든 가만있지 않을걸요! 전 리카 상회의 대표니까요!

아직 리제롯테 목소리는 멀다.

라티파: 저기, 우리도 이제 들어가도 돼? 세리아 언니…….

라티파가 부스 문으로 살짝 얼굴을 내밀며 들어가고 싶다는 얼굴로 묻는다. 마이크에서 떨어져 있어 목소리는 멀다.

세리아: 하여간 어쩔 수 없지……. 그럼 게스트 소개를 해볼까요! 다들, 들어와!
라티파: 응! 미하루 언니, 아이시아 언니, 우리들도 들어가도 된대! 얼른 들어가자!

라티파의 말에 미하루와 아이시아가 부스에 들어온다.

세리아: 다들 대본은 갖고 있지? 우선 각자의 이름이 적힌 자리에 앉아줘. 나도 내 자리로 돌아갈게.

세리아가 자기 자리로 돌아오면서 지시를 마치자 각자 자신의 자리에 앉는다. 이후 모두의 목소리 크기는 정상으로. (효과음)여러 사람이 의자에 앉는 소리.

세리아: 자, 다들 자기 자리에 앉았지? 그런 이유로 오늘은 리제롯테 씨, 라티파, 미하루, 아이시아가 와 주었습니다. 으음…… 그리고 어디까지 진행했더라?

라티파: 세리아 언니가 스폰서를 읽어주고 리제롯테 언니가 부스에 돌격했어.

리제롯테: 맞아요~! 리카 상회의 비자금이라니 어떻게 된 건가요, 세리아 씨?

세리아: 비자금, 말이지. 나도 어차피 고용된 일개 진행자. 자세한 사정은 모르거든. 비자금의 진상은 이 기획을 낸 사람 말고는 아무도 몰라.

세리아가 약간 애수가 느껴지는 미소를 흘리며 말한다.

리제롯테: 그럼…… 대체 누가 이 기획을…….

아이시아: 기획…… HJ문고 편집부라고 대본 뒤에 써 있어…….

세리아: 맞아, 이 방송은 HJ문고 편집부의 기획으로 보내드리고 있어요!

세리아가 청취자를 향해 말한다.

어른 리오: 대체 무슨 생각을 하는 거야, 그 편집부는…….

세리아: 정확히는 어떤 작가가 방송 기획서를 제출했어. 반쯤 장난으로 제출한 기획서라서 작가 쪽도 어떻게 기획서가 통과했는지 이해가 안 간다고 그랬대.

세리아가 태연하게 사정을 설명한다.

어른 리오: 그, 그 작가는 무슨 민폐를…….
리제롯테: 어쨌든 그 작가와 HJ문고 편집부가 엮여 있다는 거군요?! 나중에 한꺼번에 따져 물어봐야겠어요!
미하루: 근데 대기실엔 우리들 외에 아무도 없지 않았어? 다른 방의 문들은 다 잠겨 있었고…….
라티파: 방 안에서 우리들 외의 냄새는 안 났어!
아이시아: 정령술로 밖의 마력을 확인해 봤는데 아무런 반응도 없었어.
미하루: 그럼 여긴 대체…….
라티파: 어디인 거지?
라티파가 의아하다는 듯 고개를 갸우뚱한다.
세리아 제외 전원: …….

긴장하며 숨을 삼킨다.

세리아: 괜찮아! 방송이 끝나면 제대로 돌아갈 수 있으니까. 여기가 어딘지 하는 사소한 일은 신경 쓰지 말고 방송

을 진행해 볼까!

세리아가 가볍게 말한다.

어른 리오: 아니, 전혀 사소하지 않은데요!
세리아: 이 방송은 신기한 공간에서 시공의 저편으로 방송되고 있습니다. 구체적으로 말하면 대체로 21세기의 지구를 향해!

세리아가 갑자기 개그처럼 말한다.

어른 리오: 콕 집어서 지구?! 게다가 21세기라니, 어떻게 전파가 닿는 건가요? 여기 지구 아니죠?!
세리아: 후후, 요즘 대세는 인터넷 방송이야. 아카이브엔 남지 않겠지만, 이후에 드라마 시디로도 녹음되어 판매될 예정이야.

리제롯테: 위화감이 느껴지는 단어투성이네요, 아하하…….

리제롯테가 쓴웃음을 짓는다.

라티파: 저기, 그럼 지금도 이걸 누가 듣고 있는 거야?
세리아: 맞아, 듣고 있단다, 라티파!

아이시아: 안녕. 들려?

미하루: 라디오니까 불러도 대답은 안 올 거야, 아이.

세리아: 다들 뭘 모르네! 요즘은 라디오 방송은 SNS를 활용해서 시청자들 반응도 볼 수 있어. 이건 상식이야! 미하루도 참, 21세기를 살던 현대 아이 맞아?

세리아가 키득키득 웃으며 말한다.

미하루: 죄, 죄송해요! 전 라디오는 한 번도 들어본 적이 없어서…….

리제롯테: 오히려 세리아 씨가 21세기의 지구 라디오 사정에 너무 밝으신 거 아니에요……?

세리아: 진행자니까 당연하지?

라티파: 아! 모니터에 댓글이 잔뜩 떠 있어! 다들 잘 듣고 있대!

아이시아: 안녕.

라티파: 안녕~!

미하루: 아이도 라티파도 적응 속도가 너무 빨라…….

어른 리오: 아니, 누구죠. 이 댓글 적는 사람들은…….

세리아: 그런 건 사소한 일이잖아? 중요한 건 이 방송을 듣는 청취자가 있다는 거지. 그러니까 제대로 라디오다운 토크를 해야 해.

어른 리오: 아뇨, 갑자기 라디오다운 토크라고 해도…….

리제롯테: 저희는 애초에 이게 무슨 방송인지도 모르는데…….

난감하게 쓴웃음 짓는 리오와 리제롯테.

세리아: 그럼 방송 설명을 한 번 더 해줄게. 세리아 선생님의 두근두근 매지컬 라디오는『정령환상기』의 독자나 시청자를 타깃으로 한 방송이야. 영상화까지 된 콘텐츠니까 말야! 엣헴!

세리아가 기세등등한 얼굴로 대답한다.

미하루: 전혀 설명이 안 된 것 같은데…….
리제롯테: 그래도 일단 방송 타깃은 좁혀져 있네요. 정말 장난 같은 게 아니라…….

리제롯테가 의외라는 듯 말한다.

세리아: 당연하지! 나아가 이걸 계기로 신규 고객까지 끌어들일 생각이야!
리제롯테: 요, 욕심이 많네요…….
세리아: 아까는 반쯤 장난이니 뭐니 했었지만, 기획 의도는 착실하게 정해져 있어.『정령환상기』드라마 시디도 벌

써 다섯 번째잖아? 기념비적인만큼 스페셜 기획으로 하고 싶었던 것 같아. 심지어 원작의 이야기 순서로 보면 등장할 수 없는 애도 있다고 하고, 응.

세리아가 혼자 납득하며 고개를 크게 끄덕인다.

리제롯테: 착실하다고는 하는데, 어딘가 엉성해 보이는 건 기분 탓일까요……?
라티파: 잘은 모르겠지만 엄청 재미있을 것 같아! 나, 라디오 해 보고 싶어!
세리아: 그 마음가짐이야, 라티파! 자, 그럼 방송을 진행하자! 벌써 오프닝만으로 이렇게나 시간을 잡아먹어 버렸어.
어른 리오: 누가 봐도 출연자를 향한 설명 부족이 원인인 것 같은데요…….
세리아: 괜찮아! 청취자분들은 알아줄 테니까! 자, 그렇게 됐으니 타이틀콜로 다시 한번 분위기를 바꾸자! 라티파, 부탁해!
라티파: 네~!

---

2. 타이틀 콜

라티파: 라티파의, 라티파의! 오빠가 너무 좋아 라디오!

라티파가 하이텐션으로 소리친다.

---

3. 프리토크와 첫 번째 추가 게스트 등장

세리아: ……벌써부터 진행을 가로채려 나선 거네……! 라티파, 무시무시한 아이!
라티파: 라티파의 오빠가 너무 좋아 라디오는 오빠를 향한 사랑을 전하는 방송이에요!

라티파가 수줍은 어조로 밝고 귀엽게 말한다.

세리아: 아니야! 세리아 선생님의 두근두근 매지컬 라디오! 『정령환상기』의 매력을 깍깍호호 웃으며 전하는 개그 방송이라구~!
세리아가 볼을 뿌우 부풀리며 말한다.
어른 리오: 지, 지금까지 웃을 만한 포인트가 있었나요. 이 방송……? 듣고 있는 사람들이 제대로 따라오고 있을까요, 이거?
라티파: 으음, 모두에게서 재밌다는 댓글이 잔뜩 달리고 있어.

라티파가 모니터에 흐르는 코멘트를 읽는다.

어른 리오: 이해가 안 가…… 이 방송을 듣는 사람들을 조금도 이해 못 하겠어…….
리제롯테: 그나저나 언어 문제는 어떻게 되는 걸까요? 저희는 지금 평범하게 슈트랄 지방 언어로 말하고 있는데…….
미하루: 그러네요. 지구 사람들은 저희가 무슨 얘길 하는지 전혀 모를 텐데…….
세리아: 하여간, 리제롯테랑 미하루도 또 그런 사소한 일을 신경 쓰다니…….

세리아가 못 말린다는 듯이 숨을 내쉰다.

어른 리오: 아니, 전혀 사소하지 않다니까요.
세리아: 아이시아를 좀 봐!

세리아가 아이시아를 가리킨다.
(효과음)아이시아가 의자에 앉는 소리.

아이시아: 대기실에 과자가 놓여 있어서 가져왔어.

아이시아가 부드러운 과자를 먹으며 이야기한다.

라티파: 아, 맛있겠다! 나도 줘, 아이시아 언니!

아이시아: 응, 받아.
세리아: 요즘 유행하는 ASMR은 이미 라디오의 정석! 방송을 위해 솔선수범해 준비물을 챙겨오다니 역시 아이시아야!

세리아가 크게 감탄한다.

어른 리오: 아뇨, 아무리 봐도 그냥 자기가 먹고 싶어서 가져온 거잖아요? 생방송 중에 무단으로 이탈해서 과자를 가지러 가다니, 출연자로서 절대 해선 안 되는 행동 아닌가요?!
아이시아: 우물우물…… 이 과자 맛있어. 하루토도 먹을래?

아이시아가 리오의 옆자리에서 과자를 건네준다.

어른 리오: 아, 아니……. 나중에 먹을게.
리오가 독기 빠진 얼굴로 힘없이 웃는다.
세리아: 뭐, 아직 프리토크 시간이니까 사소한 건 신경 쓰지 말고 여유롭게 가도록 할까요?
미하루: 오늘 계속 프리토크만 하고 있는 것 같은데…….

미하루가 걱정스럽게 말한다.

리제롯테: 프리를 넘어서서 이젠 카오스 아닌가요? 애초

에 『정령환상기』……? 가 어떤 작품인지도 아직 잘 모르겠고…….

세리아: 그런 이유로! 스페셜 게스트 등장입니다!

세리아가 마법의 스틱을 꺼내며 당차게 선언한다.

어른 리오: 스, 스페셜 게스트가 또 있는 건가요?! 프, 프리토크는요?!

세리아: 언제적 얘길 하는 거야, 리오? 프리토크는 이미 종료했어.

어른 리오: 아직 20초밖에 안 지난 이야기인데요.

세리아: 이 부스에 공석이 두 개 있지?

어른 리오: 무시하지 말아주세요…….

라티파: 미하루 언니랑 아이시아 언니의 옆자리가 비어 있네.

세리아: 『정령환상기』는 검과 마법의 판타지! 그런 이유로 작중 최고의 천재 마도사인 제가 마법으로 게스트를 불러내겠습니다! 다들, 잘 보고 있어~!

리제롯테: 그렇게 말해도 이 스튜디오엔 카메라가 없잖아요? 청취자분들은 무슨 일이 일어나고 있는지 모르시는 게…….

세리아: 간다~! 우선 첫 번째로 부를 게스트는…… 얍!

세리아가 맹하고 귀여운 목소리를 내며 빈자리를 향해 마법의 스틱을 휘두른다.

(효과음)펑 연기가 피어오르는 소리.
빈자리에 연기가 피어오른다.

어른 리오: 뭐, 뭐야? 주문 영창도 없이…….
아이시아: 마력도 못 느꼈어…… 이건 마법도, 정령술도 아니야.
리제롯테: 으음, 보이지 않는 사람을 위해 설명하면 아이시아 옆에 있는 공석에서 연기가 나고 있습니다.
라티파: 누가 앉아 있는데? 어디 보자…….

연기는 바로 사라진다.

소라: 콜록, 콜록! 뭐, 뭔가요, 이 짜증 나는 연기는! 어? 여긴…… 켁, 아이시아잖아요. 게다가…… 헉! 요, 용왕님!

소라가 우두커니 의자에 앉아 실내를 둘러본다. 옆자리의 아이시아와 그 옆에 앉아 있는 리오(용왕)를 발견한다.

어른 리오: 소라?

리오가 크게 놀라 숨을 삼킨다.

소라: 용왕님이 소라를 불러주신 거군요! 권속 소라, 지금

막 도착했습니다!

소라가 어리고 혀 짧은 소리로 감탄한다.

어른 리오: 그러네. 소라, 가 맞아. 뭐지? 뭔가 중요한 걸 잊은 것 같은데…….
리오는 기억이 모호한지 이 상황에 기묘한 위화감을 품는다.

소라: 왜 그러시나요, 용왕님? 기분이 안 좋으신가요?

소라가 리오를 걱정한다.

어른 리오: 아니, 괜찮아. 뭔가 잊은 기분이 드는데, 아마 기분 탓이겠지.
소라: 그럼 다행이지만…….
아이시아: 괜찮아, 하루토?
어른 리오: 응, 고마워.
소라: 잠깐, 아이시아! 너, 뭘 자연스럽게 용왕님 머리를 쓰담쓰담~ 하는 거예요?!

소라가 벌떡 일어나 목소리를 뒤집으며 아이시아에게 분노한다.

아이시아: 하루토의 표정이 안 좋아 보이길래.

소라: 그런 건 소라가 먼저 눈치챘다고요! 그보다 자리 바꿔요! 그곳은 용왕님의 유일무이한 첫 번째 권속인 소라 자리라고요! 매번 당연하다는 듯이 용왕님 옆자리를 차지하고 앉다니! 괘씸한 것도 정도가 있어요!

아이시아: 나도 하루토의 유일무이한 첫 번째 계약정령.

소라: 따, 따라 하지 마요! 그보다 이 대사 전에도 했었어요! 좋아요! 오늘이야말로 어느 쪽이 위인지 결판을 내볼까요?!

소라가 라이벌 의식을 드러내며 아이시아에게 시비를 건다.

어른 리오: 스, 스톱! 스톱! 둘이 싸우면 방이 엉망이 되니까, 응?

리오가 당황하여 둘을 말린다.

라티파: 저기, 소라? 소라 맞지? 또 만나서 기뻐!

라티파가 자신의 자리에서 소라에게 말을 건다.

소라: 으응?

라티파: 나 라티파야. 아, 저택에 있을 땐 스즈네라고 소개했었나? 내가 누군지 기억해?

소라: ……기억해요. 너야말로 어떻게 소라를 기억하고 있는 거예요?

라티파: 어째서냐니. 소라가 저택에서 자고 간 지 얼마 지나지도 않았는걸? 당연히 기억하고 있지!

소라: 아니, 그런 말이 아니라…… 응? 그랬, 었나? 그러고 보니, 그런…… 그랬었죠…….

소라는 뭔가 석연치 않은 모습이지만, 기억에 이상한 점이 없어 결국 납득한다.

라티파: 지금 다 같이 라디오를 하고 있어. 소라도 같이 하자!
소라: 라디오? 뭔지는 모르겠지만 왜 소라가 그런 걸…… 아니, 으엑, 리…… 가 아니라 아야세 미하루?!

소라가 맞은편에 미하루가 앉아 있는 것을 보고 질색한다.

미하루: 오, 오랜만이네, 소라.

미하루는 소라에게 미움받는 이유를 모르기에 조금 당황한 모습.

어른 리오: ……뭐지? 뭔가 중요한 걸 잊고 있는 기분…… 이 상황, 굉장한 위화감이 드는데…….

리오가 혼잣말을 중얼거린다.

리제롯테: 괜찮으신가요? 하루토 씨. 역시 안색이 안 좋으

신데……

어른 리오: 괜찮아요. 아마 지적할 곳투성이라 좀 지쳤나 봐요. 슬슬 적응되긴 했지만요.

리오가 피로를 내비치며 웃는다.

세리아: 리오. 이해해, 그 고통.

세리아가 강하게 공감을 표한다.

어른 리오: ……정말 이해하는 거 맞아요?

세리아: 당연하지! 네가 나보다 어릴 때부터 알던 사이인 걸. 너한테 무슨 변화가 있으면 바로 알 수 있어.

세리아가 오늘 중 가장 진지한 톤으로 말한다.

어른 리오: 세리아……. 감사해요. 그렇죠, 죄송해요. 의심하는 듯한 말을 해서…….

세리아: 아니, 괜찮아. 이런 알 수 없는 방송에서 갑자기 라디오 방송을 시작했으니 당연히 당황할 수밖에 없지. 의문스러운 점도 잔뜩 있지?

어른 리오: 네, 그러니 저희의 그런 짐을 줄이기 위해서라도 의문을 조금이라도 해소해 주신다면 좋겠는데…….

세리아: 응! 알았어! 자! 다음 게스트를 부를게!

진지한 톤은 금세 사라지고 세리아가 태연하게 말을 잇는다.

어른 리오: 전혀 모르고 계시잖아요…….
세리아: 알고 있는데? 리오의 부담을 줄여주자는 얘기였잖아? 나한테 맡겨줘!

세리아가 실로 가벼운 어조로 말한다.

어른 리오: 불안해. 너무 불안해…….
미하루: 하루토 씨의 근심의 원인이 또 하나 늘어날 것 같은 기분이…….
어른 리오: 아, 아뇨! 괜찮아요! 이제 어지간한 일로는 안 놀랄 테니까요. 이제 와서 누가 와도…….
세리아: 그럼 마지막 게스트입니다! 그 정체는 과연~? 얍!
리오가 "누가 와도……"까지 말했을 때, 세리아가 끼어들 듯이 선언한다.

(효과음)펑 연기가 피어오르는 소리.

아이시아: 이번엔 미하루 옆에 있는 공석에서 연기가 났어…….

라티파: 다음엔 누가 오는 걸까? 두근두근~!

어린 리오: 콜록, 콜록⋯⋯ 뭐, 뭐야? 무슨 일이 일어난 거야?

연기에 기침하는 어린 리오의 목소리가 부스 안에 울려 퍼진다.

4. 마지막 게스트 등장

어른 리오: ⋯⋯어?

새로 나타난 어린 리오를 보고 어른 리오가 흠칫 놀란다.

어린 리오: 여기는⋯⋯ 어디야?

어린 리오가 의아하게 주위를 둘러본다.

소라: 서, 설마! 그런 말도 안 되는 일이 있을 리가 없어요! 이, 이분은⋯⋯.

소라가 맞은편 자리에서 어린 리오를 바라보며 경악한다. 권속인 소라는 어린 리오의 정체가 누군지 바로 알아차린다.

아이시아: 어린 시절의 하루토…….

소라: 그, 그래요! 어린 용왕님이에요! 권속인 소라는 알 수 있어요! 이분은 틀림없는 용왕님이라고요! 어? 어? 용왕님이 둘?! 이봐, 세리아! 대체 무슨 짓을 한 거예요?!

소리가 흥분해 세리아에게 묻는다.

세리아: 말했잖아? 마지막 게스트야. 소라와 아이시아가 간파한 대로, 어린 시절의 리오를 불렀어. 학원에 이제 막 들어왔을 시기지.

소라: 뭔지는 잘 모르겠지만 아주 잘해줬어요, 세리아! 아아, 귀여워요…… 어린 시절의 용왕님……!

소라는 자신과 비슷한 나이대의 외모를 한 리오를 보고 침을 흘리기 직전이다.

어린 리오: ……어? 누구? 앗, 세리아 선생님…… 이랑 넌…… 미이? 어째서……?

어린 리오는 미하루가 옆에 앉아 있는 것을 알고 몸이 굳는다.

어른 리오, 미하루, 라티파, 리제롯테: …….

너무 놀라 말을 잃는다.

세리아: 다들 뭐야? 아이시아는 그렇다 쳐도 소라 외엔 다들 반응이 너무 없는 거 아냐? 어린 시절의 리오, 귀엽지 않아? 방송 중에 침묵하면 안 돼.

세리아가 귀엽게 혀를 쏙 내민다.

어른 리오: 아, 아니…… 어린 시절의 저, 인가요? 정말로? 진짜?
세리아: 가짜를 불러서 뭐하겠어. 아, 봐봐. 어린 리오, 옆에 미하루가 앉아 있는 걸 보고 놀랐나 봐.
어른 리오: 그야 당연히 놀라죠! 처음에 만났을 때도 엄청 놀랐으니까! 앗, 아니아니! 그게 아니라!
세리아: 왜, 왜 그래, 리오? 뭔가 오늘은 유달리 지적이 많네…….

세리아가 갑자기 당황한 얼굴로 눈을 동그랗게 뜨고 지적한다.

어른 리오: 이제 와서요?! 그보다 뭐가 원인인지는 누가 봐도 확실하잖아요?!

세리아: 으음…… 아, 알았다! 첫 라디오라 기분이 업된 거구나?
어른 리오: 아니에요! 대체 어떻게 과거에서 저를 불러냈냐는 거예요! 제대로 돌려보낼 순 있는 거죠?
세리아: 아, 그 부분? 괜찮아. 방송이 끝나면 원래 시대로 돌아갈 거고, 무슨 일이 일어났는지도 전부 잊을 거니까. ……아마.
어른 리오: 아마?!
세리아: 뭐, 아무튼! 리오가 둘이 됐으니 이걸로 리오의 부담이 반으로 줄었겠지?

세리아가 오른손 엄지손가락을 들어 올리며 말한다.

어른 리오: 오히려 근심이 배는 늘었어요! 뭘 혼자 만족스러운 얼굴을 하고 있는 거예요!
라티파: 저, 저기…… 저기 오빠…….

굳어있던 라티파가 어찌 줄 몰라 하며 어린 리오에게 말을 건넨다.

어른 리오: 어?
라티파: 아, 오빠긴 한데, 어린 오빠쪽 말야.
어린 리오: 응?

어린 리오는 아직 라티파를 만난 적이 없었기에 자신이 '오빠'라고 불린 것을 인식하지 못한다. 다만 왠지 모르게 자신에게 이목이 집중된 것을 깨닫고 고개를 갸우뚱한다.

미하루: 아, 저기…… 저 애가 널 불렀어, 리오 군.

미하루가 재빠르게 어린 리오에게 설명한다.

어린 리오: 어? 아, 네……
라티파: 오빠! 오빠는 말이지, 12살이 돼서 여행을 떠나면 여우 수인인 여자애와 만나게 돼! 그 애는 오빠를 엄청 좋아하니까 잔뜩 예뻐해 줘!
소라: 용왕님, 용왕님! 야구모 지방에 가셨을 땐 꼭 소라 곁에 와 주세요! 그럼 좀 더 빨리 용왕님과 만날 수 있어요! 아! 지도를 드릴 테니 잠시 기다려 주세요!

소라도 이에 질세라 과거의 리오에게 호소한다.

세리아: 잠깐, 잠깐! 두 사람 다 그럼 안 돼! 리오, 넌 12살이 되어 여행을 떠나면 은사에게 편지를 보내게 돼. 하지만 한 통만 보내고 끝내면 안 된다? 2통, 3통째가 중요한 거야!

어린 리오: 네? 저기…….

어린 리오는 모르는 미래 얘기를 들은 탓에 영문을 모르겠다는 얼굴.

어른 리오: 아니, 어린 시절의 제가 상황 파악을 전혀 못해서 눈이 동그래졌잖아요. 이제 그 정도로만 하는 게…… 편지 건은 죄송합니다. 보낼 수단이 없어서…….

어른 리오가 미안하다는 듯 사과한다.

미하루: 저기, 슬슬 리오 군에게 상황을 설명하는 게 좋지 않을까요? 계속 혼자 겉돌고 있는데……
세리아: 아, 그러게. 이대로 가면 진행에 차질이 있을 테니…… 얍! 『복사』!

세리아가 어린 리오를 향해 마법 스틱을 휘두른다.
(효과음)펑 연기가 피어오르는 소리.

어른 리오: 자, 잠깐! 어린 저한테 무슨 짓을 한 거죠?!
세리아: 상황을 간단히 공유하고 싶어서 마법으로 직접 정보를 머리에 집어넣었어.
어른 리오: 그런 편리한 마법이 있었다면 처음부터 저희들

한테 썼으면 되지 않았을까요?!

세리아: 걱정하지 마. 모두에겐 위화감을 줄여주는 마법을 썼으니까.

어른 리오: 네?

세리아: 이유는 모르지만 쓰면 즐거워지는 마법도 있어. 쓸래?

어른 리오: 아, 아뇨. 뭔가요. 그 위험하기 그지없는 악질적인 마법은! 절대 싫어요!

리제롯테: 예상대로 하루토 씨의 근심이 배가 된 것 같네요. 아하하…….

세리아: 그런 이유로, 리오…… 라고 부르면 헷갈리겠지. 어때, 어린 시절의 리오? 아니, 미하루가 부르는 것처럼 리오 군이라고 부를까? 상황은 이해됐어?

세리아가 어린 리오에게 묻는다.

어린 리오: 믿겨지진 않지만, 일단은…….

세리아: 그럼 이 방송에서 원하는 네 역할이 뭔지 알겠지, 리오 군?

어린 리오: 역할…… 이요? 죄송해요. 잘 모르겠어요. 선생님은 어째서 절 여기에……?

세리아: 태클 역이야! 이 선생님이 학원 안에서 리오에게 개그 개인 지도를 잔뜩 해줬잖아?

어린 리오: 아뇨, 그런 기억은 어디에도…….

어린 리오가 당황하며 어른 리오를 본다.

어른 리오: 괜찮아. 나한테도 그런 기억은 없으니까…… 지금의 선생님이 이상한 거야.

세리아: 뿌뿌! 감점 1점! 둘이 합해서 감점 2점이야! 리오리오!

어린 리오: 리, 리오리오……

세리아: 선생님이 태클의 본보기를 보여주겠어! 알겠어? 여기서는…… '그딴 기억은 어디에도 없다고!'라면서 우렁차게 태클을 넣는 거야.

세리아가 어린 리오에게 태클 집중 지도를 진행한다.

어린 리오: 우, 우렁차게?

세리아: 그래! 자, 그럼 따라 해 봐!

어린 리오: 네?

세리아: 따라 해 봐!

세리아가 압력을 보낸다.

어린 리오: 그…….

세리아: 그?
어린 리오: 그런 기억은, 어…….
세리아: 어?
어린 리오: 어디에도…….

어린 리오는 부끄러운 나머지 고개를 숙이고 만다.

어른 리오: 어린 절 갖고 놀지 말아 주세요! 그런 것보다 방송을 진행해야죠! 라디오 방송이라는 콘셉트는 어떻게 된 건가요? 이대로면 듣고 계신 분들이 완전히 따로 놀게 될 텐데요?

어른 리오가 어린 리오를 감싸며 이야기의 방향을 바꾸려 한다.

라티파: 하지만 뭔가 댓글은 잔뜩 올라오고 있어. 짧은 것들뿐이지만…….
아이시아: 'ㅋㅋㅋ'이 잔뜩 올라오고 있어…….
세리아: (으쓱!)

세리아가 엄지손가락을 척 들어 올린다.

미하루: 세리아 씨가 굉장히 기세등등한 얼굴을…….

어린 리오: 이런 선생님은 본 적 없어요…….
세리아: 그럼 게스트도 전원이 모였으니 슬슬 모든 출연자분들이 궁금해하는 방송 최대의 수수께끼를 풀어나가 볼까요!

세리아가 드디어 라디오를 진행한다.

미하루: 드디어 시작이네요!
리제롯테: 여기가 어디인지, 어떻게 돌아갈 수 있는지, 어째서 라디오 기자재가 있는 건지, 어째서 세리아 씨가 이상해진 건지, 수수께끼투성이니까요.
세리아: 출연자가 품고 있는 최대의 의문. 그것은……『정령환상기』란 무엇인가!

세리아가 만반의 준비를 마치고 수수께끼를 언급한다.

어른 리오: 그쪽?! 아니,『정령환상기』가 뭐인지도 계속 궁금하긴 했지만요!
세리아: 그럼 아이시아, 대본 33페이지의 19번째 줄을 읽어줘. 거기에 답이 적혀 있으니까.
리제롯테: 그런 곳에 답이…… 그보다 이 라디오 방송의 대본, 너무 두껍지 않나요?
아이시아:『정령환상기』는 이유는 모르지만 우리와 같은 이름을 가진 등장인물이 등장하는 판타지 작품. 각 등장인

물은 이유는 모르지만 다들 우리와 똑같은 상황에 처해 있다. 원작은 일본의 라이트 노벨. 주인공은 리오.

미하루: '이유는 모르지만'이라는 말이 너무 많아서 수수께끼가 전혀 안 풀린 것 같은데…….

라티파: 우리랑 같은 이름에 같은 상황에 처해 있다니, 굉장한 우연…… 이네?

라티파가 고개를 갸우뚱한다.

세리아: 그런 이유로! 이제부턴 『정령환상기』의 매력을 듬뿍 전해줄 시간이야! 이 방송을 위해 작품 소개 광고까지 만들었으니까! 리오 군, 광고 시작 대사를 읽어줄래?

어린 리오: 으음…… 그럼 광고, 틀어주세요!

어린 리오의 손짓으로 광고가 들어간다.

---

5. CM1

어른 리오: 내…… 내 세리아에게 손대지 마라! 샤를 아르보, 용서 못 한다!

리오가 분노하여 소리친다.

세리아: 학생과 제자, 용서받지 못하는 금단의 연심을 그

린 사랑 이야기, 『정령환상기』.

6. CM2

어른 리오: 라티파. 나, 너를…… 이런 감정은 안 돼. 우리는 남매인데…….
라티파: 의붓오빠와 동생이 금단의 사랑에 빠지다?! 인연의 이야기, 『정령환상기』!

7. CM의 감상과 다음 코너 진행

세리아: 네~! 『정령환상기』의 매력을 듬뿍 담은 멋진 광고였습니다!

세리아가 박수를 치며 말한다.
(효과음)세리아가 박수 치는 소리.

세리아: 리오가 제 이름을 외친 광고는 원작 5권의 클라이맥스 부분! 평소엔 온화한 리오가 저를 위해 크게 분노하는 근사한 장면이었죠!

세리아가 회상하듯 말한다.

라티파: 내 건 원작 2권의 라스트 파트! 오빠가 마을을 떠나기 전에 날 향한 마음을 전해주는 장면이야! 이때의 오빠는 말이지…… 에헤헤.

세리아가 부끄럽다는 듯 웃는다.

어른 리오: …….

어른 리오는 입을 떡 벌린 상태다.

세리아: 그럼 우리 주인공들에게 광고 감상을 들어볼까요! 어른 리오는 살짝 굳어 있는 것 같으니까 어린 리오가 감상을 들려줘.
어린 리오: 아, 아뇨, 저기…… 2권에서 의붓여동생과 사랑에 빠진 뒤에 5권에서는 은사에게 사랑을 외친다니…… 이 작품의 주인공, 괜찮은 건가요? 성장한 내가 정말 이런 짓을……?

어린 리오가 어른인 자신에게 의심의 눈초리를 보낸다.

세리아: 그래, 리오 군에겐 아직 이를지도 모르겠네. 어른

의 사랑은 말이지, 장애나 배덕감이 있어야 더 불타오르는 법이야.

세리아가 연장자처럼 설파한다.

어른 리오: 아니아니! 전부 다 과거 날조니까 믿지 마, 어린 나!
어린 리오: 그런, 거야?
어른 리오: 본인의 말을 믿어! 그보다 학생과 제자의 사랑에 의붓오빠와 여동생의 사랑이라니, 이 남자 금단이나 금기에 너무 쉽게 손을 대잖아!
세리아: 자각은 있구나…….
어른 리오: 없어요!
세리아: 뭐, 리오의 변명은 나중에 듣기로 하고, 코너를 진행할 시간입니다!

세리아가 재미있다는 듯 미소를 짓고는 프로그램을 진행시킨다.

어른 리오: 이대로 진행하면 방송을 듣는 사람들이 우리를 계속 오해할 거 아니에요?!

그런 리오의 비명은 무시되었다.

8. 『세리아 선생님의 사서함』 코너

세리아: 세리아 선생님의 사서함!

세리아가 코너명을 말한다.

세리아: 뭐, 간단히 말해서 평범한 사연 코너지만 말야. 코너 소개를 부탁해, 미하루, 리제롯테 씨.

미하루: 네. 『세리아 선생님의 사서함』은 청취자분들이 보내주신 사연을 저희가 읽어드리는 코너입니다.

리제롯테: 들어줬으면 하는 이야기나 하고 싶은 질문, 고민 상담 등 모두의 사연을 실시간으로도 받고 있습니다.

코너 소개가 끝난다.

세리아: 그렇게 되었으니 첫 번째 사연을 아이시아가 읽어줄래?

아이시아: 응. 도쿄도 시부야구에 사는 남자 고등학생. 라디오 네임 'Y자 다리 찢기' 씨가 보낸 사연.

어린 리오: Y자라니…… 그런 자세가 가능해?

아이시아: 이렇게……?

라티파: 아이시아 언니 다리가 Y자가 됐어!
리제롯테: 에엑?! 어떻게 한 건가요, 그거?!
미하루: 굉장하다! 아이, 굉장해!
아이시아: 사연, 읽을게. 세리아 선생님과 유쾌한 여러분들, 안녕하세요. 갑작스럽지만 얼마 전 첫 여친이 생겼습니다. 다음 일요일에 데이트를 할 예정인데, 여기서 여러분들께 질문이 있습니다. 여자의 시선으로 데이트 중에 '이건 용납 못 한다'라는 남자의 행동이 있다면 알려주세요. 잘 부탁드립니다, 래.
어른 리오: 뭔가 엄청 멀쩡한 사연이 왔네……. 괜찮아요? 보내는 곳을 착각한 거 아닌가요?

리오가 불안한 얼굴로 걱정한다.

세리아: 우선 교제를 축하해! 그래, 첫 데이트면 불안하겠지. 그런 당신의 질문에 연애 경험 풍부한 선생님이 대답해.줄.게!

세리아가 선생님 투로 말한다.

세리아: 음, 여러 가지 것들이 있겠지.

라고 말하지만, 연애 경험은 별로 풍부하지 않기 때문에 곧바로 떠오르지 않는다.

세리아: 예를 들면…… 뭐가 있을까…….

침묵이 잠시 이어진다.

리오, 미하루, 리제롯테, 라티파: …….

세리아가 쉽사리 대답하지 못하자 난처한 얼굴로 신음하는 일동.

어른 리오: ……저기, 세리아. 무리해서 연애 경험 풍부한 척하지 않아도 괜찮아요.

어른 리오가 타이르듯 말한다.

세리아: 아, 아니야! 무슨 소리 하는 거야, 리오! 풍부한 척한 적 없어! 난 성숙한 레이디니까 관용적인 거라고. 좋아하는 사람과 같이 살고 있어도 용납되지 않는 행동은 전혀 없을 정도니까!

세리아가 얼굴을 붉히며 반론한다.

라티파: 흠. 세리아 언니가 좋아하는 사람은 같이 살고 있는 사람이구나. 누구일까~?

라티파는 답을 알고 있으면서 일부러 모르겠다는 듯 말한다.

세리아: 저, 정말! 라티파! 이런 질문은 동년배인 리제롯테나 미하루에게 물어보는 게 좋을지도 모르겠네. 그러니 두 사람도 대답해줘!

세리아가 민망함을 감추며 질문을 떠넘겨 버린다.

리제롯테: 네, 네에?! 저, 저도 딱히 연애 경험이 풍부하지 않아서…… 데이트 중에 상대방이 하면 용납 못 할 행동, 말이죠. 그러게요. 으음…….

리제롯테는 곤란해하면서도 제대로 고민하고는 답을 이어간다.

리제롯테: 데이트하면 여러 가게에 들어갈 텐데, 점원분께 거만한 태도를 보이는 사람은…… 싫을 것 같아요.
세리아: 그러게. 그건 나도 싫어. 그럼 다음으로 미하루. 데이트 중에 안 되는 행동, 있어?

세리아가 그 말에 냉큼 동의한다.

미하루: 저, 저는…… 저도 리제롯테 씨와 똑같은 대답인 걸로…….
세리아: 음…… 알겠어. 그럼 첫 데이트에 고민하는 남자 고등학생 군. 잘 알았어? 점원에게 거만한 태도를 보이는 게 대단하고 멋있는 일이라고 착각하면 안 된다? 그럼 다음 사연! 소라, 읽어줘.
소라: 엉? 왜 소라가? 지금 소라는 어린 용왕님의 존안을 머릿속에 저장하는 것만으로도 바쁘다고요. 방해하지 마세요!
세리아: 리오 군과 함께 사연에 답해달라고 할 생각이었는데…….
소라: 좋아! 맡겨 주세요! 어린 용왕님과 함께…… 완벽하게 해내 보이겠어요! 어디 보자…… 지구 출신 가르아크 왕국에 사는 전 남고생의 사연인가요.
리제롯테: 이거, 사연을 보낸 사람 후보가 너무 좁혀지는 거 아닌가요?
리제롯테가 보낸 사람의 인물상을 떠올리며 쓴웃음을 지었다.
소라: 모두에게 상담하고 싶습니다. 소꿉친구 여자애를 친구에게 빼앗긴 후배가 실연을 극복하지 못하고 있습니다. 최근 그 후배에게 접근하는 여자애가 나타났는데, 후배는 애매모호한 태도를 보이고 있습니다. 그런 녀석의 엉덩이

에 불을 붙여주려면 어떻게 해야 좋을까요?

세리아: 그런 사연인데…… 소라와 리오 군의 의견을 들려줄래?

소라: 아무래도 상관없어요. 소라와는 관계없는걸요.

소라가 조금도 흥미 없다는 투로 대답한다.

세리아: 하여간 또 그런 소리…… 그럼 리오 군은?

어린 리오: 딱히…… 무리해서 이어줄 필요는 없을 것 같지만…….

세리아: 같지만?

어린 리오: 후배가 이도 저도 아닌 태도를 보이는 건 좋지 않을 것 같아요. 그럴 마음이 없다면 그렇다는 걸 알 수 있게 처신하는 것도 상대를 위한 게 아닐지…….

소라: 용왕님의 말씀이 참으로 옳습니다! 어디의 개뼈다귀인지는 모르겠지만 잘 알겠나요? 감사히 들으라고요.

소라가 힘있게 리오의 말에 동의한다.

세리아: 역시 리오. 어린 시절부터 흔들림이 없구나. 고백해 온 사요를 확실하게 차버린 사람다워.

어른 리오: 지, 지금 그 얘길 하는 건가요……?

어른 리오가 어색한 모습으로 말참견을 한다.

세리아: 다음 사연과도 관련이 있는걸. 리오 군이 한 말, 어른이 된 리오도 변함없이 그렇게 생각하고 있어?
어른 리오: 그건…… 네. 생각합니다.

세리아가 진지한 톤이었기에 리오도 진지하게 생각한 뒤 대답했다.
세리아: 그래……. 그럼 라티파, 다음 사연을 읽어줘.
라티파: 네! 『정령환상기』 독자입니다. 저는 여자애를 울리는 주인공이 정말 싫은데요, 어른 리오에게 묻고 싶은 것이 있습니다.
어른 리오: 뭐, 뭔가요?
어른 리오가 자세를 바로잡았다.
라티파: 리오는 가는 곳마다 여자를 만나면서 자상한 모습을 보이고 유혹하는 듯한 행동을 반복하고 있는데, 대체 무슨 생각으로 그러는 거죠?
어른 리오: 네? 아니…… 그게 무슨…….
라티파: '리오는 모두에게 상냥하니까, 딱히 나만 특별한 건 아니겠지'라며 불안함을 느낄 여자의 마음에 대해 생각해본 적은 있나요? 선택받지 못한 여자들의 미래가 어떻게 될지, 제대로 생각해본 적 있나요? 지금 즐거우면 그걸로 끝이라고 생각하는 건 아닌가요?

라티파가 훈계하는 듯한 어조로 사연을 읽는다.

어른 리오: 아니, 그렇지는…….

어른 리오는 어색한 얼굴로 사연의 내용을 묵묵히 듣는다.

라티파: 젊었을 땐 그래도 괜찮을지도 모르죠. 하지만 장래에 대해 슬슬 진지하게 생각해 봐야 할 때가 아닐까요? 설교처럼 돼 버렸지만 같은 남자로서 리오가 여자애들과 확실하게 마주 봐야 한다고 생각합니다. 라디오 네임 '하렘 루트 지상주의・사카타 히로아키가 제일 좋아'로부터.
미하루&리제롯테: …….

당황하여 숨을 삼킨다.

어린 리오: 으음, 여기서 광고…… 인 것 같아요.

---

9. CM3

어른 리오: 나는, 하렘왕이 되겠어!

어른 리오가 상쾌하게 맹세한다.

아이시아: 만남은 계속해서 이어진다. 전무후무한 하렘을 그려나가는 정열 스토리, 『정령환상기』.

10. 프리토크

어른 리오: 과, 광고 내용과 타이밍에 악의가 느껴지는 건 기분 탓일까요……?
리오가 조심스레 묻는다.
세리아: 왜 그래, 리오? 광고가 끝나자마자 아무 맥락도 없이…….

세리아가 의아하다는 듯 고개를 기울인다.

어른 리오: 아니, 더할 나위 없는 맥락을 느꼈는데요? '하렘 루트 지상주의 • 사카타 히로아키가 제일 좋아' 씨의 의도를 이어받은 제작자의 의도를요.
세리아: 그럴 리가. 생각이 지나쳐.
세리아: ……하지만 드디어 결심했구나, 리오. 하렘 루트로 나아가기로.

세리아가 가볍게 웃더니 이번에는 다소 진지한 톤으로 리오를 마주 본다.

어른 리오: 결심 안 했어요. 그 광고를 기정사실처럼 말하지 말아 주세요!

세리아: 알고 있어, 응. 다 알아.

어른 리오: 절대 이해 못 한 사람이 하는 대사잖아요, 그거?!

어린 리오: 미래의 나…… 괜찮은 건가?

어린 리오가 불안하게 중얼거린다.

미하루: 아하하…… 걱정하지 않아도 괜찮아, 리오 군. 리오 군은 무척 신사다운 어른이 될 거니까.

어린 리오: 그런, 가요? 저기, 감사합니다. 미…… 아니, 미하루 씨.

미하루: 아, 아니야.

미하루도 약간 쑥스러운 듯 목소리 톤이 높아진다.

소라: 이봐, 너! 아야세 미하루! 뭘 타이밍 좋게 어린 용왕님과의 호감도를 쌓고 있는 거예요!

미하루: 그, 그런 적 없어!

소라: 아이시아도 그렇고…… 조금만 눈을 떼면 용왕님한테 바로 손을 대려고 하다니…… 정말 방심할 수 없는 녀석들이에요. 정말이지 리나랑 엮인 녀석들은 하나같이…….

소라가 못마땅한 투로 투덜거린다.

리제롯테: 그건 그렇고 이 광고 목소리는 어떻게 딴 걸까요? 하루토 씨가 절대 말하지 않을 내용이었는데, 분명 하루토 씨 목소리였죠?

세리아: 아, 그 부분이 궁금해? 방송이 시작되기 전에 마법으로 최며…… 그게 아니라, 그냥 좀.

어른 리오: 지, 지금 최면이라고 했나요?!

세리아: 기분 탓이야! 그보다 다음 코너~!

---

11. 『세리아 선생님의 추억 앨범』 코너

세리아: 세리아 선생님의 추억 앨범!

세리아가 코너명을 말한다.

세리아: 코너 소개를 부탁할게, 리오 군.

어린 리오: 네. 이 코너는 『정령환상기』의 명장면을 재현한

음성을 듣고 다 함께 당시를 되돌아보는 코너입니다.

세리아: 그런 이유로, 먼저 아이시아가 처음 리오의 앞에 모습을 드러냈을 때의 장면을 되돌아보도록 할게. 아침에 리오가 눈을 뜨니까 알몸의 아이시아가 침대에 몰래 들어와 있던 장면이야. 그럼 재현 음성, 시작!

(효과음)세리아가 재생 스위치를 누르는 소리.
(효과음)필름이 돌아가는 기계음(바로 사라지며 장면이 시작된다).

아이시아: 새근, 새근…….

침대에는 리오와 아이시아가 자고 있고, 아이시아가 잔잔하게 숨소리를 내고 있다.

어른 리오: 음, 으음…….

(효과음)리오가 침대에서 뒤척이는 소리.
(효과음)리오의 손이 아이시아의 가슴에 닿는 효과음.

어른 리오: 응……? 뭐지? 이 손에 전해지는 부드러운 감촉은…….

아이시아: 새근, 새근…….
어른 리오: 어……? 어째서? 알몸인 여자애가 내 침대에…… 꿈? 그래, 꿈이구나. 그렇다면…… 안 만지면 손해손해~!

리오는 상황을 정리하더니 바로 태세를 전환하여 산뜻하게 결심을 마친다.

어른 리오: 스톱~!

부스에 있는 현실의 어른 리오가 외친다.

(효과음)세리아가 정지 스위치를 누르는 소리.
(효과음)필름이 돌아가는 기계음이 정지하는 소리.

세리아: 왜, 왜 그래, 리오? 재생 도중에 갑자기 큰 소리를 내고…… 아직 안 끝났는데?
어른 리오: 이유고 뭐고 없어요! '안 만지면 손해손해~!'* 같은 생각은 안 했다고요! 아와오도리한테 사과해 주세요!

어른 리오가 결백을 주장한다.

세리아: 있지, 리오. 이건 어디까지나 『정령환상기』라는 작

---
* 일본 토쿠시마현의 축제, 아와오도리에 사용되는 가사 중 일부를 패러디함.

품 속의 사건이야. 등장인물은 이유는 모르지만 우리와 똑같은 이름이고, 이유는 모르지만 우리와 비슷한 상황에 처해 있긴 해도 창작 속 주인공 이야기니까.

너무 진지하게 받아들이지 말라며 세리아는 가볍게 받아넘긴다.

어른 리오: 그, 그래도! 그걸 우리도 함께 돌아보는 코너인 거잖아요? 돌아봐야 할 '당시'가 존재하지 않는데, 코너로서 좀 이상하지 않나요?

리오가 낮은 톤으로 반론한다.

세리아: 하지만 상황은 거의 비슷하지? 알몸의 아이시아와 같은 침대에서 자고 있었다는 건.
어른 리오: 그, 그건…… 네.

해프닝이긴 했지만 사실은 사실이었기에 변명은 하지 않는 리오.

세리아: 그렇다면 돌아볼 수 있는 거지? 없었다니, 그런 슬픈 말은 하지 마. 자신의 과거를 올바로 마주볼 수 있을 때야말로 사람은 성장하는 법이니까.

세리아가 진지한 톤으로 타이르듯 호소한다.

어른 리오: 그런 그럴싸한 대사를 읊어도 안 넘어간다고요!
세리아: 정말! 고집이 세네! 그럼 아이시아, 어땠어? 알몸으로 리오와 같이 잤을 때.

세리아는 사랑스럽게 볼을 부풀리더니 질문의 화살을 아이시아에게 돌린다.

아이시아: 응, 기분 좋았어.
어른 리오: 아니야! 아이시아의 말투에는 큰 어폐가 있어요! 그, 기분 좋게 잠들었다거나, 기분 좋은 기상이었다, 뭐 그런 의미로……!
세리아: 응, 알고 있어. 다 알아.

리오가 필사적으로 변명했고, 세리아는 천사처럼 부드러운 미소를 지으며 고개를 끄덕인다.

어른 리오: 그러니까! 절대 이해 못 한 사람이 하는 대사잖아요, 그거!
소라: 이이이, 이이이이, 이봐! 아이시아! 네놈, 용왕님과 침대에서 무슨 짓을 한 거예요?! 솔직히 말하세요!

소라가 얼굴을 새빨갛게 물들인 채 부끄러움과 분노로 떨리는 목소리로 외친다.

아이시아: 말 그대로 같이 잤을 뿐인데?
소라: 잔 거군요? 용왕님과 알몸으로 잤단 말이죠?!
리제롯테: 아하하, 말을 하면 할수록 점점 진창이 되어가는 기분이 드는데…….

리제롯테가 리오를 동정하며 말한다.

라티파: 오빠가 저렇게 당황한 거 처음 봐.

라티파도 리오의 무고함을 알고 있었기에 재미있다는 듯이 지켜보고 있다.

어린 리오: 저, 저기 미하루 씨. 미래의 저는 정말…….

어린 리오는 굉장히 불안한 투로 묻는다.

미하루: 괘, 괜찮아. 작은 해프닝이 좀 있는 것뿐이지.
세리아: 저, 저기, 리오? 이런 적나라한 이야기는 프라이빗한 곳에서 하는 편이 좋을 것 같아. 녹음되고 생방송까

지 되는 공적인 방송이니까, 응?

어른 리오: 누구 때문에 시작된 얘기인데요!

세리아: 그럼 다음 장면! 원작 20권. 리제롯테 씨가 리오를 향한 사랑을 처음으로 자각하는 장면의 재현 음성, 시작!

리제롯테: 잠깐만요!

리제롯테가 황급히 중지한다.

세리아: 왜 그래, 리제롯테 씨?

세리아가 의아한 듯 고개를 갸우뚱한다.

리제롯테: 기, 기억을 더듬어 봐도 어디에도 짐작 가는 장면이 조금도 없어요. 어떤 장면인지 사전에 좀 확인할 수 있을까요?

리오의 바로 앞에서, 리제롯테는 부끄러운 듯 얼굴을 붉힌다.

세리아: 으음, 리제롯테 씨가 리오를 아마카와 선배, 라고 부르는 장면이야. 전생에서 미나모토 리카였던 시절의 자신이 아마카와 하루토와 어떤 관계였는지를 말하며 리오를 향한 마음을 깨닫는 거야.

라티파: 뭐야, 그게! 자세히 알고 싶어, 리제롯테 언니!
리제롯테: 창작 속! 창작 속 캐릭터 이야기니까요!
세리아: 리제롯테 씨의 동의도 얻었으니 재생을 시작해 볼까요?
리제롯테: 동의한 적은 없어요!
세리아: 꾸욱.

(효과음)세리아가 재생 스위치를 누르는 소리.
(효과음)필름이 돌아가는 기계음.

리제롯테(리카): 아마카와 선배.

리제롯테가 어리광부리듯 애정을 담아 부른다.

어른 리오(아마카와 하루토): 왜, 리카?

리오가 살짝 느끼한 투로 말한다.

리제롯테(리카): 불러본 것뿐이에요. 후후.
리제롯테(리카): 선배. 선배…… 아마카와 선배. 아마카와 선배~!

리제롯테(리카)가 조금씩 호칭을 바꾸면서 몇 번이고 귀엽게 아마카와 선배를 부른다.

어른 리오: 왜 그래, 세뇨리타?

리오가 어쩔 수 없다는 듯, 하지만 싫지 않다는 투로 대답한다.

리제롯테: 아마카와 선배…… 사랑해요♡

(효과음)세리아가 정지 스위치를 누르는 소리.
(효과음)필름이 돌아가는 기계음이 정지하는 소리.

어른 리오, 리제롯테: …….

너무 놀란 나머지 말을 잃은 두 사람.

세리아: 역시 인기 투표 단골 상위인 강력 히로인답네. 나도 우물쭈물하고 있으면 위험하겠어.
라티파: 뭐야~! 역시 리제롯테 언니도 오빠를 좋아했던 거잖아!
소라: 물색 머리 여자! 너도예요?!

라티파와 소라는 재현 음성을 진실로 받아들인다.

리제롯테: 아니에요! 전 이런 여우 같은 후배가 아니었어요! 아마카와 선배도 좀 더 무뚝뚝한 분이었고! 그렇죠, 하루토 씨?

리제롯테는 필사적으로 동의를 구한다.

어른 리오: 네, 네…… 저희 기억에 있는 대화와 너무 달라서 굉장히 당황스럽네요…….

어른 리오가 리제롯테의 기세에 눌리면서도 고개를 끄덕였다.

세리아: 놀랐어. 미하루가 이세계로 실종돼서 텅 빈 하루토를 돌아보게 한 상대가 리카 씨였다니.
미하루: 그, 그런가요? 그 이야기, 좀 더 자세히……!

미하루도 일련의 이야기를 진실로 받아들인 것인지 궁금하다는 듯 정보 수집을 시도한다.

리제롯테: 저희 이야기 들었어요?!
어른 리오: 그래요, 좀 들어달라고요! 그보다 어린 나도 뭐라고 말 좀 해봐!

어린 리오: 네, 네에……. 이 건에 관해서는 어른인 제 말이 맞아요. 리카라는 애는 누군지 몰랐고…….

당사자 세 사람이 힘을 모아 결백을 호소한다.

아이시아: 대본에 뭐라고 잔뜩 적혀 있어. 미나모토 리카는 먼저 하루토를 좋아했던 사촌, 후지와라 마후유의 사랑을 응원하면서 하루토를 좋아하게 되고 만다.
리제롯테: 후짱 일까지? 전생의 제 정보가 왜 그렇게까지 자세히 적혀 있는 거죠? 『정령환상기』의 작가, 뭐 하는 사람인가요!
세리아: 한 명의 주인공을 둘러싼 사촌과의 삼각관계. 철 지난 미연시 속에 있을 법한 전개네. 자세한 정보는 『정령환상기』 본편이 완결된 후 외전에 쓰여진다는 모양이야.
라티파: 어? 뭐야 그거! 궁금해! 이 자리에서 확실하게 해줘!
미하루: 본편은 앞으로 언제쯤 완결될까요?
소라: 어디서 살 수 있죠? 이 방송이 끝나면 당장 사러 갈 거에요!
리제롯테: 제 이야기는 이제 됐어요! 빨리 다음으로 가죠!

리제롯테가 빨개진 얼굴로 진행을 재촉한다.

12. 타이틀콜

세리아: 세리아 선생님의! 세리아 선생님의! 두근두근 매지컬 라디오!

13. 엔딩

세리아: 자, 여기서 무척 아쉬운 소식이에요. 세리아 선생님의 두근두근 매지컬 라디오, 시간상 결국 끝낼 때가 오고 말았어요.

세리아가 아쉽다는 듯 말한다.

소라: 버, 벌써 끝? 좀 더 어린 용왕님과 이야기하고 싶어요!
라티파: 나도! 어린 시절의 오빠랑 좀 더 대화하고 싶었는데!
어른 리오: 드, 드디어 이 악몽에서 해방될 수 있겠네요.
미하루: 고생하셨어요, 하루토 군.
리제롯테: 처음부터 마지막까지 카오스였네요. 비자금 건은 기필코 확인해야겠어요!
세리아: 이 방송은 『정령환상기』의 매력을 꺅꺅후후 웃으며 전하는 개그 라디오! 작품의 매력이 모두에게 잘 전해

졌을까요?

어른 리오: 꺅꺅후후……? 개그, 라디오……?

어른 리오가 의문을 입에 담는다.

미하루: 세리아 씨는 누구보다 꺅꺅거리시긴 했죠.

아이시아: 'ㅋㅋㅋ'…….

세리아: 응응, 댓글도 반응이 아주 좋네! 이거라면 세리아 선생님의 두근두근 매지컬 라디오 2회도 불가능하진 않겠어! 구체적으로는 10탄 드라마 시디 정도일까나!

세리아가 모니터에 흘러나오는 댓글을 바라보며 만족스럽게 말한다.

어른 리오: 다음에도 할 마음이 가득하시네요…….

리제롯테: 라이트 노벨의 드라마 시디가 10탄까지 나왔다는 건 들어본 적 없어요.

세리아: 무슨 소리야. 이제 반까지 왔으니까 할 수 있어. 아니면 오디오북 같은 것도 하고 싶네.

세리아: 그러니까 모든 독자분들의 도움이 필요해. 드라마 시디로 이 방송을 들은 사람은 편집부에 압……! 이 아니라, 편지를 잔뜩 보내줘. 자, 리오 군, 편지를 보낼 주소를 알려줘.

어린 리오: 네, 네. 음…… 주소는 주식회사 하비재팬 HJ 문고 편집부로 부탁드립니다.
세리아: 고마워. 이상 세리아 선생님의 두근두근 매지컬 라디오였습니다. 오늘 방송에는 세리아 선생님과 유쾌한 학생들이 함께했습니다!
세리아: 그럼 여러분, 다음에 또 봐요! 하나 둘…….
전원: 바이바이~!

세리아, 라티파는 기운이 넘치게. 어른 리오, 어린 리오, 미하루, 리제롯테는 조금 피로가 엿보이는 느낌으로. 아이시아는 평상시대로. 소라는 평범한 텐션으로 말한다.

정령환상기 24 —어둠의 성화—
드라마CD 특별판 대본집

2024년 3월 1일 1판 1쇄 발행

저 자 키타야마 유리
일 러 스 트 Riv
옮 긴 이 이소정
발 행 인 유재옥
담 당 편 집 박치우

이 사 조병권
출판본부장 박광운
편 집 1 팀 최서영
편 집 2 팀 정영길 박치우 정지원 조찬희
편 집 3 팀 오준영 권진영 이소의
디자인랩팀 김보라 박민솔
디지털사업팀 박상섭 김지연 윤희진
라이츠사업팀 김정미 맹미영 이윤서
영업마케팅팀 최원석 박수진 이다은
물 류 팀 허석용 백철기
경영지원팀 최정연
인쇄제작처 ㈜코리아피엔피
발 행 처 ㈜소미미디어
등 록 제2015-000008호
주 소 서울시 마포구 토정로222, 403호 (신수동, 한국출판콘텐츠센터)
판매 및 마케팅 (070) 8822-2301

Seria's Radio
ON AIR
STORY
세리아 선생님의
두근두근 매지컬 라디오
"세리아 선생님의! 세리아 선생님의!
두근두근 매지컬 라디오!"
명랑하고 활기차며
어딘가 이상한 세리아 선생님을
메인 진행자로,
갑자기 시작된 라디오 생방송?!
당황하는 리오를 내버려 두고
진행되는 라디오에는
생각지도 못한 게스트도 여럿 등장!!
처음부터 끝까지 1초도
마음을 놓을 수 없는, 여기서만 들을 수 있는
야단법석 라디오를
부디 즐겨주세요!
SEIREI GENSO
SPECIAL
EDITION
24
AMI NO
SEIKA
소미미디어
©Yuri Kitayam
Originally published by HOBBY JAPA
Illustration Ri